행복한 롤라 로즈

SEOUL, 2009

아주 특별한 아이
조 빌러를 기리며

# 행복한 롤라 로즈

초판 제1쇄 발행일 2009년 5월 11일
초판 제4쇄 발행일 2018년 1월 30일
지은이 재클린 윌슨  그린이 닉 샤랫  옮긴이 이은선
발행인 이원주
발행처 (주)시공사  주소 서울시 서초구 사임당로 82
전화 영업 2046-2800 편집 2046-2821~4
인터넷 홈페이지 www.sigongsa.com

LOLA ROSE
Text Copyright ⓒ 2003 by Jacqueline Wilson
Illustrations Copyright ⓒ 2003 by Nick Sharratt
All rights reserved.
Korean translation copyright ⓒ 2009 by Sigongsa Co., Ltd.
Korean translation rights arranged with David Higham Associates Ltd.
through EYA(Eric Yang Agency).

이 책의 한국어판 저작권은 EYA(Eric Yang Agency)를 통해
David Higham Associates Ltd.사와 독점 계약한 (주)시공사에 있습니다.
저작권법에 의해 한국 내에서 보호받는 저작물이므로, 무단 전재와 무단 복제를 금합니다.

ISBN 978-89-527-5507-0 43840
ISBN 978-89-527-5572-8 (세트)

*홈페이지 회원으로 가입하시면 다양한 혜택이 주어집니다.
*잘못 만들어진 책은 구입하신 서점에서 바꾸어 드립니다.

# 행복한 롤라 로즈

 재클린 윌슨 지음·닉 샤랫 그림·이은선 옮김

시공사

 # 차 례

01 복권에 당첨되다 ★ 7

02 아빠 ★ 23

03 야반도주 ★ 40

04 새로운 이름 ★ 54

05 재미있는 런던 구경 ★ 67

06 흥청망청 돈 쓰기 ★ 85

07 우리 새집 ★ 104

08 학교 ★ 119

09 새 친구 ★ 134

10 사랑 그리고 키스 ★ 152

11 립스틱과 하이힐 ★ 165

12 아기라고? ★ 185

13 혹 덩어리 ★ 198

14 우리 셋 ★ 221

15 불길한 목소리 ★ 238

16 단둘이 집에 ★ 253

17 병원 ★ 269

18 바버러 이모 ★ 284

19 근사한 한턱 ★ 300

20 결투 ★ 320

21 치료 ★ 339

22 공포! ★ 356

23 행운의 여신 ★ 370

24 행운이 함께하기를! ★ 378

옮긴이의 말 ★ 388

　복권에 당첨되면 뭘 할지 여러분은 생각해 본 적이 있는지 모르겠다.
　우리 엄마가 복권에 당첨됐다. 정말로 당첨됐다. 뭐, 상금이 엄청난 건 아니다. 으리으리한 대저택에서 살게 된 건 아니라는 말이다. 엄마가 수천 억 파운드에 당첨됐더라도 그런 집에서 사는 건 싫다. 방이 수없이 많은 커다란 집에 사는 건 딱 질색이다. 그런 집에서는 누가 어디 있는지도 알 수 없을 거다. 누가 날 덮치려고 복도를 살금살금 걸어와도 절대 모를 거다.

나는 아주 작은 집이 좋다. 트레일러하우스면 더할 나위가 없겠다. 소파에는 보라색 벨벳을 씌우고, 여기 어울리는 보라색 커튼을 달고, 2층 침대에 보라색 공단 시트를 깔면 초특급으로 럭셔리할 거다. 심지어 큼지막한 보라색 유리 접시 위에 보라색 캐드버리 밀크 초콜릿을 산더미처럼 쌓아 놓고 야금야금 먹어 치울 수도 있다(캐드버리는 영국의 초콜릿 회사로 보라색 포장지가 특징이다 : 옮긴이). 그리고 이 차에는 누가 다가오든 재깍 울리는 경보 장치가 달려 있을 거다. 경보가 울리면 케니와 나는 소파에 앉아 안전벨트를 매고 엄마는 트레일러하우스에 연결된 보라색 페라리에 펄쩍 올라타서, 안전한 곳을 향해 시속 몇백 킬로미터로 쌩하니 달려갈 것이다.

엄마는 텔레비전에서 방송되는 추첨식 복권에 당첨된 게 아니다. 즉석 복권에 당첨되었다. 하지만 10파운드짜리가 아니었다. 만 파운드짜리였다.

엄마는 길거리에서 복권을 들여다보고는 우아 하고 함성을 질렀다. 그런 다음 남동생 케니를 번쩍 안아 올리더니, 케니가 비명을 지를 때까지 빙글빙글 돌고 또 돌았다. 엄마는 체구가 상당히 작고 나는 나이에 비해 커서, 엄마는 나까지 안아 올리지는 못했다. 대신 나를 꼭 끌어안고 두 뺨에 입을 맞추었다. 엄마가 코끝에도 입을 맞추는 바람에 키득키득 웃음이 새어 나왔다.

엄마가 말했다.

"좋았어. 다시 가게 안으로 들어가자. 이제부터 돈을 펑펑 쓰는 거야! 하지만 시드 영감님한테는 아무 소리 마. 입이 워낙 가벼워서 온 동네 사람들이 죄다 알게 될 거야. 그럼 다음번에 술집에 갔을 때 모르는 사람들한테까지 한 잔씩 다 돌려야 한단 말이야."

"알았어요, 엄마."

나는 케니를 팔꿈치로 살짝 찔렀다.

"알아들었지, 친구? 그 입에 지퍼 채워라."

케니는 키득거리면서 입에 지퍼 채우는 시늉을 했다. 우리는 가게 안으로 다시 들어갔다.

"또 복권 사러 온 거야, 니키?"

시드 영감님이 고개를 설레설레 저으며 물었다.

"어째 애 엄마들은 복권이라면 사족을 못 쓰는지!"

"그러게요. 참 딱한 일이에요. 그렇죠? 이 동네에서는 당첨된 사람도 없는데. 안 그래요?"

엄마는 나한테 눈짓을 하며 씩 웃었다. 케니도 씩 웃으면서 입을 열었다.

"지퍼!"

나는 날카롭게 속삭였다. 그러고는 케니를 아이스크림 냉장고 쪽으로 얼른 끌고 갔다.

엄마가 말했다.

"이제 즉석 복권 사는 짓 그만두려고요. 복권 살 돈으로 아이들 과자나 사 줄래요. 자, 제이니, 케니, 뭐 먹을래?"

나는 바닐라 아이스바와 새알 초콜릿 한 통, 마시멜로 한 봉지, 과일과 땅콩이 들어간 큼지막한 초콜릿 바 하나, 콜라 한 병, 《소녀들의 수다》와 《인형 수집》, 《강아지와 고양이들》 같은 잡지를 골랐다. 잡지는 그림이 예뻐서 스크랩북에 붙이면 좋을 것 같아 샀다.

케니는 자그마한 빨간색 아이스비와 《꼬마 기관차 토머스》 만화책을 골랐다.

"더 많이 사도 돼, 케니. 과자건 사탕이건 만화책이건 아무거나 마음에 드는 대로 골라."

"아무거나 사기는 싫어. 늘 사던 아이스바랑 만화책 살 거야."

"그러니까 더 많이 사도 된다니까."

"못 고르겠어."

케니는 당황하기 시작했다.

"제이니, 내버려 둬라."

엄마가 말했다.

엄마는 《헬로!》며 《오케이!》, 《코스모》, 두툼한 《보그》 같은 잡지와 다이어트 콜라 한 병과 사치스러운 담배 한 상자를 냉큼 골랐다.

"아이들한테 과자 사 준다더니."

시드 영감님이 말했다.

"아, 예. 저도 속마음은 어린아이거든요."

엄마가 돈을 내면서 받아쳤다.

엄마는 지갑에 있던 돈을 거의 다 써 버렸다. 하지만 조만간 만 파운드가 들어오면 우리 모두 웃을 수 있을 것이다.

"난 정말 럭키, 럭키, 럭키, 럭키(오스트레일리아 출신 여가수 카일리 미노그가 부른 〈I Should Be So Lucky〉의 후렴구 : 옮긴이)."

엄마가 흘러간 가요를 흥얼거렸다. 엉덩이를 흔들고, 가슴을 내밀고, 물건이 잔뜩 든 쇼핑백을 빙빙 돌리면서 춤까지 추었다. 엄마는 케니와 내 손을 잡고 우리까지 춤추게 했다. 아이스바를 들고 있어서 춤을 추기 힘든데도 말이다. 케니는 아이스바를 한 입 먹으려고 할 때마다 번번이 코를 찔릴 뻔했다.

엄마가 춤추는 걸 보고 트럭 운전수가 경적을 울렸다. 운전수가 뭐라고 고함을 지르자 엄마는 깔깔 웃으면서 엉덩이를 흔들었다.

엄마가 깔깔 웃으면 정말 보기 좋다. 엄마는 부드러운 금발을 뒤로 휙 넘기면서 하얗고 예쁜 이가 다 드러나도록 입을 크게 벌리고 웃는다. 담배를 그렇게 많이 피우는데도 이가 얼마나 작고 고르고 진주처럼 새하얀지 모른다. 충치를 때운 곳도 없다. 나는 벌써 다섯 군데나 되는데 말이다.

　굳이 춤을 추지 않아도 엄마가 지나가면 고개를 돌리고 쳐다보는 사람이 많다. 엄마는 젊었을 때 모델 일을 잠깐 했다. 신문과 잡지에서 오린 기사를 모아 놓은 스크랩북도 있다. 하지만 케니하고 나는 그 스크랩북을 볼 수 없다. 엄마가 걸친 옷이 별로 없고, 어떤 포즈는 상당히 야하기 때문이다.

　언젠가 화장실 문을 걸어 잠그고 속옷 바람으로 포즈를 몇 개 따라 해 본 적이 있는데, 그저 우스꽝스러울 뿐이었다. 나는, 키는 엄마만 하지만 몸매가 근사하지 않다. 들어가야 할 데는 들어가고 나와야 할 데는 나온 그런 몸매가 아니라는 말이다. 드디어 어깨 아래까지 기르는 데 성공했지만, 머리도 틀려먹었다. 하품 나는 쥐색인데, 엄마 말로는 중학생이 된 뒤에나 엄마처럼 금발로 물들일 수 있단다. 염색을 제대로 하려면 돈이 엄청 많이 든다.

　엄마가 복권에 당첨되기 전까지 우리는 늘 돈에 쪼들렸다. 아빠가 싫어하는 바람에 엄마는 결혼을 하자마자 모델 일을 그만두어야 했다.

　"내 마누라한테 다른 놈들이 눈길 주는 거 싫어. 당신, 그만두는 거다. 알아들었지?"

　엄마는 알아들었다. 우리 아빠하고는 절대 옥신각신하면 안 된다.

　엄마가 아빠한테 복권 얘기를 할지 말지 궁금했다. 아빠

앞에서도 입에 지퍼를 채우고 있는 게 맞다. 하지만 엄마는 아빠에 관한 한 너무 너무 너무 한심하게 굴었다. 아빠가 원하면 뭐든 했고, 뭐든 주었으며, 무조건 아빠가 하라는 대로 했다. 아빠를 무서워하기도 하지만, 여전히 아빠라면 사족을 못 쓰기 때문이다. 우리 아빠는 키가 크고 늘씬한 데다 깊고 푸른 눈에 엉망으로 뒤엉킨 까만 고수머리를 자랑하는 엄청난 미남이다. 우리 식구뿐 아니라 모두들 아빠가 끝내주게 잘생겼다고 생각한다. 우리 동네에는 아빠한테 반한 여자가 한둘이 아니다. 심지어 어떤 여자애들은 우리 아빠가 록 스타라도 되는 듯 대했다.

아빠는 실제로 록 스타였다. 미친 거지들이라는 밴드에서 노래를 불렀다. 미친 거지들은 정식 앨범을 낸 적은 없지만 공연 때마나 테이프를 팔았다. 이 도시 곳곳에 있는 술집과 클럽에서도 연주를 했다.

엄마는 어느 날 밤 친구들과 같이 갔다가 무대 바로 앞에서 아빠를 보았다.

"그 순간 짜잔! 사랑에 빠진 거지."

엄마가 손가락을 딱 소리 나게 튕기면서 말했다.

정작 옳다구나 한 쪽은 아빠였다. 엄마는 그날 밤 당장 아빠와 데이트를 시작했다. 그리고 그 뒤로 줄곧 아빠 곁을 지켰다.

밴드는 1년쯤 뒤에 해체되었다. 아빠가 리드 기타리스트와 싸운 뒤였다. 아빠랑 엄마는 헤어질 수도 있었다. 아빠가 한 여자한테 매이는 걸 싫어했으니까. 그런데 엄마가 배 속에 내가 있다고 털어놓았다.

"내가 우리 둘을 다시 엮어 준 거야, 제이니."

내 이름이 이렇게 괴상한 것도 그 때문이다. 엄마 아빠가 자기네 이름을 합쳐서 지었기 때문이다. 우리 아빠 이름은 제이, 엄마 이름은 니키다.

내가 두 사람을 다시 엮어 주었는지는 몰라도, 어릴 때는 너무 울어서 아빠의 신경을 긁곤 했다. 그 바람에 아빠가 한 번인가 두 번인가 집을 나가 버린 적도 있다. 그러자 엄마도 나처럼 엉엉 울었다. 엄마는 이 무렵부터 아빠한테 맞기 시작했는데도 여전히 아빠를 너무 사랑했다. 처음에는 엄마도 같이 때렸지만, 그러면 아빠의 주먹질이 더 거세졌다.

아빠는 다른 사람들도 때렸다. 그러다 중상을 입혀 감옥살이를 했다. 엄마하고 나는 한 달에 한 번씩 면회를 갔다. 내가 기억하기로 그때 아빠는 우리한테 무척 다정하게 굴었다. 평범하고 땅딸막하고 앞니도 없는 나를 예쁜 꼬마 공주님이라고 부르면서 호들갑을 떨었다. 우리 아빠의 정말 무서운 점은 그런 거다. 아빠는 상대방을 아주 특별한 사람인 것처럼 띄울 수도 있고, 얼굴을 박살 낼 수도 있다.

그러면 안 되는 줄은 알지만, 나는 아빠가 영원히 감옥에 있으면 좋겠다고 생각했다. 아빠는 철창 안에서, 우리는 집에서 각자 잘 살고 있었다. 하지만 아빠는 결국 석방되었다. 상습적으로 싸움을 벌인 탓에 형기를 꽉 채우고 나오기는 했지만.

한 일주일 동안 엄마와 아빠는 제2의 신혼 분위기를 연출했다. 아빠는 나한테도 야단스럽게 굴었다. 엄마한테 빨간 장미꽃 한 다발을 선물하면, 나한테는 보라색 프리지어 한 다발을 선물했다. 엄마한테 분홍색 리본을 두른 분홍색 샴페인을 선물하면, 나한테는 보라색 리본을 두른 과일 주스를 선물했다. 엄마한테 엄청나게 커다란 화이트 초콜릿 한 상자를 선물하면, 나한테는 두 손으로 쥘 수도 없을 만큼 큼지막한 초콜릿 바를 선물했다. 하지만 내가 초콜릿을 겨우 절반쯤 해치웠을 때부터 모든 게 어긋나기 시작했다.

둘이서 클럽에 놀러 간 날이었다. 엄마가 눈에 띄고 싶어 안달이 났다고 생각한 아빠는 집에 오는 길에 엄마를 때렸다. 그러더니 다른 남자가 엄마를 쳐다보기만 해도 주먹을 휘두르기 시작했다. 자기가 감옥에 있는 동안 엄마가 온갖 남자를 다 사귄 게 틀림없다고 생각했다.

아빠는 그 문제를 가지고 나한테 묻고 또 물었다. 침이 나한테 다 튈 정도로 얼굴을 바짝 대고 고함을 질러 댔다. 엄마한테는 아빠뿐이라고 말해도 믿지 않았다. 배 속에 케니가 있는데도 계속 엄마를 때렸다.

엄마는 외할아버지 이름을 따서 내 동생 이름을 케네스라고 지었다. 우리로서는 조금 의아한 선택이었다. 우리는 그때까지 외할아버지나 외할머니, 바버러 큰이모를 한 번도 만난 적이 없었다. 외할아버지는 엄마가 아빠와 함께 도망쳤을 때 두 번 다시 엄마를 보지 않겠다고 말했다. 엄마가 신세를 망치고 있다고 했다. 아빠더러는 구제 불능 골칫거리라고 했다.

내가 보기에는 외할아버지 말이 맞았다. 하지만 엄마를 대하는 태도는 잘못됐다. 우리를 대하는 태도도. 외할아버지는 당신 이름을 딴 케니가 태어났을 때도 보러 오지 않았다. 외할머니가 암으로 죽어 가고 있을 때는 엄마와 케니와 내가 문병을 갔는데도 별다른 말이 없었다.

장례식 때는 더 심했다. 장례가 끝나고 엄마가 끌어안으려고 하자 외할아버지가 밀쳐 버린 것이다. 외할아버지 말로는 외할머니가 병에 걸린 게 다 엄마 때문이라고 했다. 딸이 악질 전과자하고 같이 사는 게 너무도 수치스러워 병에 걸렸다는 것이다.

우리는 그 뒤로 외할아버지를 만나지 않았다. 케니한테 그렇게 허울 좋은 이름을 떠안긴 게 시간 낭비였다. 케니가 좀 커서 《사우스 파크》를 보기 시작하면 상황은 더 심각해질 것이다(TV 애니메이션 시리즈인 《사우스 파크》에 등장하는 주인공 중 한 명이 케니인데, 빈민가 출신으로 어휘력이 풍부하며 특히 성적인 단어에 강하다 : 옮긴이).

케니가 태어나고 얼마 동안 아빠는 그럭저럭 괜찮았다. 어느 날엔가는 바닷가에서 사진도 찍었다. 아빠가 젖먹이 케니를 목말 태우고 있고, 케니의 깡마른 무릎이 아빠 뺨에 딱 달라붙어 있다. 케니는 살짝 겁먹은 표정으로 아빠의 긴 머리카락을 꼭 붙잡고 있다. 엄마는 비치볼을 들고 케니를 올려다보며 웃는다. 비키니 탑에 손바닥만 한 치마를 입고 있어서 피어싱한 배꼽이 다 보인다. 나하고 케니를 낳았는데도 배가 팬케이크처럼 납작하다.

나는 엄마 옆에 서 있다. 나도 비키니 탑과 손바닥만 한 치마를 입었다. 그게 실수였다. 내 배는 팬케이크처럼 납작하지 않다. 마치 비치볼을 삼킨 것 같은 모양이다.

아빠는 아들이 생긴 걸 너무 좋아했다. 케니가 아장아장 걷기 시작하자마자 공을 패스했고 술집에 데려갔다. 케니는 공을 다시 패스하는 데 너무 열을 올려서 넘어지기 일쑤였고, 아빠랑 권커니 잣거니 하며 콜라와 레모네이드를 너무 많이 마신 탓에 집으로 돌아오다 바지를 적시곤 했다.

아빠는 케니에 대해서라면 놀라울 정도로 너그러웠다. 케니가 울어도 짜증을 내는 법이 없었다. 케니가 온 동네에서 가장 소심한 아이라는 것도 인정하지 않았다.

"우리 케니, 요 말썽꾸러기 녀석. 좀 크면 사방에서 치고받는 싸움꾼이 되겠지. 잘 단속하지 않으면 어린이집에서 쫓겨날지도 몰라."

아빠는 케니가 비명을 지를 때까지 머리 위로 높이 들어 올리면서 큰소리치곤 했다.

케니는 정말로 어린이집에서 싸움을 벌였다. 하지만 상대가 여자아이들이었다. 여자아이들이 놀고 있는 장난감 집에 억지로 들어가려 했던 것이다. 케니 때문에 옴짝달싹도 못하게 되자 여자아이들은 플라스틱 찻주전자로 케니를 때려 눈두덩을 시커멓게 만들어 놓았다.

케니가 유치원에 입학했을 때도, 아빠는 우리 꼬맹이를 상대하려면 바쁠 거라고 선생님들한테 큰소리를 쳤다. 하지만 케니를 상대하느라 바쁜 사람은 나 하나다. 쉬는 시간에 살짝 유치원 운동장에 가 보면 케니는 고개를 숙인 채 혼자 어슬렁거리고 있다. 다른 아이들이 장난삼아 떠밀면 코를 훌쩍이면서 다친 손으로 눈을 비볐고, 그러는 동안 뚝뚝 떨어진 피가 양말을 적셨다. 선생님이나 보조 선생님이 다가가면 비명을 질렀다. 그러니 내가 케니를 일으켜 세우고 뒷수습을 할 수밖에 없었다.

뒷수습은 언제나 내 담당이다. 한번은 엄마가 공원에서 만난 남자하고 정말로 눈이 맞은 적이 있다. 그 남자는 어느 축구팀 후보 선수라 공원에서 달리기와 개인 훈련을 했다. 얼굴은 데이비드 베컴을 조금 닮았다.

어느 날 속이 안 좋아서 조퇴하고 집에 가 보니, 그 남자가 엄마와 함께 있었다. 엄마 말로는 커피 한잔하러 들른 거라는데, 둘 다 얼굴이 벌겋고 머리가 산발이었다.

나는 너무 겁이 나서 또 속이 메슥거렸다. 어쩌면 그렇게 위험하고 어이없는 짓을 벌이는지 이해가 되지 않았다. 아빠가 수상쩍은 사업 때문에 몇 주 동안 북부로 출장을 떠난 상황이기는 했다. 하지만 아빠한테는 첩자 노릇을 해 줄 친구들이 워낙 많아서, 엄마가 누구하고 눈이 맞았다가는 당장 아빠 귀에 들어갈 터였다.

"엄마, 제정신이에요?"

"나도 어쩔 수 없어, 제이니. 그 사람을 만나면 다시 소녀가 된 것 같거든."

엄마의 두 뺨이 빨갛게 물들었다.

"나하고 너희 아빠는 오래전부터 삐걱거렸잖니."

"하지만 아빠가 알면 엄마를 죽이려고 할 거예요."

"절대 모를 거야. 뭐, 아직까지는."

"그걸 어떻게 알아요!"

속이 울렁거렸다. 엄마는 가끔 아주 바보 같았다. 엄마는 나도 익히 아는 눈빛을 하고 있었다. 엄마는 지금 동화를 쓰고 있었다. 그 축구 선수가 울룩불룩한 근육질 가슴에 엄마를 꼭 끌어안고, 맨체스터 유나이티드 선수로 뽑혔으니 결혼해서 얼마 전에 산 백만 파운드짜리 대저택에서 같이 살자고 할 거라고 말이다. 심지어 나랑 케니도 같이 살자고 하겠지. 엄마는 꿈 같은 세상 속으로 들어가서 날마다 빅토리아 베컴과 쇼핑을 같이 할 테고, 그동안 나와 케니는 브루클린과 로미오(베컴 부부의 두 아들 : 옮긴이)를 불러서 새 장난감을 가지고 놀자고 하겠지.

"엄마!"

당장이라도 엄마를 흔들어 깨우고 싶었다. 나는 그 축구 선수를 잘 알고 있었다. 그 남자는 만나는 여자가 매주 바뀌었다. 엄마한테 목을 맬 사람이 아니었다. 게다가 나하고 케니라는 부록도 달가워하지 않을 것이다. 아무튼 맨체스터 유나이티드 입단까지 모두 현실이 된다 해도 엄마는 행복하게 살 수 없을 것이다. 아빠가 큼지막한 전망 창을 부수고 들어와서 축구 선수의 머리를 뜯어내고, 새하얗고 푹신푹신한 카펫이 벌겋게 물들 때까지 엄마를 때릴 테니 말이다.

엄마한테 이런 말까지 하기는 싫었지만, 그래도 정신을 차리게 만들어야 했다. 그런데 아빠가 무슨 소문을 들었는지 곧장 집으로 달려왔다. 현관문을 두드리는 소리만 들어도 큰일이 났다는 걸 알 수 있었다.

아빠는 곧바로 시작하지 않았다. 아주 차분하고 부드러운 목소리로 엄마한테 이것저것 캐물었다.

"왜 그래, 여보. 그렇게 겁먹을 것 없잖아. 내가 들은 게 헛소문이라고 말해 주기만 하면 돼. 내가 들은 게 헛소문이라면, 좋아, 그 길로 깨끗이 잊을 거야. 나도 사리 분별쯤은 하는 남자잖아, 안 그래?"

그러더니 갑자기 소리를 질렀다.

"안 그래?"

엄마는 공포에 질렸다. 아빠가 헛소문을 들은 거라고, 다른 남자는 쳐다본 적도 없다고, 아빠가 멀리 있는 동안 외롭긴 했지만 남자를 불러 커피를 마시기는커녕 말을 섞는 것조차 상상해 본 적이 없다고 속사포처럼 쏟아 놓았다. 이제 엄마가 모든 걸 털어놓는 것은 시간 문제였다.

나도 케니처럼 어린아이였으면 좋겠다는 생각이 들었다. 케니는 늘 침대 밑으로 기어 들어가서 아무 소리도 안 들리게 귀를 막았다. 나는 참을 수 없어도 들어야 했다.

아빠는 평소보다 훨씬 시간을 들였다. 엄마한테 평생 잊지 못할 교훈을 주는 중이라고 했다.

아빠는 목적을 달성하자마자 다시 밖으로 뛰쳐나갔다. 나는 엄마에게 달려갔다. 구급차를 불러야 하는 게 아닐까 싶었다. 엄마는 입이 피투성이인 데다 퉁퉁 부어서 말도 하지 못했지만, 내가 수화기를 드는 걸 보더니 고개를 저었다. 엄마는 예전에도 몇 번이나 병원에 간 적이 있지만, 아빠 얘기는 절대 하지 않았다. 늘 어디 걸려 넘어지거나 가로등에 부딪쳤다는 식으로 이야기했다. 그런데도 아빠는 엄마가 병원에 간 걸 알면 미친 듯이 화를 냈다.

나는 엄마 얼굴을 최대한 깨끗이 닦고, 그 가엾은 얼굴에 차가운 수건을 대 주었다. 그러면서 엉엉 울었다. 엄마를 지켜 주지 못해서 너무 속상했다.

 엄마는 멍 때문에 일주일 동안 외출도 하지 못했다. 얼굴만이 아니었다. 목욕할 때 보니까 가슴이랑 배도 온통 시커멓다.

 그런 엄마의 모습을 보면서, 내가 아빠를 얼마나 증오하는지 깨달았다.

"아빠한테는 복권 얘기 하지 말아요."
나는 엄마한테 애원하듯 말했다.
"걱정 마, 입 꼭 다물고 있을 테니까. 입에 지퍼 채우고 있을게."
엄마는 최대한 두둑해 보이게 5파운드짜리 지폐로 달라고 했다.
"돈벼락이다!"
엄마가 노래를 부르며 지폐를 한 움큼 허공으로 던졌다.

돈이 엄마 머리에 들러붙기도 하고 옷에 걸리기도 하면서 커다란 나비처럼 펄럭펄럭 카펫 여기저기로 떨어졌다.

"엄마, 그만해요. 그러다 잃어버리겠다!"

나는 돈을 그러모으며 말했다.

"얻는 게 있으면 잃는 것도 있는 법이지."

엄마는 웃음을 터트리며 또다시 돈을 던졌다.

케니도 웃으면서 낙엽이라도 되는 듯 돈을 발로 찼다.

"그만해, 케니."

말은 그렇게 했지만 나도 마음이 들떠서 돈을 모았다가 다시 뿌리기 시작했다. 빳빳한 새 지폐가 왠지 가짜 같았다. 스크랩북에 붙여 놓은 데님 재킷 사진이 문득 생각났다. 안에 연한 분홍색 털이 달린 재킷이었다. 나도 그런 옷을 입으면 모델처럼 앙증맞고 깜찍한 금발 미소녀로 보일 수 있을 것 같았다.

"제이니, 너는 뭘 사고 싶어?"

엄마가 나한테 팔을 두르더니 부드러운 뺨을 내 뺨에 대고 비볐다.

"그게, 재킷이 하나 있는데……."

나는 말을 꺼내려다 말고 꿀꺽 삼켰다.

"됐어요, 엄마 돈이잖아요. 시드 영감님네 가게에서 이미 한턱 쏘셨고요."

"그런 바보 같은 소리가 어디 있니? 내 돈이 네 돈이지. 그리고 케니, 네 돈이기도 하고. 우리 꼬맹이는 뭐 사고 싶어?"

"만화책이랑 빨간색 아이스바."

우리는 케니를 보면서 신음 소리를 냈다.

"다른 걸 생각해 봐, 케니. 좀 더 큰 거. 털 달린 데님 재킷이나 뭐 그런 거."

"아빠가 입는 재킷 좋아. 가죽 재킷!"

케니가 눈을 반짝이며 말했다.

"그런 거 입으면 형아처럼 보일 거야. 터프한 형아."

"터프한 형아? 네가?"

나는 케니를 안아 올려 녀석의 배에 입을 대고 부르르 소리를 냈다.

"아빠는? 아빠는 뭐 사는데?"

케니가 꺅꺅대며 물었다.

나는 엄마를 쳐다보았다. 엄마는 한숨을 쉬고 돈을 줍기 시작했다. 나도 케니를 내려놓고 엄마를 도왔다.

"아빠한테는 말하면 안 돼, 케니."

내가 5파운드짜리 지폐를 잘 펴서 깔끔하게 모으며 말했다.

"왜?"

나는 엄마를 쳐다보았다.

"왜 아빠한테 말하면 안 되니, 제이니?"

"아빠가 어떤 사람인지 아니까요. 이 돈을 다 가져가서 되지도 않을 사업에 쏟아부을 거예요. 아니면 도박장에서 날리든지 친구들이랑 술 마시는 데 쓸 거예요. 그리고 이건 엄마 돈이잖아요."

"맞아. 하지만 우리끼리 신물을 독차지하면 불공평하잖니. 푼돈에 당첨됐다고 속이고 나머지는 숨겨 놓자."

"나중에 들통 나면 노발대발할걸요. 그러면 또 시작될 테고."

"그래, 알았다."

엄마가 풀 죽은 목소리로 말했다.

"맞아. 그래, 정신 차려야지. 주택 조합에 넣어서 만일의 경우에 대비해야겠다. 너희들한테 새 재킷도 못 사 주겠네. 아빠한테 의심을 사면 안 되잖아. 그렇지, 제이니?"

"예."

나는 돈을 엄마 핸드백에 넣었다.

내가 이성적인 역할을 도맡아야 하는 게 싫었다. 나는 그 데님 재킷을 사고 싶어서 몸살이 날 지경이었다.

"나도 아빠 같은 가죽 재킷 사면 안 돼요?"

케니가 묻자 엄마가 대답했다.

"안 돼, 아가. 제이니 누나가 안 된대."

이건 너무했다. 나는 엄마가 가끔 이런 식으로 상황을 왜곡하는 게 싫다. 엄마는 나를 엄마로 만들려고 한다. 그래 놓고는 일이 잘못되면 나한테 뒤집어씌운다.

나는 남은 돈을 엄마한테 집어 던지고, 내 방으로 가서 스크랩을 시작했다. 새로 산 잡지에서 사진을 오리는데, 케니가 내 가위에 손을 댔는지 셀로판테이프가 덕지덕지 붙어 끈적거렸다. 나는 이를 악물고 지저분하고 끈적끈적한 테이프 조각을 모두 떼어 냈다. 그런 다음 보라색 크리놀린(스커트를 부풀리기 위해 버팀 살을 넣어 만든 속치마나 드레스 : 옮긴이)을 입은 빅토리아 시대 인형 사진을 조심스레 오리기 시작했다. 가위는 구불구불한 드레스를 무사히 지나서, 조그만 단추가 달린 구두를 아주 천천히 돌아 나온 뒤, 조그맣고 섬세한 손가락 사이를 들락날락거렸다. 나는 풍성한 보라색 드레스를 입은 빅토리아 시대 여자아이고, 이건 나를 꼭 닮은 인형이라고 상상했다. 나한테는 고분고분하고 누나를 끔찍이 생각하는 남동생이 있다. 우리한텐 아빠가 없다.

그다음으로 귀가 축 늘어진 갈색 코커스패니얼 강아지와 섬세한 하트 모양 얼굴에 커다랗고 푸른 눈을 한 샴 고양이를 오렸다. 이 둘은 우리가 기르는 애완동물, 토피와 블루벨이다. 나는 생일 때 받은 카드에서 꽃을 좀 오리고 배경으로 쓸 푸른 하늘도 오린 다음, 커다란 빅토리아 시대 저택을 그려 넣었다. 아무리 찾아도 적당한 사진이 없어서였다. 그러고는 《소녀들의 수다》에서 여자아이들 얼굴을 오려 모든 창문에 붙이고 창가에 자주색 벨벳 커튼을 그렸다. 나하고 가장 친한 친구인 샬럿, 빅토리아, 에밀리, 에반젤린, 그리고 제미마였다. 특별한 빅토리아풍 이름을 지으려니 한 세월이 걸렸다.

나는 스크랩북 속 세계에 흠뻑 빠져서, 현관문이 쾅 닫히는 소리도 듣지 못했다. "우리 공주, 어디 있나?" 하는 소리를 듣고서야 아빠가 집에 온 줄 알았다.

나는 얼른 스크랩북을 덮고 쏜살같이 거실로 튀어 나갔다. 아빠를 기다리게 만드는 건 결코 좋은 생각이 아니다. 하지만 나를 공주님이라고 부른다는 건 긍정적인 징조였다. 어쩌면 기분이 좋은 상태인지도 모른다.

아빠는 거실로 뛰어드는 나를 보고 빙긋 웃었다. "우리 딸 왔구나." 하면서 아빠가 앉은 안락의자 쪽으로 오라고 손짓했다. 케니는 벌써 아빠 무릎을 차지하고 있었다. 엄마는 맥주 캔을 따서 아빠한테 따라 주었다.

엄마가 말했다.

"아빠가 일찍 오니까 너무 좋지?"

나는 숨을 크게 들이쉬었다. 그러고는 일부러 어린아이 같은 목소리로 "아빠, 오셨어요." 하고 말했다.

"그래, 공주야."

아빠가 안락의자 팔걸이를 툭툭 두드렸다. 나는 얌전히 그리로 가서 앉았다. 그리고 억지웃음을 지은 채 카펫 위나 탁자 아래, 잡지 사이에 5파운드짜리 지폐가 떨어져 있지 않은지 거실을 구석구석 샅샅이 살펴보았다. 지폐는 한 장도 없었다. 그래도 여전히 숨이 잘 쉬어지질 않았다. 지금은 아빠 기분이 좋지만, 눈 깜짝할 사이에 달라질 수도 있다. 아빠가 뭣 때문에 폭발하는지, 그건 아무도 모르는 일이다. 실없는 농담 때문일 때도 있고, 그저 흘끗 쳐다본 것 때문일 때도 있고, 아무 이유 없을 때도 있다. 아빠 머리는 이상하게 꼬여서 종종 폭발하도록 설계되어 있는 것 같다.

하지만 오늘은 회사에서 대판 싸우고 때려치웠다는 말을 하면서도 상냥해 보였다.

"그만둘 때도 됐지. 그런 거지 같은 회사에서 일할 사람이 누가 있겠어."

석 달 전, 그 회사에 처음 출근할 때만 해도 아빠는 지금까지 다닌 회사 중에 최고라고, 새 출발 하는 거라고 우리더러 복창하게 했다.

아빠는 지금 또 다른 새 출발을 계획하고 있다. 점심시간에 술집에서 옛 친구를 만났는데, 택시 회사를 준비하고 있더란다. 그 친구가 아빠더러 자기 회사에 기사로 취직하면 어떻겠느냐고 했다는 것이다.

엄마가 물었다.

"그럼, 차는 주는 거야?"

"아니야, 자기야. 내가 사야 돼."

엄마는 언제나 아빠가 '자기야'라고 부르면 물렁해졌다. 아빠가 '멍청한 년'이나 그보다 더한 말로 부르기도 한다는 걸 곧잘 잊어버렸다.

"그래도 걱정할 거 없어. 아주 괜찮은 소형차를 처분하고 싶어 하는 친구가 있거든. 산 지 2년 됐고 주행 거리라고 할 것도 없대. 나한테 헐값에 넘기겠대. 몇천 파운드만 빌리면 돼. 아는 친구한테 빌릴 거니까 두고 봐, 자기야. 내 운이 트이고 있거든. 느껴져."

아빠는 손을 내밀어 엄마 엉덩이를 토닥토닥 두드렸다.

"여보!"

엄마가 아빠를 보며 웃음을 터트렸다. 그 순간 내 배 속이 단단히 뭉쳤다. 엄마는 아빠가 갑자기 잘생긴 왕자로 변하기라도 한 듯한 눈빛이었다.

"오늘은 우리 식구들한테 행운이 찾아온 날이야."

터트릴 작정인 거다. 아빠한테 말할 생각인 거다.

안 돼요! 나는 소리 내지 않고 입 모양만으로 말했다. 엄마는 보고도 못 본 척했다.

"무슨 일이 있었는지 알아?"

엄마는 핸드백에서 5파운드짜리 지폐를 한 움큼 꺼내 부채처럼 펼쳤다.

"이거, 당신 차 살 돈이야. 즉석 복권에 당첨됐거든. 우리 모두한테 한턱 쏘기에 충분한 돈이야. 우리 케니는 아빠 같은 가죽 재킷을 사고 싶대. 제이니는 털 달린 데님 재킷을 사고 싶다고 했고. 분홍색 털이라 그랬지? 맞지?"

나는 웃고 소리치고 신 나는 척하는 수밖에 없었다.

일이 끔찍하게 틀어지면 어쩌나 겁이 났다. 아빠는 아무 말도 없이 엄마 핸드백에 든 돈다발만 물끄러미 바라보았다. 아빠 머리가 째깍, 째깍, 째깍, 돌아가는 게 느껴졌다. 잠시 후 아빠는 케니를 공중으로 던졌다 받아 안고 빙글빙글 돌았다. 나까지 끌어들여 다 같이 빙글빙글 돌며 춤을 추다가, 나중에는 엄마랑 둘이 춤을 추었다. 엄마를 행운의 여신이라고 부르면서 영화배우처럼 진하게 입도 맞추었다.

우리는 자축하는 뜻에서 패밀리 레스토랑으로 저녁을 먹으러 갔다. 엄마와 아빠는 근사한 칵테일을 마시고, 우리는 음식을 산더미처럼 주문했다. 결국 아무 문제 없이 넘어가는 건가 하는 생각이 들기 시작했다. 아빠는 장난을 치고 농담을 하고 웨이트리스와 시시덕거렸다. 나도 동화 같은 이야기를 믿으며 함께 즐거워하고 싶었다. 나는 큼지막한 햄버거와 감자튀김을 다 해치우고 초콜릿 아이스크림을 그릇 바닥까지 깨끗이 비웠다.

회식을 하던 여사원들이 여고생처럼 키득거리며 아빠한테 오더니, 미친 거지들에서 노래하던 제이 펜턴 맞느냐고 물었다. 아빠가 그렇다고 하자 여사원들은 일제히 꺅 하고 비명을 질렀다. 그중에서 가장 예쁘고 가슴이 깊게 파인 셔츠를 입은 여자가 아빠한테 얼굴을 갖다 대더니 이 자리에서 노래를 불러 줄 수 있느냐고 물었다. 오늘 밤 분위기가 너무 좋은

데, 아빠가 노래까지 불러 주면 금상첨화일 것 같다고 했다.

"여보, 내가 노래하면 금상첨화일 것 같대."

아빠는 그쪽 테이블로 건너가서 노래를 불러 주었다.

엄마는 포도주 잔을 비우더니 한 병을 더 주문했다.

"왜?"

엄마가 쳐다보는 내게 톡 쏘아붙였다.

"저 여자들이 너희 아빠한테 술을 사 주네, 저것 봐."

보고 싶지 않았다. 엄마랑 아빠가 술을 많이 마시면 꼭 싸움으로 끝이 나서 싫었다. 나는 청바지 맨 위 단추를 풀어야 할 만큼 배가 불렀지만 메뉴판에 고개를 파묻었다. 그러고는 메뉴 하나하나에 딸린 설명을 아주 꼼꼼히 읽어 내려갔다. 사진을 몇 장 오려다 스크랩북에 붙일 수 있으면 좋겠다는 생각이 들었다.

나는 케니와 이런 놀이를 하곤 했다. 크림을 푸짐하게 올린 커다란 초콜릿 케이크 사진이 잡지에 나오면 손가락으로 케이크를 건드린 다음 손가락에 묻은 크림을 핥아 먹는 척하면서 "냠, 냠, 냠." 소리를 내는 놀이였다. 그러면 정말 케이크를 먹는 것처럼 혀끝에서 부드러운 크림과 스펀지 시트의 감촉이 느껴질 때도 있다.

케니는 자기도 한 조각만 달라고 사정하곤 했다. 내가 그 페이지를 펴서 보여 주면 부드러운 케이크를 집으려고 반질반질한 종이 여기저기를 손가락으로 쑤셔 댔다. 그러고는 손가락을 열심히 빨아 보지만, 혼자서는 그 맛을 상상하지 못했다.
"나도 케이크 먹고 싶어!"
케니는 울부짖곤 했다.
"어머나, 아직도 배가 고픈 건 아니지?"
엄마가 새로 딴 포도주를 잔에 따르며 물었다.
"어머나, 아직도 목이 마른 건 아니죠?"
내가 받아쳤다.
"아가씨, 나한테 그렇게 야박하게 굴지 말아 주세요."
엄마가 테이블 밑으로 나를 걷어차며 말했다. 엄마는 가장 좋은 검정 하이힐을 신었는데, 앞코가 몹시 뾰족했다.
"엄마, 아파요!"
"거짓말."
말은 그렇게 하면서도 엄마는 테이블 밑으로 손을 내밀어 내 정강이를 문질러 주었다.
"이제 좀 괜찮아?"
엄마는 손을 하도 멀리 내미는 바람에 중심을 잃고 급기야 테이블 밑으로 넘어졌다.
"어머나!"
엄마는 일어서려다 테이블에 머리를 부딪치더니 울다 웃다 하기 시작했다.
"엄마!"

나는 날카롭게 속삭이면서 엄마를 끌어내리려고 했다.
"엄마!"
케니는 장난인 줄 알고 키득거렸다. 의자에서 미끄러져 내려가더니 엄마 옆에 쭈그리고 앉아 숨래잡기 놀이라도 되는 것처럼 "쉿!" 소리를 냈다.
"케니, 제발 일어나. 엄마, 아빠가 볼 거예요. 얼른 일어나요!"
아무리 말해도 엄마는 여유만만이었다. 아예 테이블 밑에 쭈그리고 앉아서 케니를 붙잡고 간지럼을 태웠다. 아빠가 우리 쪽으로 고개를 돌렸다. 나는 구역질이 날 정도로 환하게 웃으며 아무 일도 없다는 듯 손을 흔들었다. 아빠는 노래를 멈추고 우리 쪽으로 다가왔다.
"이게 도대체……?"
"케니가 테이블 밑으로 떨어졌어요. 그래서 엄마가 꺼내 주려고 하는 거예요."
내가 속사포처럼 쏟아 놓았다.
"아빠! 아빠, 우리 숨었어요!"
케니가 꽥 소리를 질렀다.
"그래, 아빠가 찾았으니까 이제 나와라."
아빠가 케니의 겨드랑이 밑으로 손을 넣어서 끌어당겼다. 케니는 까르르 웃고 발을 버둥거리며 끌려 나왔다.
"음료수 조심해!"

내가 아슬아슬하게 잔을 붙잡으며 말했다.

"내 술은 어떻게 됐니?"

엄마가 엉금엉금 기어 나오면서 물었다.

"당신 뭐 하는 거야? 취했어?"

아빠가 물었다.

"아니. 그런데 그것도 괜찮겠다! 우리 자축하는 뜻에서 다 같이 코가 비뚤어지게 마시자. 나는 행운의 여신이야. 행운의 여신이라고."

엄마가 몸을 일으켜 세우며 말했다. 머리는 온통 산발이고 마스카라는 뭉개져 있었다.

아빠가 말했다.

"꼴이 아주 엉망이잖아. 집에 가자. 얼른 차에 타."

우리는 얼른 차에 탔다. 나는 이제 어떻게 될까 싶어서 집으로 가는 내내 조바심이 났다. 머릿속에서 불길한 목소리가 들려왔다. *아빠가 엄마를 때릴 거야.*

엄마도 들었는지 그 목소리를 잠재우려고 좋아하는 옛날 노래들을 부르기 시작했다. 케니가 칭얼거리자 안아서 허리춤에 앉히고 〈미스터 샌드맨〉을 불러 주었다. 엄마는 내가 어렸을 때도 나지막한 목소리로 느릿느릿 그 노래를 불러 주었다. '귀를 빌려 주렴.' 하는 소절을 부를 땐 갉아 먹기라도 할 것처럼 내 귀에 대고 코를 비볐다. 그러면 언제나 마음이 차분해지면서 잠이 오곤 했다. 하지만 지금 엄마 목소리는 너무 높고 불안하다. 아빠는 같이 노래하지 않았다. 집에 가는 내내 한마디도 하지 않았다.

아빠는 집에 들어서자마자 커다란 잔에 위스키를 따랐다. 그러고는 냉수처럼 벌컥벌컥 들이켰다.

"좋아! 여기 있구나. 행복한 우리 가족. 복권에도 당첨된 행운의 가족. 갑자기 생각났는데 말이지, 당신 좀 이상해. 왜 나한테 바로 이야기하지 않은 거야, 엉? 내가 집에 오자마자 큰 소리로 알렸어야 하는 거 아닌가? 비밀로 할 생각이었어? 입 꾹 다물고 그 돈을 독차지할 생각이었어, 엉? 아니면 애인한테 쓸 생각이었나? 그 축구한다는 친구 있잖아. 아직도 만나고 있는 거야?"

"여보, 그럴 리가 있겠어. 나한테는 당신뿐인 거 알잖아."

엄마는 아직도 케니를 안고 있었다.

"저기 있잖아, 케니 눕히고 올게. 알았지? 제이니, 너도 자러 가자."

"그래, 핑곗거리 생각할 시간을 벌겠다 이거로군. 상관없어. 어떻게 해서라도 진실을 밝혀낼 테니까."

엄마는 케니를 안고 밖으로 나갔다. 나한테도 따라오라고 했다.

"제이니, 귀먹었니? 가서 자라니까."

아빠가 말했다.

나도 침대에 누워서 이불을 뒤집어쓰고 싶었다. 하지만 그러지 않았다.

"여기 있을 거예요."

"뭐라고?"

지금까지 아빠한테 말대꾸한 사람은 없었다. 특히 나는 말할 필요도 없다.

"여기 있겠다고요."

나는 입이 바짝 말라서 거의 속삭이듯 말했다. 배 속에서 초콜릿 푸딩이 꿈틀거렸다.

"당장 가서 자라니까, 이 건방진 계집애야!"

아빠가 의자에서 일어나면서 손을 치켜들었다.

용감하게 맞서고 싶었지만, 나도 모르게 비명이 새어 나왔다. 소리가 별로 크지도 않았는데 엄마가 달려왔다. 엄마는 우리를 보았다. 섬뜩한 얼음 땡 놀이라도 하는 것처럼 손을 치켜든 아빠와 머리를 수그린 나를.

"제이니, 가서 자라니까!"

엄마가 말했다.

"여기 있을 거예요."

내가 소리쳤다.

"너 왜 이래?"

아빠가 물었다.

"아빠 때문이에요! 아빠가 다 망쳐 놓잖아요! 엄마가 복권에 당첨된 기분 좋은 일까지! 아빠가 성질부리고, 소리 지르고, 때리는 것 때문에 분위기 잡쳤잖아요! 이럴 줄 알았어요. 아빠는 왜 진짜 아빠처럼 못 하는 거예요?"

나는 버럭버럭 소리를 질렀다.

아빠는 나한테 얻어맞기라도 한 것처럼 고개를 뒤로 젖혔다. 그러고는 어떻게 하면 좋을지 모르겠다는 듯 가만히 서서 고개만 저었다. 아빠는 그래서 날 때렸을 거다. 다른 수가 생각나지 않았던 것이다.

얼굴을 한 대 맞는 순간 몸이 하늘로 붕 날아올랐다. 그리고 카펫 위에 대자로 쓰러졌다. 엄마가 아빠한테 달려들어 긴 손톱으로 얼굴을 마구 할퀴었다. 아빠는 엄마한테 주먹을 휘둘렀고, 엄마가 내 옆으로 쓰러지자 발로 걷어찼다. 그러다 결국에는 우리한테 침을 뱉고 밖으로 나가 버렸다. 쿵 하고 문이 닫히는 소리가 들렸다.

"제이니, 어디 보자."

엄마가 내 옆에 무릎을 꿇고 앉아 말했다.

"나는…… 괜찮아요. 엄마가 훨씬 더 많이 맞았잖아요."

"일어날 수 있겠니? 서둘러야 해."

엄마가 나를 끌어당기면서 말했다. 흐르는 코피는 얼른 손등으로 닦아 냈다.

"얼른! 짐 싸는 것 좀 도와줘."

"예?"

나는 엄마를 멀뚱멀뚱 쳐다봤다. 무슨 말을 하는지 알아듣을 수가 없었다.
　엄마가 화끈거리는 내 얼굴을 두 손으로 감싸면서 말했다.
　"떠나자. 그 인간이 이제 너한테까지 손을 댔으니 앞으로도 계속 그럴 거야. 그건 못 참아. 우리 도망치는 거야!"

# Three
## 야반도주

나는 엄마를 멀뚱멀뚱 쳐다봤다.

"무슨 수로 도망을 쳐요?"

"간단해. 핸드백에 아직도 만 파운드가 고스란히 남아 있 잖아. 저녁 먹느라 50파운드를 쓰기는 했지만, 그건 신경 쓸 것도 없어. 그 얼어 죽을 차 사라고 돈을 넘겨주지 않은 게 천만다행이지. 알아, 알아, 내가 정말 멍청했다는 거. 너희 아빠가 정신 좀 차리게 해 주겠다더니 정말 그랬지 뭐니. 너 를 샌드백처럼 쓰게 내버려 둘 수는 없어. 그러니까 서두르

자. 각오는 됐겠지?"

"그럼요! 당연하죠. 그런데 아빠가 우릴 찾으면 가만두지 않을 텐데."

"못 찾을 거야. 너랑 나랑 케니랑 셋이서 당장 도망칠 거니까. 완전 새 출발을 하는 거지. 그러니까 얼른 서둘러. 네 짐은 네가 나를 수 있게 조그만 가방에다 싸. 그리고 엄마가 짐을 챙기는 동안 케니 짐도 좀 싸 주고."

"엄마…… 이거 장난치는 거 아니죠?"

"내가 지금 장난치는 것처럼 보이니?"

엄마가 다시 코를 훔치며 말했다.

"너희 아빠는 문 닫는 시간까지 술집에 있을 거야. 그 전에 아주 멀리 도망쳐야 해. 그러니까 제이니, 빨리 움직여."

나는 엄마 말대로 얼른 방으로 달려가 불을 켰다. 거울에 비친 내 얼굴은 섬뜩했다. 아빠한테 맞은 쪽은 시뻘겠고, 다른 쪽은 백지장처럼 하얬다. 케니는 갑자기 불이 켜지자 눈을 깜빡이며 이불을 뒤집어쓰려고 했다.

"케니, 일어나. 얼른. 옷 입어야 해."

"하지만 지금은 밤이잖아."

"맞아. 그런데 다시 나갈 거야."

"아빠랑?"

"아니, 너랑 나랑 엄마랑 셋이서."

나는 케니를 침대 밖으로 끌어내 꿈틀거리는 그 조그만 몸을 꼭 안아 주었다.

"너도 아주 아주 큰 형아가 돼서 도와줘야 해."

케니가 손을 내밀어 시뻘건 내 뺨을 건드렸다.

"아야!"

"여기, 다시 원래대로 돌아갈까?"

케니가 물었다.

"당연하지. 자, 시작하자!"

나는 케니를 일으켜 세워 위아래로 훑어보았다. 케니는 티셔츠와 바지와 양말을 그대로 입고 있었다. 문득 좋은 생각이 떠올랐다. 나는 케니의 서랍을 휘저었다.

"이거 입어, 알았지?"

나는 바지와 양말을 케니 쪽으로 던졌다.

"지금 입은 옷 위에다. 티셔츠도 하나 더 입고. 그 위에 빨간 점퍼 입어. 그 옷 좋아하잖아. 그리고 파란색 토머스 기관차 점퍼랑 청바지랑…… 여분으로 한 벌 더 챙겨야겠다. 그 위에다 더 껴입을 수는 없으니까."

내가 옷을 최대한 껴입히자 케니는 히스테리 환자처럼 키득거렸다. 케니가 어찌나 우스꽝스럽게 어기적어기적 걷는지, 아빠가 돌아와서 우리를 붙잡으면 어쩌나 심장이 벌렁거리면서도 웃음을 참을 수가 없었다.

"너희들 뭘 그렇게 웃니? 얼른 서둘러."

엄마가 다급한 목소리로 외쳤다.

나는 유치원 가방에 좋아하는 장난감을 넣으라고 케니에게 시킨 다음 내 옷을 챙기기 시작했다. 내 옷을 챙기는 건 더 쉬웠다. 내 옷은 하나같이 너무 작고 꼭 껴서 입으면 엄청 뚱뚱해 보였다. 마음에 드는 게 거의 없었다. 내가 가장 좋아하는 보라색 벨벳 치마와 어른스러운 까만색 셔츠는 이미 입고 있었다. 나는 셔츠 위에 큼지막한 까만색 카디건을 걸치고, 그 위에 하얀색 패딩 재킷을 입었다. 이 끔찍한 재킷을 입으면 눈사람처럼 보였지만, 이제 데님 재킷을 사도 될 만큼 돈이 많이 생겼으니 상관없다.

나는 속옷과 청바지, 하트 무늬가 있는 분홍색 셔츠, 많이 해지긴 했지만 아직도 끔찍이 아끼는 스웨이드 부츠를 챙겼다. 그런 다음 잠옷이 생각나 챙기다 보니 오래된 곰 인형 핑키가 딸려 나왔다. 핑키는 털이 다 닳아서 반들반들했고, 한쪽 눈마저 없어져서 좀 삐딱해 보였다. 이젠 정말 넝마가 다 된 데다 나도 곰 인형을 가지고 놀 나이는 지났지만, 그래도 핑키를 가방에 쑤셔 넣었다.

케니는 나보다 더 한심했다. 새로 산 크레용과 날 때부터 친구였던 파란색 곰 인형 밥은 잊어버리고, 끈 없는 요요와 부러진 크레용, 조각이 절반은 사라진 직소 퍼즐을 유치원 가방에 쑤셔 넣고 있었다. 나는 짐을 다시 챙겨 준 다음, 커다란 쇼핑백에 스크랩북과 새로 산 잡지, 가위, 셀로판테이프, 풀을 챙겨 넣었다.

"다 챙겼어요, 엄마."

나는 엄마 방으로 들어가며 말했다.

엄마는 빨리 감기 버튼을 누른 것처럼 옷장과 서랍장을 뒤지며 미친 듯이 왔다 갔다 하고 있었다. 코피는 아직도 멈출 줄 모르고, 입술을 지나고 뺨을 거쳐 파란색 셔츠 위로 뚝뚝 떨어지며 선명한 자국을 남기고 있었다.

"엄마가 가장 좋아하는 파란색 셔츠잖아요!"

"빨면 지워질 거야. 내버려 둬. 그런데 지저분해 보이기는 한다. 그냥 버릴까?"

엄마가 갑자기 정지 버튼을 누른 것처럼 멈춰 섰다.

"그 위에 스웨터를 입어요. 케니한테도 가진 옷을 반쯤 껴입게 했어요."

"똑똑하기도 하지."

하지만 엄마는 내 쇼핑백을 보더니 생각이 바뀐 눈치였다.

"제이니, 그걸 들고 다니려고?"

내가 고른 것은 커다랗고 튼튼한, 15펜스짜리 슈퍼마켓 쇼핑백이었다. 내 스크랩북이 커다랗고 두툼한 구식 회계 장부라 들어갈 만한 쇼핑백이 그것밖에 없었다. 2년 전 벼룩시장에서 1파운드를 주고 산 이 스크랩북은 내가 가장 아끼는 보물이었다. 엄마도 알고 있었지만, 그래도 나를 나무랐다.

"네 가방에다 케니 가방까지 들어야 할 텐데, 그렇게 커다란 쇼핑백은 안 되지."

"다 들 수 있어요. 정말이에요. 스크랩북은 꼭 가지고 가야 해요."

"다시 만들면 되잖아."

"이게 있어야 해요. 가장 예쁜 사진들이 다 들어 있단 말이에요. 꼭 가지고 가야 해요, 엄마."

"제발 시키는 대로 해!"

엄마는 고함을 지르다 말고 손으로 입을 막았다.

아파트 복도를 따라 우리 집 쪽으로 걸어오는 발자국 소리가 들렸다.

"너희 아빠가 왔나 봐!"

엄마가 조그맣게 속삭였다. 우리는 서로 꼭 끌어안았다.

하지만 발자국 소리는 우리 집 현관을 지나 계속 이어졌다. 엄마는 한숨을 내쉬며 심장이 있는 곳을 툭툭 쳤다. 그러고는 내 어깨를 토닥토닥 두드렸다.

"알았다, 알았어. 그 망할 스크랩북 가지고 가도록 해. 나가자, 얼른."

엄마는 여행용 가방과 5파운드짜리 지폐로 두둑한 핸드백을 집어 들었다. 나는 엄마와 함께 케니의 묵직한 가방을 그 조그만 어깨에 메 주고, 책가방과 스크랩북이 든 쇼핑백을 움켜쥐었다. 우리는 마지막으로 아파트를 얼른 둘러보았다.

케니가 갑자기 금붕어 버블을 데리고 가야 한다며 울부짖었다. 내가 새집에 가면 열대어를 수조 가득 키울 수 있다고 해도 소용없었다. 케니는 어항을 감싸 안고 아우성을 치기 시작했다.

"못 살겠네. 그다음은 뭐니?"

엄마는 비닐 백에 물을 담고 버블을 그 안으로 옮겼다.

"자, 버블도 같이 가는 거다. 이제 가자."

우리는 그렇게 비틀비틀 복도를 지나 엘리베이터로 갔다. 나가다가 아빠하고 정면으로 마주치는 게 아닐까 싶어 잔뜩 겁이 났지만 아빠도 아빠 친구들도 흔적조차 보이지 않았다.

엄마가 말했다.

"너희 아빠는 아직 술집에 있을 거야. 그래도 되도록 빨리 도망치는 게 좋겠지."

택시가 다가오더니 빙고 게임을 하고 돌아오는 할머니 세 분이 내렸다

"이봐요! 이봐요, 택시!"

엄마는 허공에서 택시를 불러내기라도 한 것처럼 나를 보며 자랑스럽게 턱으로 택시를 가리켰다. 택시 기사는 절뚝절뚝 다가가는 우리를 보더니 고개를 절레절레 흔들었다. 피가 나는 엄마 코를 보더니 또다시 고개를 저었다.

"손님, 병원으로 갈까요?"

"아뇨. 기차역으로 가 주세요."

엄마는 무뚝뚝하게 대답하고 코를 닦았다.

"가로등을 들이받았지 뭐예요."

택시 기사는 눈썹만 찡긋 세울 뿐 아무 말도 하지 않았다. 내 뺨은 가라앉았지만 아픈 건 여전했다. 이도 좀 이상했다. 빠지지 않기만 바랄 뿐이다. 그래도 이가 빠지면 뺨이 홀쭉해 보이긴 할 거다. 나는 통통한 내 얼굴이 싫다.

택시 기사는 케니와 비닐 백을 흘낏거렸다.

"그 안에 뭐가 들었니? 새끼 상어?"

"아뇨, 금붕어요."

케니가 대답했다.

"이럴 수가! 택시엔 가축을 태울 수 없단다. 금붕어는 가축이잖니? 그러니까 금붕어는 물웅덩이를 따라서 기차역까지 헤엄쳐 가야 해."

케니가 울상을 지었다.

"농담하시는 거야."

내가 케니를 택시 안으로 밀어 넣으면서 말했다.

"울리려던 게 아니라 그냥 장난친 건데."

택시 기사가 말했다.

"괜찮아요."

우리 뒤를 따라 택시에 올라타면서 엄마가 말했다.

"그런데 좀 밟아 주시겠어요?"

"그럴게요. 몇 시 기차인데요?"

엄마는 머뭇거렸다.

"정확한 시간은 모르겠어요. 아무튼 늦은 건 확실해요."

택시는 아파트 단지를 돌아 나와 큰길로 접어든 뒤 곧장 아빠의 단골 술집인 앨버트 앞으로 갔다. 엄마와 나는 서로 마주 보았다. 엄마가 의자 밑으로 미끄러져 내려갔다. 나도 따라 하면서 케니 머리를 밑으로 눌렀다.

"아프잖아, 누나."

케니가 투덜거렸다.

"납작 엎드려, 케니. 얼른 엎드려."

내가 다그쳤다.

"왜?"

택시 기사는 룸미러로 우리를 쳐다보면서 뭔가 석연치 않은 듯 혀를 찼다. 우리는 택시가 술집 앞을 지나자 바로 앉았다. 엄마는 콤팩트를 들여다보면서 코를 훔치고 뭉개진 마스카라를 닦아 냈다.

"저기, 손님, 제가 상관할 일은 아니지만……."

택시 기사가 입을 열었다.

"예, 그렇죠."

엄마가 퉁퉁 부은 얼굴에 파우더를 바르면서 대꾸했다.

"바깥양반한테 흠씬 맞은 모양인데, 경찰에 신고하시지 그래요?"

엄마는 "경찰!" 하고 외치더니 아주 상스러운 말을 내뱉었다.

"집안일에 관한 한 경찰은 아무짝에도 쓸모없어요. 그래요, 일단은 남편을 끌고 가겠죠. 하지만 경찰서를 난장판으로 만드는데 계속 붙잡아 놓겠어요? 게다가 경찰서에 끌려갔다 온 남편은 기분이 좋겠어요?"

"예, 뭐, 손님 말씀도 일리가 있네요. 그래서 아이들을 데리고 도망치시는 건가요?"

"그 이야기는 하고 싶지 않네요."

엄마는 엄지손가락 주변의 살갗을 물어뜯기 시작했다.

"아이들이 듣고 있잖아요."

택시 기사의 입을 다물리려고 한 말인 줄은 알지만, 그래도 기분이 나빴다. 나는 케니 같은 어린애가 아니다. 지금이 어떤 상황인지 분명히 알고 있다. 엄마만큼은 알고 있다.

택시가 기차역에 도착하자 엄마가 요금을 냈다. 엄마는 핸드백 안에 뭐가 들었는지 감추려고 애를 썼지만, 기사는 5파운드짜리 지폐를 보고 눈썹을 추켜세웠다.

"어이쿠, 은행이라도 턴 모양이네요?"

"알고 싶지 않으실 텐데요."

엄마는 이렇게 대답하고, 내가 케니와 짐을 차례로 끄집어내는 동안 인도에 서서 기다렸다.

"델마와 루이스(1991년에 발표된 리들리 스콧 감독의 영화 《델마와 루이스》의 두 주인공 : 옮긴이)를 하나로 합친 게 바로 나예요."

엄마는 두 손가락을 모으고 엄지손가락을 세웠다. 그런 다음 택시 기사의 머리를 조준하고 "탕!" 소리를 냈다.

택시 기사는 웃음을 터트리며 머리를 수그렸다.

"더 이상 왈가왈부하지 않을게요. 아무튼 행운을 빕니다."

엄마는 산총을 팁으로 주었다.

"누가 물어도 우릴 어디에 내려 줬는지 말하면 안 돼요."

엄마는 이제 자못 진지했다.

기사는 지퍼를 단단히 채웠다는 뜻으로 입술을 이쪽 끝에서 저쪽 끝까지 손가락으로 훑었다. 엄마는 멀어져 가는 기사의 뒷모습을 물끄러미 바라보다 "괜찮은 사람이네." 하고 중얼거렸다.

엄마 머릿속에서 어떤 이야기가 펼쳐지고 있는지 짐작이 되고도 남았다. 기사가 갑자기 차를 돌리더니 우리를 태우고 어디든 원하는 곳으로 데려다 준다. 런던, 뉴욕, 디즈니랜드……. 그는 우리를 보살피고, 생활비를 벌어다 주고, 절대 주먹을 휘두르지 않는다.

그건 상상 속에서나 가능한 일이다. 현실에서 그는 택시 승강장으로 쌩하니 내달릴 뿐, 우리한테 손도 흔들어 주지 않았다.

"얘들아, 가자."

엄마가 콧방귀를 뀌며 말했다.

엄마는 아직도 가장 좋은 하이힐을 신고 있었는데, 무거운 여행 가방을 끄느라 몸이 한쪽으로 기우는 바람에 발목이 이리저리 꺾였다. 케니와 나는 그런 엄마 뒤를 비틀비틀 따라갔다.

기차역에는 사람이 거의 없었다. 심장이 다시 두근거리기 시작했다. 출발하는 기차가 하나도 없으면 어쩌지? 아빠는 우리가 없어진 걸 알면 제일 먼저 기차역부터 뒤질 텐데.

엄마는 걱정스러운 얼굴로 안내판 앞에 서서 손가락으로 기차 시간표를 더듬었다. 그러더니 활짝 웃으면서 어떤 노선을 손가락으로 콕콕 찔렀다.

"좋았어! 10분 있으면 출발하는구나."

"엄마, 우리 어디로 가는 거예요?"

"런던!"

나는 침을 꿀꺽 삼켰다.

"그러니까 런던 어디요? 런던에는 아는 사람이 아무도 없잖아요."

"맞아. 그래서 좋은 거야! 새 출발이잖니. 얼른 타자. 표 값은 역무원이 보이면 내도록 하고. 그래야 매표소에서 표를 산 흔적이 안 남을 거 아니니."

엄마는 이렇게 말하면서 키득거렸다.

"무슨 범죄 영화에 등장하는 사람 같잖아. 재미있다. 그렇지?"

엄마는 재미있어하는 표정이 아니었다. 기차역의 밝은 불빛 아래서 보니 얼굴이 더 가관이었다. 키득거리는 소리도 우는 소리에 가까웠다. 하지만 엄마가 맞장구쳐 주기를 바라는 듯 보여서 나는 단호하게 고개를 끄덕였다.

"맞아요. 무슨 모험극 같아요. 안 그러니, 케니?"

케니는 몽유병 환자처럼 비몽사몽이있다. 버블이 든 비닐백도 간신히 들고 있었다. 케니는 기차에 태우자마자 고개를 떨어뜨리더니 금세 꿈나라로 떠났다. 나는 버블을 살짝 들여다보았다. 어째 불만스러워 보였지만 나로서는 어쩔 도리가 없었다.

"엄마, 버블한테 적당한 어항 사 줄 수 있죠?"

"당연하지. 금붕어도 더 사자. 그 엄청나게 비싼 물고기 이름이 뭐더라?"

"비단잉어요. 하지만 비단잉어는 너무 크지 않겠어요?"

"그런가? 그럼 엄청 큰 수조를 사자. 돌고래도 사고!"

"돌고래 말고 상어 사요."

내가 이를 씩 드러내며 말했다.

이건 정신 나간 짓이다. 우리가 어디에서 살게 될지도 모르는데, 버블이 살 집에 대해 의논을 하다니.

"엄마, 런던에 도착하면 정확히 어디로 갈 거예요?"

"정리가 될 때까지 당분간 호텔에 묵을 거야."

"그런데 우리가 도착하면 한밤중일 거 아니에요. 만약에 호텔이 다 문을 닫았으면 어쩌죠? 만약에 호텔이 하나도 안 보이면요? 만약에……."

"그만해라, 제이니. 너 때문에 골치가 다 아프다."
"그렇지만……."
"그만하라니까."

나는 케니 옆에 웅크린 채 잠을 청하려고 애를 썼다. 머릿속에서 온갖 생각들이 꼬리에 꼬리를 물고 이어졌다. 엄마를 보니 엄마 머릿속에서도 온갖 생각들이 꼬리에 꼬리를 물고 이어지고 있는 것 같았다. 엄마는 엄지손가락을 계속 물어뜯고 있었다. 런던에 도착할 무렵이면 남은 살가죽이 하나도 없을 것 같았다.

# Four
## 새로운 이름

결국 우리는 쓸데없는 걱정을 하고 있었다. 런던 기차역에 도착하고 보니 샌드위치 매점이 아직 문을 열고 있었다. 엄마는 샌드위치 세 개를 주문하면서 주인 여자한테 근처에 호텔이 있느냐고 물었다. 여자는 냅킨에다 약도를 그려 주었다. 알고 보니 5분 거리에 호텔 촌이 있었다.

"그런데 하나같이 좀 허름해 보인다."

그곳에 도착하자 엄마가 말했다.

"돈이 있으니까 마음만 먹으면 얼어 죽을 리츠 호텔에도 묵을 수 있는데."

하지만 케니가 워낙 비몽사몽이라 엄마가 케니를 업고 안간힘을 다해 가방을 끌고 있었다. 더 이상 걷는 건 무리였다.

첫 번째 호텔은 방이 없다고 했다. 두 번째 호텔은 홀에 불이 켜져 있었는데, 벨을 몇 번이나 눌러도 나와 보는 사람이 없었다. 나는 다시 겁이 나기 시작했다. 비틀거리면서 런던의 호텔 절반을 돌아다녀야 하는 게 아닌가 싶었다.

엄마가 밝은 목소리로 "3은 행운의 숫자잖니."라고 했다. 과연 그랬다. 한 남자가 나와서 더블 룸이 있는데 숙박료 45파운드를 선불로 내야 하고, 1인당 5파운드를 더 내면 유럽식 아침 식사를 할 수 있다고 했다.

엄마는 돈을 내고 숙박계에 이름을 적었다. 엄마는 원래 글씨를 대문짝만 하게 괴발개발 쓴다. 곡선 부분은 모두 둥그렇게 굴리고, 'i'를 쓸 때는 점 대신 하트를 그린다. 그런데 숙박계에는 조그맣게 휘갈겨 써서 무슨 글자인지 알아보기가 힘들었다. 어쨌거나 엄마 본명인 니키 펜턴하고는 거리가 먼 이름이었다.

그런데도 호텔 직원은 상관하지 않는 눈치였다. 심지어 퉁퉁 부은 엄마 얼굴에도 관심이 없었다. 엄마 코는 이제 딱지투성이였다. 엄마는 직원의 눈을 의식한 듯 코를 톡톡 두드리며 바보 같은 하이힐 때문에 정면으로 넘어졌다는 둥 거짓말을 늘어놓았지만, 듣는 시늉조차 하지 않았다. 엄마한테 열쇠를 건네주고 계단 쪽을 손가락으로 가리킨 다음 텔레비전을 보러 사무실로 들어가 버렸다.

"대단하셔. 뭐, 여기 오래 있을 건 아니니까."

엄마가 숭얼거렸다.

케니와 짐을 끌고 비좁은 계단을 세 층 올라가자 칙칙한 복도 저쪽에 우리 방이 있었다. 가구라고는 이불에 담뱃불 구멍이 무성한 더블베드, 옷걸이가 달랑 하나뿐인 옷장, 비누 한 조각과 수건 한 장이 놓인 세면대가 전부였다. 엄마는 한심하다는 듯 콧방귀를 뀌었다. 엄마가 조심스럽게 이불을 젖혔다. 시트는 다행히 새하얬고 갓 세탁한 냄새가 났다.

"자, 이제 눈 좀 붙여 볼까? 나는 나가서 화장실이 어디 있는지 알아볼 테니까, 너는 그동안 케니한테 입힌 옷 좀 벗겨줘."

잠시 후 엄마는 코를 찡그리며 돌아왔다.

"별로 깨끗하지가 않아. 제이니, 화장실에 케니 데려갈 때 감시 잘해라. 아무것도 만지지 못하게."

케니는 반쯤 잠든 상태라 멍하니 시키는 대로 했다. 나는 그 지저분한 변기에 앉을 엄두가 나지 않아 어정쩡하게 엉덩이를 들고 볼일을 봤다. 그 상태로 벽에 적힌 지저분한 낙서를 모조리 읽었다.

방으로 돌아가 보니 엄마는 까만색 나이트가운 위에 모헤어(앙고라염소의 털로 짠 윤이 나고 부드러운 천 : 옮긴이) 카디건을 걸치고 이미 침대에 누워 있었다.

"애들아, 얼른 올라와. 여기 진짜 썰렁하다."

우리는 엄마 옆으로 뛰어 올라갔다. 처음엔 눈밭 위를 미끄러지는 기분이었는데, 엄마가 우리를 꼭 안아 모두 한 덩어리가 되자 차츰 아늑한 기분이 들었다. 어느 방에선가 남녀가 싸우는 소리가 들렸다. 하지만 엄마가 머리끝까지 이불을 잡아당기자 누구도 우리를 건드릴 수 없는 동굴이 만들어졌다.

나는 어렵사리 잠이 들었다가 한밤중에 화들짝 깨어났다. 꿈에 아빠가 나왔다. 아빠가 나를 쫓아왔다. 눈을 떴더니 정말로 달리기를 한 것처럼 심장이 쿵쾅거렸다. 엄마 쪽으로 손을 뻗었지만 엄마가 없었다. 몸을 조그만 공처럼 말고 깊은 숨을 몰아쉬는 케니만 만져질 뿐이었다.

나는 겁에 질려서 벌떡 일어났다. 작고 초라한 객실은 어두컴컴했지만, 누군가 창가에 서 있는 게 안 보일 정도는 아니었다.

"엄마?"

나는 침대를 빠져나와 너덜너덜한 카펫 위를 타박타박 걸어갔다.

"엄마, 뭐 해요?"

나는 엄마 팔에 손을 얹었다. 엄마는 모헤어 카디건을 걸쳤는데도 바들바들 떨고 있었다.

"쉬이잇. 케니 깰라."

"괜찮아요. 시체처럼 자고 있어요. 엄마, 잠이 안 와요?"

"응. 게다가 담배까지 다 떨어져서 낭패야. 나가서 자판기가 있나 찾아볼까 했는데……."

"안 돼요, 엄마!"

"알았어. 나도 별로 내키지 않았어. 그나저나 제이니, 우리 도대체 여기서 뭐 하고 있는 거니? 내가 정신이 어떻게 됐었나 봐. 너희 아빠가 정말로 널 계속 때릴 리 없는데. 너라면 끔찍하게 생각하잖니."

"엄마도 끔찍하게 생각하지만, 그래도 때리잖아요. 왜 그럴까요?"

"난들 알겠니. 내가 아빠 신경을 긁나 봐. 난 정말 아무짝에도 쓸모없는 인간이야. 아내로서도 빵점이고, 엄마로서도 빵점이고."

엄마는 눈물을 흘리기 시작했다.

"엄마가 얼마나 좋은 엄만데요."

나는 엄마를 감싸 안았다.

"아무짝에도 쓸모없지 않아요. 엄마는 행운의 여신이잖아요. 우리 주변에서 복권에 당첨된 사람이 엄마 말고 또 누가 있어요."

"행운의 여신."

엄마는 콧방귀를 뀌었다.

"아까 숙박계에도 그렇게 적었어. L. 럭(Luck)이라고. 너희 아빠가 캐묻고 다닐 경우에 대비해서 말이다. 기차역에서 이렇게 가까운 데 짐을 푸는 게 아니었어. 너희 아빠가 쫓아오면 가장 먼저 여기부터 뒤질 거 아니니. 내일 아침 먹자마자 출발하자. 알았지?"

"앞으로 엄마 이름이 레이디 럭이 되는 거예요?"

"글쎄, 레이디라고 하면 좀 웃기지 않니? 니키 럭이라고 할까? 아니면 이름까지 바꿀까? 음…… 빅토리아라고 해야겠다. 스파이스 걸스 중에서 포시 스파이스(1990년대를 풍미했던 영국의 여성 그룹 스파이스 걸스 시절 빅토리아 베컴의 별명 : 옮긴이)가 가장 좋았거든. 빅토리아 럭. 그래, 근사하다. 그렇지?"

"케니하고 나도 이름을 바꿔야 해요?"

"응, 그러는 게 좋겠다. 너는 어떤 이름으로 하고 싶니?"

나는 브리트니, 샬럿, 케이트, 카일리 같은 스크랩북에 들어 있는 여자애들 이름을 모조리 떠올려 보았지만 말짱 헛수고였다. 그 애들과 나는 닮은 구석이 하나도 없었다. 나는 여기저기에서 오려 낸 물건으로 그 애들의 사진을 장식했다. 꽃다발, 샴페인, 초콜릿 상자, 향수병……. 그 물건들의 모델 중 하나가 롤라 로즈라는 이름이었다.

머릿속으로 그 이름을 되뇌어 보았다. 마음에 들었다.

"나는 롤라 로즈로 할래요."

나는 똑바로 앉아서 머리카락을 뒤로 휙 넘기고 잠옷을 반듯하게 폈다. 롤라 로즈는 진짜 멋진 여자애 같은 이름이었다. 롤라 로즈는 길고 탐스러운 고수머리였다(내 가는 직모기 벌써부터 탐스럽게 구불거리는 기분이 들었다). 게다가 완벽한 모델이었다. 나는 배를 집어넣고 가슴을 내밀었다. 롤라 로즈는 무서운 사람이 아무도 없었다. 심지어 아빠도 무섭지 않았다.

나는 살짝 웃으며 천천히 숨을 내쉬었다.

"롤라 로즈 럭. 좋아. 새로운 이름으로 새롭게 출발하자."

엄마가 젖은 눈가를 훔치자 마스카라가 번졌다.

"내 정신 좀 보렴. 클렌징크림도 안 챙기고. 화장품도 안 챙겼지 뭐니."

"나중에 잔뜩 사면 되잖아요. 제 것도 좀 사고."

나는 기대에 차서 말했다.

"좋아, 롤라 로즈."

엄마는 얼굴을 씻으러 세면대로 갔다. 그런데 손으로 물을 뜨더니 비명을 질렀다.

"으악!"

내가 세면대에 물을 채우고 버블을 넣은 게 화근이었다. 엄마가 실수로 녀석을 건진 것이다. 녀석은 몸부림을 치더니 다시 물속으로 퐁당 들어갔다. 엄마와 나는 히스테리 환자처럼 키득거렸다.

"거기 좀 조용히 해요. 잠을 못 자겠잖아."

누군가 벽을 두드리며 말했다.

엄마와 나는 손으로 입을 가리고 킥킥거렸다. 케니도 잠에서 깼다.

"여기가 어디야? 엄마? 누나?"

케니가 울음을 터트렸다.

"쉿, 케니. 우리 여기 있어."

내가 케니에게 다가가며 말했다.

"애 좀 조용히 시켜!"

이번에는 저쪽 방에서 고함을 질렀다.

"시끄러운 건 댁이거든. 댁이나 좀 조용히 하시지."

엄마가 소리를 질렀다.

"엄마! 그러지 마! 시비 길지 말아요."

나는 이렇게 속삭이고는 케니를 끌어안고 달랬다.

저쪽 방에서 상스러운 욕이 날아왔다. 어찌나 상스러운지 엄마와 나는 다시 웃음보를 터트렸다. 엄마가 침대로 돌아오면서 속삭였다.

"날이 밝자마자 여기서 나가자. 여기는 변태 소굴이야."

"제이니 누나, 누나 때문에 찌부러지겠어!"

케니가 투덜거렸다.

"미안하다, 미안해. 그런데 앞으로는 제이니라고 부르지 마. 이제부터 내 이름은 롤라 로즈야."

"나는 빅토리아고."

엄마가 거들었다.

"이거 무슨 게임이야?"

케니가 불안해하며 물었다.

"나 이 게임 싫어. 집에 갈래."

"안 돼."

내가 얼른 대답했다.

"여기가 훨씬 재밌어. 나중에 쇼핑도 할 거야. 사 달라는 거 뭐든 사 줄게. 하지만 이제부터 새로운 생활을 할 거니까, 이름도 새로 지어야 해. 나는 롤라 로즈 럭이야. 끝내주지? 그리고 엄마는 빅토리아 럭이야. 너는 어떤 이름으로 할래?"

"나는 케니야."

"맞아. 하지만 이제 누구라도 될 수 있어. 내가 도와줄까? 음…… 제이미 어때? 로비는? 데이비드는?"

"뭘로 하라고? 기억 못할 것 같아."

케니는 걱정스러운 얼굴이었다.

"아냐, 기억할 거야. 네 본명이랑 비슷한 이름은 어때? 레니? 베니?"

"켄들이라고 해도 돼?"

"켄들 민트 케이크(영국 산악인들이 애용하는 페퍼민트 맛 초콜릿 : 옮긴이) 말이로군."

엄마가 중얼거렸다.

케니 몸이 부끄러움으로 뻣뻣하게 굳는 게 느껴졌다.

"내 생각에는 멋진 이름인 것 같은데요."

내가 말했다.

"응, 그래, 아주 멋지다. 빅토리아 럭한테는 켄들과 롤라 로즈, 이렇게 멋진 아이가 둘 있지."

엄마가 우리 둘 사이로 파고들며 말했다.

"우리 이제 눈 좀 붙여 볼까?"

엄마가 우리 둘을 더 꼭 끌어안았다. 케니, 아니 켄들은 아무 말이 없었다. 잠이 든 모양이었다. 그런데 불쑥 켄들이 입을 열었다.

"아빠는 이름을 뭘로 바꿀 건데?"

나는 엄마의 대답을 기다렸다. 그런데 엄마는 아무 말이 없었다. 잠이 든 모양이었디.

"아빠는 이제 우리 가족이 아니야."

내가 조그맣게 속삭였다.

"왜?"

켄들은 놀란 목소리였다.

어쩌면 그렇게 멍청할 수 있는지 이해가 가지 않았다.

"너도 왜 그런지 알잖아! 아빠는 나쁜 사람이고, 엄마를 자꾸 때리니까 그렇지. 나까지 맞았어. 지금도 턱을 움직일 때마다 아프다고."

"나는 안 맞았잖아."

"엄마가 맞는 게 불쌍하지도 않니?"

"하지만 엄마는 맞아도 싸잖아."

나는 켄들의 앙상한 어깨를 붙잡고 마구 흔들었다.

"어떻게 감히 그렇게 막돼먹은 소리를 할 수 있니!"

"하지만 엄마는 정말 맞아도 싸잖아. 아빠가 그랬단 말이야."

켄들이 흐느껴 울기 시작했다.

"제이니 누나, 그만해. 아파."

"난 이제 제이니가 아니야. 롤라, 롤라 로즈라고. 앞으로 두 번 다시 아빠 얘기 꺼내면 정말 화낼 거야. 우리는 아빠라면 끔찍하니까."

"아냐, 안 그래. 우리는 아빠를 사랑해."

켄들이 중얼거렸다.

나는 돌아누웠다. 켄들이 나한테 들러붙으려고 하면 팔꿈치로 밀어냈다. 설사 그 말이 맞다 해도 켄들이 꼴 보기 싫었다.

나는 아빠가 미웠다. 아빠가 무서웠다. 그래도 여전히 아빠를 사랑했다.

우리 이름을 부르며 방마다 다 열어 보고 침대보를 들춰 보고 옷장 안을 들여다보면서, 혼자 아파트 안을 돌아다니는 아빠 모습이 떠올랐다. 아빠는 그러다 화를 낼 거다. 불같이 화를 낼 거다. 하지만 상처도 받을 거다. 그리고 울 거다. 우리 아빠는 동네에서 가장 터프하지만, 나는 아빠가 우는 모습을 자주 보았다. 아빠는 엄마를 때리고 나면 늘 울었다. 엄마 손을 잡고 눈물을 줄줄 흘리면서 미안하다고 했다. 멍 든 자리마다 입을 맞추었다. 무릎을 꿇고 용서를 빌었다. 그러면 엄마는 용서해 주었다.

엄마만이 아니었다. 아빠는 사람 마음을 달래는 데 재주가 있었다. 케니가 심술이 나서 대자로 누워 발을 구르고 귀청이 떨어져 나가도록 고함을 지르면, 아빠가 웃으며 케니를 안아 올리곤 했다.

"이제 이 듣기 싫은 소리 안 나게 스위치를 꺼 버릴까?"

아빠는 이렇게 말하면서 버튼을 누르듯 케니 코를 눌렀다. 그러면 케니는 소리 지르기를 멈추고, 언제 그랬냐는 듯 웃음을 터트렸다.

아빠는 나도 잘 달랬다. 옆에 앉아서 내 손을 잡고 손가락마다 재미있는 이름을 붙여 가며 장난을 치곤 했다. 한번은 죄 물어뜯어서 얼마 남지 않은 내 손톱에 일곱 가지 무지개색을 칠하고, 양쪽 엄지손톱과 한쪽 새끼손톱에 금색, 은색, 반짝이는 흰색을 칠해 준 적도 있다. 무지개 색 구슬을 한 봉지 사다가 엮어서 내 머리를 땋아 주면서, 무지개 색 점이 찍힌 새알 초콜릿을 연신 입에 넣어 주기도 했다.

지난 생일 때는 무지개 색 리본이 달린 커다란 은색 상자를 선물해 주었다. 얇은 종이로 겹겹이 싸여 있는 걸 보니 드레스였다. 틀림없이 무지개 색 드레스일 텐데, 나는 그런 파티 복을 입을 나이는 지난 터라 불안했다. 드레스는 예뻤다. 앞에는 다이아몬드 모양 주름 장식이 있고 조그맣게 부푼 소매가 달린 데다 치맛자락이 아주 풍성한 무지개 색 줄무늬 드레스였다. 다섯 살 때 받았다면 좋아서 까무러쳤을 거다. 그런데 다 자라서 입으니 아주 가관이었다. 너무 꼭 끼고 너무 밝고 너무 유치했다. 하지만 나는 방긋방긋 웃으면서 치맛자락을 들고 좋아 죽겠다는 듯 폴짝폴짝 뛰어야 했다.

학교에서 디스코 파티가 열렸을 때, 나는 그 드레스를 입고 갈 수밖에 없었다. 모두 나를 보고 비웃었다. 같이 춤추려는 친구가 없어서, 나는 혼자 껑충껑충 뛰어다니면서 신 나는 척했다. 너무 격하게 뛰는 바람에 실밥이 터지기까지 했다. 엄마가 어떻게든 꿰매 보려 했지만, 천이 뜯어지고 올이 풀려 버렸다. 우리는 아빠 눈에 띄지 않도록 드레스를 옷장 깊숙이 숨겨 놓았다.

아빠가 지금쯤 그 드레스를 발견하지 않았을까 싶다.

그 드레스처럼 나도 갈기갈기 찢긴 기분이 들었다.

# Five

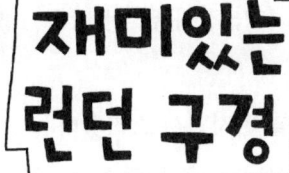

재미있는 런던 구경

우리는 유럽식 아침 식사를 마치자마자 호텔에서 나왔다.
"콘플레이크랑 토스트랑 물 탄 오렌지 주스가 뭐가 유럽식이라는 거니? 도둑놈들 같으니라고! 우리, 돈 좀 써서 근사한 데로 가자."

우리는 템스 강이 보이는 커다란 신축 호텔을 골랐다.
엄마가 말했다.
"끝내주게 고급스러운데. 너희들, 엄마 망신시키면 안 된다."

우리가 묵을 널따란 객실에는 커다란 침대가 놓여 있었다. 매끈매끈한 분홍색 커버가 침대에 깔려 있고, 여기 어울리는 주름 장식 커튼이 침대 둘레에 드리워져 있었다.

"핑키하고 잘 어울리겠다."

하지만 핑키를 침대보 밑에 넣었더니 지독하게 시커멓고 지저분해 보였다. 객실에는 전용 화장실에 텔레비전, 전화, 냉장고까지 있었다.

"이것 봐! 음료수가 진짜 많아! 땅콩이랑 초콜릿도 있어! 우아!"

켄들이 냉장고를 뒤지면서 소리쳤다.

"잠깐. 공짜가 아닐 거야. 그렇죠, 엄마?"

내가 켄들의 손목을 붙잡으며 물었다.

"응, 맞아. 하지만 돈이 있잖니. 먹게 내버려 둬."

켄들이 콜라와 땅콩을 먹는 동안 엄마랑 나는 함께 목욕을 했다. 조그만 병에 담긴 샴푸와 거품 비누가 있어서, 욕조 가장자리까지 거품이 찰랑거리게 해 놓고 몸을 담갔다. 마치 영화배우라도 된 것 같았다.

"케니, 아니 켄들, 너도 들어와."

엄마가 불렀다.

그런데 혼잣말인지 누구랑 이야기를 하는지 켄들이 종알거리는 소리가 들렸다.

"켄들?"

나는 욕조에서 나와 큼직하고 폭신폭신한 수건으로 몸을 둘둘 말고 방으로 저벅저벅 걸어 들어갔다. 켄들은 화장대에 기대어 서서 수화기에 대고 재잘거리고 있었다.

"예, 아빠. 런던에 오니까 좋아요."

나는 그 자리에서 얼어붙고 말았다.

"케니!"

케니는 움찔하더니 나한테서 등을 돌렸다.

"그런데 누나가 자꾸 잔소리해요. 그리고 엄마랑 누나랑 한 침대에서 자야 해요. 나도 이제 다 컸으니까 혼자 자야 하는데. 그렇죠?"

케니는 속사포처럼 늘어놓았다.

내가 수화기를 움켜쥐고 세게 비트는 바람에 케니 손가락이 뒤로 꺾였다.

"아야!"

케니가 비명을 질렀다. 케니는 나를 때리려다 손가락만 더 다쳤다.

"아빠한테 여기가 어딘지 일러바쳤지!"

그때 수화기에서 뚜- 뚜- 하는 소리가 들렸다. 케니는 진짜로 아빠랑 통화를 한 게 아니었다. 통화하는 척 장난을 친 거였다.

하지만 아빠가 전화를 끊은 거라면…….

"케니야, 너 진짜 아빠랑 통화했니?"

"당연하지! 아빠가 누나더러 못됐다고 하면서 잡으러 올 거라 그랬어. 두고 봐!"

케니는 날카롭게 쏘아붙였다.

"그리고 난 이제 케니가 아니야. 켄들이라고."

"못 살겠다, 정말!"

엄마가 욕실에서 소리쳤다.

"둘 다 소리 좀 그만 질러. 그러다 여기서도 이 방 저 방에서 벽을 두드려 댈라."

"하지만 케니가 아빠한테 전화하려고 했단 말이에요!"

"한심한 소리 한다. 케니가 전화 거는 법을 알겠니? 우리 집 전화번호도 제대로 모를 텐데."

"알아, 알아! 나도 우리 집 전화번호 알아. 1, 2, 3, 4, 16, 10, 20이잖아. 맞지?"

나는 케니를 일으켜 세워 꼭 끌어안고 손을 아프게 해서 정말 미안하다고 했다. 엄마가 욕실에서 나왔다. 코가 퉁퉁 붓고 멍 자국이 남긴 했지만 발그레하니 예뻤다. 나는 켄들을 욕조에 집어넣고 기분이 풀릴 때까지 거품을 불어 주었다.

"이제 놀러 나가자."

엄마가 말했다.

우리는 먼저 팬케이크와 메이플 시럽과 아이스크림으로 두 번째 아침을 먹었다. 나는 내 몫을 다 먹고 켄들 몫까지 절반을 해치운 다음 손가락으로 접시를 빙글빙글 닦아서 남은 메이플 시럽을 죄다 긁어모았다.

"쯧쯧, 롤라 로즈, 뭐 하는 짓이니?"

엄마도 말은 그렇게 하면서 나를 똑같이 따라 했다.

나는 아예 접시를 들고 핥았다.

"어이구! 그건 좀 심했다."

엄마가 말했다.

"자, 이번엔 재미난 구경 하러 가자. 런던아이(템스 강에 있는 대관람차 : 옮긴이) 타는 거 어때?"

"재미난 구경, 재미난 구경, 재미난 구경!"

켄들은 노래를 부르고 또 불러서, 나중에는 무슨 소린지 알아들을 수 없는 지경에 이르렀다. 우리가 유리 캡슐이 달린 거대한 대관람차를 가리키자 켄들이 우아 고함을 질렀다. 우리는 대관람차가 느릿느릿 돌아가는 모습을 지켜보았다.

"재미난 구경, 재미난 구경, 재미난 구경."

켄들은 줄을 서서 기다리는 내내 종알거렸다. 모두들 처음에는 빙긋 웃으며 "좋겠네." 하고 말했지만, 나중에는 짜증스러워하는 게 눈에 보였다. 우리도 짜증이 나기는 마찬가지였지만, 켄들이 한번 입을 열면 도무지 막을 길이 없었다. 켄들은 유리 캡슐 안으로 들어가기 직전까지 '재미난 구경'을 외쳤다. 그러더니 비명을 질러 댔다.

"케니야, 왜 그러니?"

엄마가 물었다.

"켄들! 얼른 와. 괜찮아. 빨리 올라타."

내가 나지막이 나무랐다.

"싫어어어! 너무 무서워!"

케니가 고함을 질렀다.

내가 케니를 어깨에 둘러메고 들어가는 수밖에 없었다. 케니는 앞코가 네모난 신발로 내 배를 걷어차며 비명을 질러 댔다.

"그만해, 켄들. 얼마나 재미있는데. 하나도 안 무서워."

"떨어질 거야!"

"안 그래. 우리는 유리 캡슐 안에 앉아서 높이 올라갈 거야. 하늘을 나는 것처럼 말이야. 저것 봐!"

켄들은 고개를 들지 않았다. 더 이상 비명을 지르진 않았지만, 내 재킷에 머리를 박고 떨어질 줄 몰랐다. 나는 자리에서 일어나 제대로 보고 싶은데, 내가 움직일 때마다 켄들이 신음 소리를 냈다.

엄마가 말했다.

"켄들, 이런 겁쟁이 같으니라고! 이리 줘, 롤라 로즈. 내가 잠깐 안고 있을게."

"고마워요, 빅토리아 여사."

아직 새 이름이 익숙지 않아서인지 배우가 된 기분이었다. 롤라 로즈라고 불리는 게 너무 좋았다. 나는 켄들을 떼어 내서 엄마한테 넘겼다. 그리고 자리에서 일어나 유리창에 코를 박고 아래를 내려다보았다. 이런 건 조금도 무섭지 않다. 나는 런던이 흐릿하게 보일 때까지 빙글빙글 돌고 싶었다. 우리 칸만 떨어져 나가서 아빠가 없는 곳으로 멀리멀리 날아가면 좋겠다는 생각이 들었다. 밝고 파란 하늘 위가 훨씬 안전하게 느껴졌다.

다시 땅으로 돌아오는 게 싫었다. 나는 줄곧 아빠 생각을 하면서 어깨 너머를 흘끔거렸다.

"롤라 로즈, 왜 그렇게 안절부절못하니? 신경 쓰이게."

"이제 우리 어디 가?"

켄들이 물었다.

엄마는 대답이 없었다. 나는 엄마를 쳐다보았다. 엄마도 어떻게 해야 할지 모르는 눈치였다.

"우리, 쇼핑하러 가요."

내가 말했다.

주변에는 가게라고는 보이지 않고, 온통 강과 인도와 높은 빌딩뿐이었다.

"엄마, 가게가 어디 있을까요?"

"글쎄, 저기 있나 본데."

엄마가 강 건너편을 대충 가리키며 말했다.

"다리를 건너는 게 좋겠다. 롤라 로즈, 넌 뭐 사고 싶니? 털 달린 데님 재킷? 켄들, 너는 가죽 재킷 사 줄까?"

켄들은 대답이 없었다. 하도 울부짖어서 조금 맹맹해진 코로 심호흡을 하며 옆에 있는 빌딩을 올려다볼 뿐이었다.

"켄들? 그게 네 이름인 거 잊어버렸어?"

내가 나지막이 나무랐다.

"안 잊어버렸어."

켄들은 내 쪽은 쳐다보지도 않고, 빌딩에 걸린 간판만 물끄러미 바라보았다.

"저거 물고기 어쩌고 하는 건데."

"수족관! 그래, 맞아. 우리 아들 정말 똑똑하네! 그 나이에 수족관처럼 어려운 단어를 알다니!"

"버블한테 친구 물고기 좀 사 주면 안 돼?"

"그래. 금붕어도 새로 사고, 사료랑 제대로 된 어항도 사자."

내가 말했다.

오늘 아침, 버블은 기분이 좋지 않은 듯했다. 거품을 씻어 낸 넓디넓은 욕조에서 헤엄치게 해 주었는데도 무척 피곤해 보였다. 앞으로 얼마 못 버틸 것 같았다. 물고기 가족이 새로 생기면 켄들의 관심이 그쪽으로 쏠려서 괜찮을 거다.

그런데 안으로 들어가 보니 물고기를 파는 그런 수족관이 아니었다. 커다란 물고기 동물원 같은 곳이었다.

"켄들, 여기는 물고기를 사는 데가 아니라 그냥 구경하는 데야. 가자."

"구경하고 싶어."

"이 늙은 물고기들을 구경하겠다고?"

엄마가 말했다.

"케니, 아니 켄들, 우리 좀 살려 주라. 재미없을 거야. 그러지 말고 나가서 가죽 재킷 사러 가자."

"제발 소원이야. 구경시켜 줘. 상어도 있을까?"

켄들이 물었다.

"상어?"

나는 깔깔 웃었다.

그런데 정말 상어가 있었다.

나는 털 달린 데님 재킷을 생각하느라 심드렁하게 수조 안을 들여다보면서 어두컴컴한 통로를 따라 걸었다. 너무 피곤해서 의자라도 있으면 좋겠다는 생각이 들었다. 엄마는 수조 꼭대기에 있는 미끌미끌한 누언가를 볼 수 있도록 켄들을 높이 들어 올리고 있었다.

내 생각에 물고기는 한 마리를 보면 전부 다 본 거나 다름없다. 이 녀석들이 버블보다 더 흥미진진할 까닭이 없었다. 모퉁이를 돌았더니 벽 전체를 차지하고 있는 거대한 수조가 보였다. 나는 수조 쪽으로 몸을 기울이면서 인어가 되면 어떤 기분일까 생각했다. 오래전에 아빠랑 같이 보았던 《인어 공주》 애니메이션이 생각났다. 그 순간 엄청나게 큰 상어가 입을 쩍 벌리고 무시무시한 세 줄짜리 이빨을 드러낸 채 코앞을 스쳐 지나갔다.

나는 비명을 질렀다.

엄마와 켄들이 달려왔다.

나는 양손으로 입을 틀어막았지만 비명이 멈추질 않았다.

"왜 그래, 제이니? 아빠 때문이야? 아빠를 봤어?"

엄마가 나를 붙잡고 물었다.

"저기 상어가 있어요!"

나는 헉 하고 참았던 숨을 터트리며 말했다.

"아이고, 내가 못 살아."

엄마는 나를 붙잡고 살짝 흔들었다.

"너 때문에 간 떨어질 뻔했잖아!"

일본 관광객들이 나를 손가락질하며 웃었다.

"물고기가 무서워서 그랬단 말이니?"

엄마도 덩달아 웃었다.

"상어였다니까요. 엄청 큰 녀석이 코앞으로 지나갔어요. 날 건드리는 게 아닌가 싶었다고요."

"난 안 무서워."

켄들이 말했다.

"나도 상어 보고 싶어! 어디 있어?"

"롤라 로즈 비명 소리를 듣고 겁이 나서 달아난 모양인데. 솔직히 네가 켄들보다 더 심하더라!"

그때 엄청나게 큰 상어가 커다란 입을 비웃듯 벌리고 섬뜩한 눈빛을 보내며 한 마리, 또 한 마리 우리 앞을 지나갔다.

엄마는 펄쩍 뒷걸음질 쳤다.

"어머나, 깜짝이야!"

엄마가 내 손을 잡으며 외쳤다.

"아까 한 말 취소다. 진짜 엄청나네!"

"난 좋아. 상어야, 상어야, 상어야! 착하지! 이리 와서 나 좀 봐. 입 좀 쩍 벌려 봐. 이빨이 보고 싶어."

켄들은 수조에 코를 박고 서서 애원했다.

"조심해!"

나는 엄마한테 찰싹 달라붙으며 소리쳤다.

"걱정 마셔. 너무 귀엽다! 엄마, 나 상어 한 마리만 기르면 안 돼요? 부탁이에요, 부탁이에요, 부탁이에요."

관광객들이 일제히 배꼽을 잡고 웃었다. 나도 웃음을 터트렸지만, 몸은 계속 부들부들 떨렸다. 상어가 정말 싫었다. 녀석들이 수조를 뚫고 나올 수 없다는 건 알지만, 그래도 가까이 다가갈 수가 없었다. 얼른 옆방으로 달려가고 싶었다. 하지만 케니는 코와 손에 빨판이라도 달린 것처럼 수조에 들러붙어 꼼짝도 하지 않았다. 엄마가 끌어내려 했더니 고함을 질렀다.

"너희들 때문에 돌아 버리겠다!"

엄마가 말했다.

"롤라 로즈, 너 먼저 옆방에 가 있어라. 우리 각하께서 상어 구경은 이제 됐다고 하면 따라갈게."

나는 얼른 모퉁이를 돌아서 경사로를 올라갔다. 그러다 그 자리에 우뚝 멈춰 섰다. 그곳은 상어 수조 꼭대기였다. 달아날 구멍이 없었다. 저쪽에서 상어들이 곧장 나를 향해 돌진해 오고 있었다.

너무 겁이 나서 또다시 비명이 터져 나올 것 같았다. 나는 어두컴컴한 터널과 어스름한 방을 지나 허둥지둥 달리고 또 달렸다. 사방에서 물고기들이 어른거렸다. 나는 수족관을 쏜살같이 빠져나와 출입구 쪽에 있는 기념품 가게로 들어갔다. 청록색 장난감 상어조차 으스스했다.

나는 저쪽 구석에 숨어서 한참을 기다렸다. 엄마하고 켄들은 영영 안 오는가 싶었다. 한참 뒤에 두 사람이 손을 잡고 나타났다. 켄들은 발그스름한 얼굴을 환히 빛내고 있었다.

"롤라 로즈, 너 어디 있었니?"

엄마가 물었다.

"제이니, 아니 롤라 로즈 누나, 누나 진짜 웃겼어. 어떤 아저씨가 와서 상어 이야기 해 줬다. 제일로, 제일로, 제일로 큰 상어 이름이 조지래. 완전 최고야. 조지는 나보다 시력이 열 배는 좋고 냄새도 훨씬 잘 맡는대."

"그러게, 바다에 피가 한 방울이라도 떨어지면 아주 멀리서도 그 냄새를 맡는다지 뭐니."

엄마가 상어처럼 이를 딱딱거리며 말했다.

"엄마, 그만해요."

"너, 설마 진짜로 무서워하는 건 아니지? 다 큰 겁쟁이네. 수족관에 있는 상어들은 사람 안 잡아먹는대. 생선 넣어서 찐 밥이랑 문어, 오징어, 그런 것만 먹는다더라. 나중에 와서 상어 밥 주는 거 구경해야겠어. 그렇지, 켄들?"

"응! 나도 조지한테 밥 주고 싶어."

"우리 아드님이 직접 주지는 못할 것 같은데. 그 아저씨가 주는 걸 구경해야 할 거야. 롤라 로즈, 너도 같이 있었으면 좋았을 텐데. 얼마나 재미있었다고."

엄마는 나를 물끄러미 쳐다보더니 내 곁으로 다가왔다.

"제이니, 왜 그렇게 부들부들 떨고 있니? 왜 그래? 평소에 사리 분별 잘하는 너답지 않게."

"지금도 사리 분별은 잘해요. 사리 분별 잘하는 사람들은 상어 싫어해요. 구역질 나게 생긴 데다 사람을 잡아먹기도 하니까요. 엄마는 그러고 싶으면 켄들 데리고 다시 오세요. 하지만 난 두 번 다시 여기에 발을 들여놓지 않을 거예요. 무슨 일이 있어도."

나는 기념품 가게를 나와서 혼자 강가로 갔다. 그러고는 템스 강을 물끄러미 바라보았다. 템스 강에 상어가 있을 리 없지만, 그 끔찍한 등지느러미가 물살을 가르며 나타날 것만 같았다.

드디어 엄마와 켄들이 밖으로 나왔다. 켄들은 커다랗고 폭신폭신한 청록색 장난감 상어를 꼭 붙들고 있었다.

"이것 봐, 이것 봐. 나한테도 조지가 생겼어!"
켄들이 소리를 지르며 나한테로 달려왔다.
"공격이다!"
켄들은 조지의 꼬리를 잡고 빙글빙글 돌리더니 내 얼굴에 퍽 내리꽂았다.
아프지는 않았다. 조지는 푹신푹신한 인형이고, 이빨은 펠트에 지나지 않았다. 그런데도 나는 비명을 질러 댔다.
"제발 그만 좀 해라, 제이니. 너 관심 끌려고 약한 척하는 거지?"
엄마가 매섭게 쏘아붙였다.
나는 너무 속이 상해서 뿌루퉁해 있었다. 다리를 건너 코벤트 가든을 걷는 동안 한마디도 하지 않았다. 그런데 엄마가 엄청나게 고급스러운 케이크 가게 앞에서 걸음을 멈췄다.
"우리, 짜릿하게 살아 보자."
엄마가 이렇게 말하며 가게 안으로 들어갔다.
먹고 싶은 케이크를 주문하려면 입을 여는 수밖에 없었다. 어쩌면 하나같이 초특급으로 맛있고 특별해 보이는지 고르는 데 한참이 걸렸다. 나는 결국 딸기와 초콜릿을 얹은 무스 케이크로 정했다. 엄마는 우아한 아몬드 크루아상을 골랐다. 켄들은 밤 크림을 넣은 머랭을 골랐지만, 건성으로 핥다가 남겼다. 그래서 내가 대신 먹어 치웠다. 거기다 휘핑크림을 산더미처럼 올린 핫 초콜릿까지.

엄마는 그런 나를 보고 웃었다.

"이제 기분이 좀 나아졌지, 롤라 로즈?"

"당연하죠."

그런 다음 우리는 본격적으로 쇼핑에 나섰다. 고급 아동복 전문점에 들어가 보니 켄들한테 딱 맞는 까만색 가죽 재킷이 있었다. 그 재킷을 입혔더니 켄들이 아주 귀여워 보였다. 점원도 손뼉을 치면서 깜찍하다고 했다. 가격은 어마어마했다.

"하지만 내가 돈이 좀 있잖니."

엄마는 이렇게 말하며 동전이라도 되는 것처럼 지폐를 한 움큼 집어서 내밀었다.

여자아이용 재킷도 둘러보았다. 털 달린 데님 재킷이 보이기에 가슴이 콩닥거렸는데, 막상 입어 보니 너무 작았다. 팔도 겨우 들어가고 앞섶은 여며지지도 않았다.

"내가 너무 뚱뚱한가 봐요."

나는 죽고 싶은 심정이었다.

"무슨 소리! 이제 아가씨가 다 되어서 아동복이 안 맞는 것뿐이야. 너한테 딱 맞는 데님 재킷이 나타날 테니까 두고 봐."

우리는 상점 순례에 나섰다. 조지를 들고 허공에서 헤엄치기 놀이를 하던 켄들이 칭얼대기 시작했다. 그런데 내 행운의 숫자인 열세 번째 가게에서 인조털이 달린 데님 재킷을 종류별로 팔고 있었다. 크림색, 파란색, 그리고 분홍색까지.

나는 덜덜 떨면서 분홍색 털이 달린 재킷을 입어 보았다. 딱 맞았다. 솔직히 팔이 조금 길긴 했지만, 엄마가 소매를 접어 주면서 이런 재킷은 이렇게 입어야 제격이라고 했다.

엄마는 나한테 그 재킷을 사 줬고, 나는 재킷을 입은 채 가게 문을 나섰다. 세상에서 가장 폭신한 곰 인형 품에 안겨 있는 듯한 기분이었다. 그 옷은 나한테 썩 잘 어울렸다. 정말 그랬다. 나는 진열창에 비친 내 모습을 뚫어져라 바라보았다. 분홍색 털이 달린 파란색 새 재킷을 입은 롤라 로즈가 나를 보며 방긋 웃고 있었다.

엄마도 잠시 데님 재킷에 눈독을 들였지만, 곧 짧고 섹시한 하얀색 가죽 재킷을 발견했다. 엄마가 그 재킷을 걸치자 록 스타처럼 빛이 났다. 까만색 선글라스를 끼고 있어서 더 그랬다.

우리는 당당하게 가게 문을 나섰다. 털 달린 파란 재킷을 입은 롤라 로즈와 록 스타처럼 하얀 가죽 재킷을 입은 빅토리아, 그리고 조지의 꼬리를 잡고 질질 끌고 다니며 귀가 따갑도록 칭얼대는 우리 꼬맹이 켄들.

우리는 입막음 차원에서 켄들이 좋아하는 빨간색 아이스바를 사 주기로 했다. 예전부터 켄들한테는 빨간색 아이스바만 한 공갈 젖꼭지가 없었다. 그런데 하겐다즈나 벤앤제리스처럼 비싼 아이스크림을 파는 가게는 차고 넘치는데, 싸구려 아이스바를 파는 구멍가게는 아무리 찾아도 없었다.

"골목으로 들어가면 있지 않을까?"

엄마가 말했다.

드디어 신문 가판대가 나타났다. 켄들이 좋아하는 딸기 맛은 없었지만, 엄마가 대신 오렌지 맛, 망고 맛, 산머루 맛, 우유 맛까지 종류별로 잔뜩 사 주었다.

"자, 여기 있다. 이거 먹고 입 좀 다물어라."

엄마는 나한테도 바닐라 맛 아이스바를 사 주었다. 나는 새로 산 데님 재킷을 더럽힐까 봐 조심 또 조심하면서 먹었다. 그런데 아이스바를 살살 핥아 먹는 데 정신이 팔려 하마터면 특별한 가게를 못 보고 지나칠 뻔했다. 서점이었다. 하지만 그냥 서점이 아니라 색칠 공부 책, 오리기 책, 스티커 책 같은 멋진 책이 수백 가지 있는 곳이었다.

"관심 없어!"

켄들이 아이스바를 립스틱처럼 입 주위에 잔뜩 칠한 채 말했다. 하지만 이 세상 물고기들을 모두 모아 놓은 색칠 공부 책을 보더니 사 달라고 난리였다. 크레용으로 칠하면 선 밖으로 삐져나오기 일쑤고, 사인펜으로 칠하면 너무 세게 눌러서 심을 다 뭉개 놓는 주제에 말이다.

"알았다, 알았어, 요 작은 떼쟁이야."

엄마가 마법의 핸드백을 다시 열며 말했다.

"큰 떼쟁이, 너는? 너도 색칠 공부 책 하나 살래?"

내가 정말로 갖고 싶은 책은 이 동화 같은 서점 안쪽에 있었다. 빅토리아 시대를 재현한 그림이 잔뜩 있는 두툼한 책인데, 그림을 떼어 내서 스크랩북에 붙이기만 하면 됐다. 책 속에는 밝은 분홍색과 보라색 옷을 입은 아이들이 수백 명도 넘게 들어 있었다. 고양이와 강아지, 꽃, 새, 바닷가, 산타클로스, 아기, 나비, 천사도…….

"엄마, 빅토리아 여사님, 제발 사 주세요!"

나는 나지막이 속삭였다.

그날 저녁에는 다 같이 침대에 앉아서 텔레비전을 보았다. 엄마는 채널을 돌리고 또 돌렸다. 켄들은 우리 둘 사이에 자리를 잡고 앉아서 상어 인형 조지로 가엾은 곰 인형 밥을 공격하고 또 공격했다. 나는 양반 다리를 하고 앉아서 양쪽 무릎에 스크랩북을 걸쳐 놓고 새로 산 책에서 떼어 낸 그림을 붙였다.

가장 마음에 든 그림은 엄청나게 큰 천사 네 명이었다. 천사들은 치렁치렁한 금발에 하늘하늘한 흰옷을 걸쳤고 어깨에는 커다란 잿빛 날개가 돋아나 있었다. 나는 천사들이 한 페이지에 담기도록 다닥다닥 조심스럽게 붙였다. 그러다 잠이 들자 천사들이 침대 네 귀퉁이에 서서 날개를 깃털 달린 커튼처럼 펼치고 우리를 지켜 주는 꿈을 꾸었다.

"우리 또 놀러 나가자."

아침에 눈을 뜨자마자 엄마가 말했다.

엄마는 진작 일어나 옷까지 챙겨 입고 있었다. 잠을 많이 잔 것 같지도 않은데, 피곤한 기색이라곤 없었다. 우리는 셔츠와 바지, 잠옷, 구두를 새로 샀다. 새 구두로 말할 것 같으면…… 엄마는 끈이 달리고 뒤가 트인 뾰족 구두를, 나는 난생처음으로 어른스러운 하이힐을 샀다. 새 구두를 신고 방 안을 돌아다니자니 굽이 얼마 높지 않은데도 발목이 휘청휘

청했다.

"뭐 어때."

엄마가 말했다.

"조금만 연습하면 괜찮아질 거야. 다들 출출 준비 됐지?"

엄마는 소형 시디플레이어도 사고, 좋아하는 노래가 담긴 시디도 한 무더기 샀다. 우리는 진공청소기 소리가 진동을 해서 아무리 야단법석을 떨어도 상관없는 낮 시간을 틈타 호텔 방에서 디스코 파티를 벌였다. 엄마가 가장 좋아하는 노래는 〈아이 윌 서바이브(미국의 여가수 글로리아 게이너가 1978년에 발표한 곡 : 옮긴이)〉였다. 엄마는 이 노래에 맞춰 허공으로 펀치를 날리며 춤을 췄고, 켄들과 나도 엄마를 따라 했다.

객실 청소부 아줌마가 방을 치우러 들어오다 우리가 춤추는 모습을 보았다. 아줌마는 깔깔깔 웃으며 우리를 따라 허공으로 펀치를 날렸다.

"그렇지, 잘한다!"

아줌마는 몸집이 아주아주 컸지만, 엉덩이를 흔들어 가며 화려한 춤사위를 뽐냈다.

"저 아줌마 진짜 뚱뚱하다!"

아줌마가 나가자 켄들이 작은 목소리로 말했다.

"살이 흔들흔들 흔들흔들 하잖아."

"저 아줌마더러 뚱뚱하다고 하면 바버러 이모를 보면 어쩌려고."

"엄마 언니 말이에요?"

나는 팬케이크처럼 납작한 엄마 배를 쿡 찔렀다.

"하지만 엄마는 날씬하잖아요!"

"그렇지. 우리는 모든 면에서 정반대야. 오죽하면 언니랑 나랑 아빠가 다른 게 아닐까 하는 생각까지 했겠니. 우리 아빠는 옛날부터 나를 못 잡아먹어 안달이었거든."

"할아버지한테 여쭤 봤어요?"

"어림없지! 그랬으면 버르장머리 없다고 머리를 쥐어박았을걸."

엄마는 또 엄지손가락을 물어뜯었다.

"나는 도대체 뭐가 문제일까? 나랑 관련된 남자들은 왜 날 때리지 못해 안달일까? 내 어디가 잘못된 걸까?"

"엄마는 아무 데도 잘못된 데 없어요! 엄마가 아니라 그 남자들이 문제죠. 그리고 엄마는 이제 다른 사람이 됐잖아요. 엄마는 빅토리아고, 나는 롤라 로즈고, 저 애는 켄들이고, 우리는 럭, 럭, 럭키 패밀리잖아요."

나는 다시 음악을 틀고 엄마를 빙글빙글 돌렸다. 켄들은 조지를 데리고 자기만의 떨기 춤을 추었다. 조지한테 푹 빠져 있는 게 오히려 다행이었다. 가엾은 버블이 간밤에 죽었으니 말이다. 켄들은 버블을 구두 상자에 담아 제대로 묻어 주고 싶어 했지만, 엄마는 죽은 물고기한테 정성을 들여서 뭐 하냐며 변기에 넣고 물을 내려 버렸다.

켄들을 행복하게 해 주려면 날마다 그 끔찍한 수족관에 가서 진짜 조지와 소름 끼치는 친구들을 보여 주는 수밖에 없있나. 나는 강변에서 기다리곤 했는데, 그러면 사람들이 계속 다가와서 괜찮으냐고 물었다. 경찰이라도 데려오는 게 아닌지 겁이 다 날 지경이었다. 그러다 키 크고 머리 긴 남자가 가죽 재킷을 입고 성큼성큼 걸어오기라도 하면, 모르는 사람인 줄 알면서도 심장이 쿵쾅거렸다.

"너도 같이 들어가자, 이 한심한 겁쟁이야."

엄마가 말했다.

하지만 그럴 수가 없었다. 상어가 너무 무서웠다. 그 쩍 벌린 입이 밤마다 꿈에 나타났다. 그럴 때마다 나는 부들부들 떨면서 깨어났다. 잠에서 깨어 보면 엄마가 어둠 속에서 의자에 웅크리고 앉아 담배를 피우고 있을 때가 많았다. 켄들이 조지를 끌어안고 이불 속에서 가늘게 코를 고는 동안, 나는 엄마 옆으로 다가가 둘이 꼭 붙어 있곤 했다.

하루는 자다가 화들짝 깨서 엄마를 찾았는데, 침대에도 없고 의자에도 없었다. 알고 보니 엄마는 화장실 바닥에 무릎을 꿇고 앉아 있었다. 핸드백을 무릎에 올려놓고 5파운드짜리 지폐를 꺼내 사방에 들쭉날쭉 쌓으면서 말이다.

"우아, 떼돈이다!"

나는 엄마를 웃기려고 나지막이 속삭였다.

하지만 엄마는 장난칠 기분이 아니었다. 이마에는 굵은 핏줄이 서 있고 얼굴은 우거지상이었다.

"누가 돈을 훔쳐 갔어!"

엄마는 미친 듯이 코를 킁킁거렸다.

"그럴 리 없어요. 어딜 가든 핸드백을 들고 다녔잖아요."

엄마는 혹시라도 누가 채 갈까 싶어 언제나 핸드백을 꽉 움켜쥐고 다녔다. 심지어 아침을 먹으러 내려갈 때도 핸드백을 방 안에 숨겨 두는 법이 없었다.

"그런데 무슨 수로 훔쳐 가겠어요?"

"내가 아니. 아무튼 누가 훔쳐 갔어. 몇백 파운드나 사라졌단 말이야!"

"우리가 돈을 많이 쓰긴 했잖아요."

나는 엄마 옆에 무릎을 꿇고 앉아서 돈을 세기 시작했다.

"그 정도로 많이 쓰지는 않았어!"

나는 종이를 꺼내서 우리가 산 옷값과 지금까지 먹은 음식값, 관광하는 데 든 돈, 아이스크림 값이나 엄마 담뱃값, 버스비처럼 날마다 자잘하게 쓴 돈을 적어 내려갔다.

모두 더했더니 수백 파운드가 나왔다.

"그리고 아빠랑 같이 저녁 먹은 거, 택시비, 런던까지 기찻삯, 첫 번째 묵었던 호텔비……."

"그리고 여기 호텔비도 내야지. 맙소사!"

"누가 훔쳐 간 게 아니에요, 엄마. 다 우리가 쓴 거지."

"그래, 좋아. 네 말이 맞아. 다 우리가 쓴 거야."

그게 내 잘못이라도 되는 것처럼 엄마가 톡 쏘아붙였다.

"그럼, 똘똘 양, 돈이 다 떨어지면 어떻게 해야 할까요?"

나는 열심히 머리를 굴려 보았다. 하지만 머리가 잘 돌아가지 않았다. 엄마가 나를 몰아세울 때마다 정말 어쩔 줄을 모르겠다.

"아껴 쓰면 한동안은 괜찮을 거예요. 더 작은 호텔로 옮기고. 샌드위치 먹고. 수족관에도 안 가고."

"그렇죠. 하지만 그다음에는요? 그다음에는 남의 집 문 앞에 앉아 구걸이라도 해야 하나요? 그러다 경찰한테 잡히면 어쩌죠? 경찰에서 똘똘 양하고 케니를 학교에 보내라고 하지 않겠어요? 아빠가 기다리는 집으로 돌려보내지 않겠어요?"

나는 울음을 터트렸다. 엄마도 울음을 터트렸다. 엄마가 나를 끌어안았다.

"미안하다, 우리 딸. 그럴 생각이 아니었는데. 내가 어떻게 널 집으로 돌려보내겠니."

"우리 셋 다 집에 돌아가지 않아도 되는 거죠? 그렇죠, 엄마?"

"당연하지. 이젠 돌아갈 수도 없어. 너희 아빠가 예전부터 누누이 강조했거든. 내가 자길 떠나려고 하면 어떻게 할 건지 말이야."

엄마는 얇은 나이트가운 차림으로 부들부들 떨고 있었다.
"무서워요."
"나도."
엄마는 그러더니 숨을 크게 들이쉬었다.
"아니야, 쳇. 무서워하지 않을래. 난 이제 행운의 여신이잖아. 운세도 바뀌었고. 즉석 복권이나 몇 장 더 사 볼까? 그러자. 날마다 즉석 복권을 잔뜩 사다 보면, 또다시 행운이 찾아올 거야."

엄마 말이 진심인지 아닌지 도무지 알 수가 없었다. 허튼 생각인 것 같았지만, 그보다 더 좋은 수가 떠오르지 않았다.

우리는 다시 침대로 갔고, 나는 한참이 지나서야 잠이 들었다. 상어 떼 속에서 헤엄치다 눈을 떠 보니, 엄마는 벌써 일어나서 새로 산 블라우스와 치마에 하얀 가죽 재킷을 걸치고 있었다. 거기다 새로 산 하이힐까지 신고 방 안을 왔다 갔다 했다.

나도 새로 산 하이힐을 신고 제대로 걸어 보고 싶었다. 그런데 하이힐을 신고 걷다가 발목을 심하게 접질리는 바람에 굽이 부러져 버렸다. 엄마 말로는 가게에 가지고 가서 다른 걸로 바꾸면 된다고 했다.

"오늘 구두 바꾸러 가도 돼요, 엄마?"
"그러자. 시간이 나면."
"또 지겨운 쇼핑 가는 거 아니지?"

켄들이 일어나 앉으며 물었다. 머리가 민들레 솜털처럼 부스스했다.

"조지 밥 먹는 거 보러 가도 돼, 엄마?"

"그러자. 하지만 오늘은 할 일이 아주 많아. 지금부터 계획을 좀 세우자, 알겠니? 엄마는 취직을 할 거야. 우리가 살 곳도 알아볼 거고. 너희를 학교에도 넣을 거야. 간단하지?"

엄마가 웃으며 말했다.

켄들은 정말 간단하다고 생각하는지 덩달아 웃음을 터트렸다.

나는 전혀 간단한 문제가 아니라는 걸 잘 알고 있었다. 어찌나 걱정이 되던지 엄마가 든든히 먹어 두라고 했는데도 밥이 잘 넘어가지 않았다. 엄마는 음식을 건드리지도 않았다. 차만 연거푸 몇 잔 홀짝거리고는 그만이었다. 엄마가 프런트에서 계산서를 달라고 하는데, 여전히 귀에 거슬리는 쉰 목소리였다. 엄마는 계산서에 적힌 금액을 보고 얼굴이 하얘졌지만, 아무렇지도 않은 듯 5파운드짜리 지폐를 셌다.

그런 다음 우리는 위로 올라가서 짐을 챙겼다. 새로 산 물건이 어찌나 많은지 얼른 가게로 달려가 여행 가방을 하나 더 사야 했다.

호텔로 돌아와 보니 뚱뚱하고 성격 좋은 청소부 아줌마가 복도를 청소기로 밀고 있었다. 엄마는 아줌마한테 이제 떠난다고 하면서 5파운드짜리 지폐 몇 장을 주머니에 찔러주었다.

"지금까지 잘해 주셔서 고마워요."

"내가 좋아서 한 일인걸 뭐. 많이 보고 싶을 거예요."

아줌마는 어렵사리 몸을 구부려 켄들을 꼭 안아 주었다. 나한테도 어깨동무를 하고 가까이 끌어당겼다.

"롤라 로즈, 넌 참 사랑스러운 아이야. 휴가 재미있게 보냈니?"

나는 엄마를 쳐다보았다.

"우리, 휴가 온 거 아니에요."

엄마는 의미심장하게 눈썹을 치켜세웠다.

"아하, 그렇군요."

"저희는 새로운 생활을 시작하려고 준비 중이에요. 그러려면 제가 일자리를 찾아야 하는데, 혹시 이 호텔에서 청소부를 더 뽑진 않겠죠?"

"알아봐 줄게요. 하지만 댁처럼 예쁘장한 애 엄마가 하기에는 좀 시시한 일일 텐데. 댁처럼 팁을 넉넉히 주는 사람도 거의 없으니 말이에요. 댁 정도면 근사한 사무실에서 일할 수도 있을 텐데. 경력이 어떻게 돼요?"

"경력이랄 것도 없어요. 모델 일을 잠깐 했고……."

"그렇지! 어쩐지 예쁘장하다 했어."

"하지만 일을 쉰 지 좀 됐어요. 애가 둘이나 딸려 있는 마당에, 새삼 그런 일을 할 수도 없고요. 컴퓨터나 숫자나 그런 방면에는 영 소질이 없어요. 사무실에 취직해 봤자 뭐가 뭔지 하나도 모를 거예요."

엄마는 엄지손가락을 물어뜯기 시작했다.

"하긴, 사무실 일은 좀 지루할 것 같긴 해요."

아줌마가 기운을 북돋워 주려는 듯 말했다.

"내 보기에 애 엄마는 사교적인 사람 같은데. 가게에서 일 하는 게 적성에 맞지 않겠어요? 예쁜 옷을 보여 주거나 하는 일 말예요."

"그럴지도 모르죠."

엄마는 자꾸만 엄지손가락을 물어뜯었다.

"하지만 그런 데는 금전 출납기가 있잖아요. 전 그런 걸 어떻게 다뤄야 하는지 전혀 몰라요. 솔직히 제가 좀 멍청하거든요."

"아니에요, 안 그래요, 엄마."

내가 엄마를 다독이며 말했다.

그건 엄마 잘못이 아니었다. 아빠는 엄마한테 아무 일도 하지 못하게 했다. 단세포처럼 멍청하고, 멍청하고, 또 멍청하다는 말만 해 댔고, 엄마는 그 말을 그대로 믿었다.

아줌마가 말했다.

"걱정 말아요. 그런 건 가게에서 다 가르쳐 줄 테니까. 가게에서 미리 교육을 시킬 거예요. 여기서는 심지어 침대 정리하는 법까지 교육을 시키더라니까. 이날 이때까지 날이면 날마다 침대를 여섯 개씩 정리해 온 나한테도 말이우."

"여섯 개요?"

"우리 식구 숫자라우. 우리 딸 줄리가 손자 마빈을 데리고 와 있으니 이제 여덟이네요. 그 녀석이 쓰는 아기 침대는 빼야겠지만 말예요."

"호텔에서 사시는 거 아니었어요? 저는 여기서 일하면 저랑 아이들이 살 방을 하나 내줄 줄 알았는데."

"원, 이렇게 순진해서야. 직원들은 여기 안 살아요. 아이들을 여기서 키운다는 건 더더욱 말도 안 되고. 사회복지과에 찾아가 보는 게 낫지 않겠수?"

"그건 절대 안 돼요! 그 사람들이 제 과거를 들쑤시는 건 싫어요."

"안 그러고 도와줄 텐데. 뭐, 그거야 애 엄마가 알아서 할 일이지만. 혹시 임대 주택을 신청할 생각이우?"

"그럴 수 있을지 모르겠어요. 얼마 전까지 공영 아파트에서 살았거든요. 그런데 사정이 생겨서 집을 나왔어요. 기관에서는 제가 일부러 집 없는 떠돌이가 됐다고 생각할 거예요. 아이들을 보호 시설로 데려갈까 봐 그것도 무섭고요."

"아, 특수 주택 조합을 찾아가 봐요. 내 동생 앨리스가 남편을 버리고 나왔을 때, 거기서 근사한 집을 구해 줬다우. 뭐, 내 동생하고 애들이 근사하게 꾸민 거긴 하지만. 얼른 전화해서 조합 주소를 알아봐 줄까요? 자선 단체이긴 하지만 사람을 비참하게 만들진 않아요. 아이들을 데려가려고도 하지 않고. 댁은 누가 봐도 좋은 엄만걸 뭐."

엄마는 친절한 마음씨에 감동해서 팁을 더 주려고 했지만 아줌마는 받지 않았다. 아줌마는 우리 가방까지 맡아 주었고, 우리에게 일일이 입을 맞추며 행운을 빌어 주었다.

"댁의 가족은 앞으로 쭉 행운이 따를 거예요. 내가 장담해요."

엄마 표정이 확 밝아졌다.

"맞아요, 행운의 여신, 그게 바로 저예요."

엄마는 한 손에는 내 손을, 다른 한 손에는 켄들의 손을 잡았다. 우리는 그러고서 호텔을 나섰다. 엄마는 지하철을 타고 주택 조합으로 가는 내내 생각나는 행운의 노래란 노래는 모두 불렀다.

지하철을 타는 시간이 어찌나 길던지, 지구 한가운데로 가고 있는 게 아닌가 싶었다. 드디어 지하철에서 내렸을 때, 나는 켄들에게 오스트레일리아에 도착했으니 코알라랑 캥거루가 있는지 잘 살펴보라고 말했다.

"그리고 상어도!"

켄들이 덧붙였다.

"오스트레일리아 바다에는 상어가 살 거야. 우리, 바닷가로 가 보자."

"롤라 로즈, 그렇게 자꾸 동생을 놀릴 거야?"

엄마가 으르렁거렸다.

엄마는 초라한 상점가와 길바닥에 흩뿌려진 감자튀김과 비디오 가게 앞에서 어슬렁거리는 남자애들을 쳐다보았다.

"좀 허름하지 않니? 이런 데서 살려고 했다니, 좀 한심한 것 같다. 주택 조합은 천지에 널렸을 텐데."

"그렇긴 해요. 하지만 엄마, 워낙 엉뚱한 데라 오히려 안전하지 않을까요? 아빠가 이런 데로 우리를 찾으러 오지는 않을 거 아니에요. 번화가를 돌아다닐 때마다 길모퉁이에서 아빠가 달려 나오지 않을까 조마조마했잖아요."

"길모퉁이에서 아빠가 달려 나왔으면 좋겠어."

켄들이 말했다.

"아빠 보고 싶어. 집에 가고 싶어. 오스트레일리아 싫어."

"여기 오스트레일리아 아니야, 이 바보야. 내가 장난친 거야."

나는 웃으며 말했다.

"장난치지 마, 누나!"

켄들은 주먹과 조지와 그 작고 단단한 머리를 총동원해 나를 때리기 시작했다.

"야, 야! 아파! 그만해, 켄들."

나는 켄들을 안아 올려 빙글빙글 돌렸다.

켄들은 그렇게 해 주면 짜증을 부리다가도 금세 헤헤 웃곤 했다. 그런데 이번에는 효과가 없었다. 침울하게 흐느껴 울 뿐이었다.

"울지 마, 켄들."

나는 켄들을 업었다.

"내 이름은 케니야!"

켄들이 눈물을 흘렸다.

"딱한 것. 제 이름도 모르고 어디로 가는지도 모르다니."

엄마가 말했다.

"그러게 왜 오스트레일리아 어쩌고 하면서 동생을 놀려."

"그러게 말이에요. 미안해. 미안해, 켄들."

"케니라니까!"

"아니야. 이젠 케니가 아니야."

엄마가 켄들의 축축한 뺨을 손으로 감싸고 눈을 똑바로 보면서 말했다.

"지금부터 하는 말은 농담이 아니다, 우리 아들. 너하고 엄마하고 제이니 누나는 도망쳤어. 아빠가 엄마를 자꾸 때려서 도망친 거야."

"엄마가 잘못해서 때린 거잖아."

"엄마는 잘못한 거 없어, 이 멍청아!"

나는 케니를 잡고 흔들었다.

"제이니, 내버려 둬라. 그냥 아빠한테서 들은 말을 흉내 내는 것뿐이야. 무슨 뜻인지도 모르면서."

엄마가 말했다.

"잘 들어, 우리 아가. 이 세상에 맞아도 싼 사람은 없어. 너도 누구든 때리면 절대 안 돼. 넌 착한 아이니까. 제이니 누나도 착한 아이고. 엄마는 너희 둘 중 누구라도 다치게 내버려 둘 수가 없어. 그래서 새로운 삶을 살기로 한 거니까 우리 다 같이 잘해 보자, 알겠니?"

"알겠어요!"

나는 켄들을 쿡 찔렀다.

"너도 알겠다고 대답해!"

"모르겠어."

켄들은 내 데님 재킷에 달린 털에 대고 중얼거렸다. 하지만 그건 농담이었다.

주택 조합에서 켄들은 어린 양처럼 굴었다. "제 이름은 켄들 럭이고 다섯 살이에요." 하고 모든 사람들 앞에서 선언했다. 켄들의 속눈썹은 아직도 젖어 있었지만, 조금 뾰족한 얼굴은 아주 진지해 보였다.

"어머, 귀여워라!"

모두들 활짝 웃으며 말했다.

한참을 기다렸더니, 안경 쓴 아줌마가 나와서 우리 인적 사항을 모두 받아 적었다. 출발은 순조로웠다. 엄마는 엄지 손가락을 잘근잘근 씹어 대면서도, 모든 걸 아주 그럴 듯하게 꾸며 냈다. 그리고 나서 우리는 기다리는 사람들로 발 디딜 틈 없는 커다란 방으로 안내되었다. 다시 한참을 기다려 우리 차례가 돌아오자, 엄마는 수염 난 아저씨 앞에서 똑같은 이야기를 처음부터 되풀이해야 했다.

 엄마는 자세한 부분까지 일일이 기억하지 못할 게 분명했다. 모든 게 즉석에서 꾸며 낸 거짓말이었으니 말이다. 엄마는 일단 이야기를 시작했는데, 녹사징을 갖추느라 말이 껌껌 빨라졌다. 그러다 학교에 대해 물어보자 그만 말문이 막혀 버렸다. 좀 전에 학교 이름을 지어서 말했는데, 그게 기록에 남은 것이다. 엄마는 이마에 핏줄이 불거지도록 열심히 기억을 더듬었다. 하지만 결국 다급한 표정으로 내 쪽을 돌아보았다.

 "제이니, 네가 다니던 학교 이름 좀 알려 드려."

 제이니.

 내가 서둘러 입을 열려는데, 아저씨가 듣지도 않고 펜을 내려놓았다.

 "제이니?"

 아저씨가 나를 쳐다보며 물었다.

 "네 이름은 롤라인 줄 알았는데?"

 "맞아요. 롤라예요. 제이니는 집에서 부르는 별명이에요. 제이니-페이니, 어렸을 때부터 장난삼아 그렇게 불렀거든요."

 엄마가 대신 대답했다.

 아저씨는 엄마가 하는 말을 단 한 마디도 믿지 않는 게 분명했다.

"럭 부인, 어쩌 진실을 감추고 계시다는 느낌이 듭니다. 앞뒤가 안 맞는 부분이 좀 있네요. 예전의 가정 상황을 솔직하게 말씀해 주셔야 합니다. 분명 이유가 있으시겠지만……."

"그럼요. 얼어 죽을 이유가 있다마다요."

엄마가 벌겋게 달아오른 얼굴로 받아쳤다. 엄마는 블라우스를 잡아당겨 아직도 제비꽃처럼 자줏빛을 띠고 있는 멍 자국을 보여 줬다.

"저한테 이런 짓을 한 남자를 피해서 도망 온 길이에요. 아시겠어요? 자기 딸한테도 손을 대기 시작했으니, 이제 그 인간을 말릴 길이 없어요. 저는 새 출발을 할 거고, 아이들한테도 최선을 다할 거예요. 돌아갈 수는 없어요. 그 인간 손에 죽을 테니까."

"경찰의 도움은 받아 보셨나요?"

엄마는 콧방귀를 뀌었다.

"그 작자들이 뭘 할 수 있겠어요?"

"바깥양반을 감옥에 보내겠죠."

"얼마나 오래 가두어 놓겠어요? 그 친구들은 어쩌고요? 그리고 그 인간이 석방되면 어떻게 하겠어요? 그럼 우리는 어떻게 될까요?"

"무슨 말씀인지 알겠습니다, 럭 부인. 진심으로 이해합니다."

"아뇨, 천만에요. 한 귀로 듣고 한 귀로 흘리시겠죠."

엄마가 자리에서 일어서며 말했다.

"이제는 저희가 살 만한 곳을 알아봐 주지 않으실 거죠?"

"그렇게 함부로 말씀하시면, 정말로 도움이 안 됩니다. 어떻게든 도와 드리려고 노력은 하겠지만, 제가 기적을 만들어 낼 수 있는 입장은 아니거든요. 대기자 명단에 올려 드리겠습니다."

"그럼 그동안 저희는 어떻게 해야 하죠? 6개월 동안 길바닥에서 살아야 하나요?"

엄마는 아저씨에게 아주아주 심한 욕을 하고 일어섰다.

"얘들아, 가자. 시간 낭비였어."

그때 케니가 제 손을 내려다보았다. 지금껏 앉아 있던 의자도 둘러보았다. 그 아래도 들여다보았다. 그런 다음 입을 우편함처럼 네모나게 벌리더니 악을 쓰기 시작했다.

케니는 악을 쓰고, 쓰고, 또 썼다. 내가 안아 줘도 소용없었다. 엄마가 안아 줘도 소용없었다. 안경 쓴 아줌마가 비스킷을 주어도 소용없었다.

"왜 이러는 겁니까?"

수염 난 아저씨가 물었다.

"더는 견딜 수가 없으니까 그렇죠."

엄마는 케니가 울부짖는 소리에 지지 않을 만큼 고래고래 고함을 질렀다.

"너무 힘드니까요. 도망친 지 벌써 몇 주 됐어요. 오늘 집을 얻어 준다고 약속했거든요. 이 아이도 안전한 데 살고 싶은 거라고요."

모든 사람들이 케니 때문에 어쩔 줄 몰라 하면서, 수염 난 아저씨가 일부러 내 동생을 못살게 굴기라도 한 듯 흘겨보았다.

"저기, 응급 상황으로 분류해 드릴 수 있을 것 같네요. 바로 들어가서 살 수 있는 집이 한 군데 있어요. 아주 근사하거나 아주 예쁘지는 않지만, 임시방편으로는 괜찮을 것 같은데……."

이렇게 해서 우리는 새집을 얻었다. 그런 다음 케니가 조지 어쩌고 하는 하소연을 시작하기 전에 얼른 끌고 나왔다.

전철역으로 가는 길을 샅샅이 훑었지만, 조지는 등지느러미조차 보이지 않았다. 전철에 두고 내린 모양이었다.

엄마는 케니를 데리고 호텔로 가서 뚱뚱한 아줌마한테 고맙다는 인사를 하고 우리 여행 가방을 찾아왔다. 그리고 내 손에 5파운드짜리 지폐 세 장을 몰래 쥐어 주었다. 어디에 쓸 돈인지 굳이 설명할 필요도 없었다. 나는 수족관까지 한 달음에 달려가 곧장 기념품 가게로 들어가게 해 달라고 통사정을 한 끝에 조지 2세를 사 왔다.

# Seven
## 우리 새집

 우리 새집은 에드워드 시대에 지어진 주택 중간층으로 좁고 습했다. 지붕에는 방수천이 덮여 있고, 마당에는 쐐기풀이 무성했다. 현관문은 잔뜩 뒤틀려 있어서 어깨로 밀어야 겨우 열렸다. 복도에는 할인 쿠폰과 전단지가 널려 있어 발로 치우면서 지나다녀야 했다.
 우리 집은 계단을 한 층 올라가면 나왔다. 구석에 부엌이 딸린 거실과 자그마한 방 하나, 세면대가 달린 화장실이 하나 있는 집이었다. 벽은 상한 우유처럼 지저분한 크림색이었고, 구석에는 검은 곰팡이가 피어 있었다. 창턱은 수증기가 맺혀서 축축했고, 나무가 물렁하니 썩어 있었다. 축축한 유리창엔 커튼이 힘없이 늘어져 있었다. 거실을 뒤덮은 얼룩진 카펫과 기름에 찌든 냄비, 냉장고가 덜렁 놓여 있을 뿐 가구라고 할 만한 것은 아무것도 없었다.

엄마와 켄들과 나는 집 안을 한 바퀴 둘러보았다. 그리고 또 한 바퀴 둘러보았다.

"물건은 다 어디 있는 거야?"

켄들이 물었다.

"좋은 질문이다."

엄마는 금방이라도 울음을 터트릴 것 같은 표정이었다.

"물건은 다 어디 있는 걸까요?"

나는 얼른 켄들을 따라 했다.

엄마는 나를 보고 눈살을 찌푸리더니 이내 마음을 풀었다.

"좋은 질문이구나."

우리는 방 안을 돌아다니며 이 바보 같은 대화를 하고 또 했다. 말을 점점 빨리했더니 나중에는 무슨 소린지 알아들을 수 없는 지경에 이르렀다. 이윽고 우리는 깔깔 웃으며 카펫 위로 주저앉았다.

"어머, 애들아, 얼른 일어나. 너무 지저분하다!"

엄마가 인상을 구기며 말했다.

"카펫 세제랑 청소용 세제를 잔뜩 사 와야겠다. 청소용 솔도 세 개 사고. 그리고 페인트도 사다가 집 안을 화사하게 꾸미자. 어떤 색이 좋겠니, 롤라 로즈?"

"보라색이요!"

"보라색? 좋아. 에라, 모르겠다. 보라색으로 결정. 보라색 방에 보라색 침대, 보라색 카펫, 보라색 러그, 보라색 커튼도 사자. 그러고 싶으면 너도 보라색으로 칠해 줄게."

"거실도 보라색으로 칠할 거죠?"

"아니, 이번엔 내 차례야. 난 끝내주게 스타일리시한 블랙 앤 화이트를 생각 중이야. 하얀 벽에 까만 가죽 소파, 바닥에는 얼룩말 무늬 러그. 그리고 나는 까만 네글리제를 입고 그 위에 눕는 거야. 어때?"

"까맣고 하얀 햄버거를 먹으면서 말이죠! 켄들, 화장실 색깔은 네가 정할래? 그 끔찍한 수족관처럼 청록색으로 칠해도 돼. 욕조 대신 커다란 유리 수조를 넣으면, 그 안에서 조지랑 헤엄도 칠 수 있겠다."

"동생 들쑤시지 마!"

엄마가 말했다.

"켄들, 누나가 농담하는 거야."

"보라색 방은요? 그것도 농담이에요?"

"아니, 이 돼지우리를 완전히 개조할 거야. 돈은 아끼지 않을 거야. 뭐, 적당한 선에서."

어느 재활용품 센터에 가면 온갖 가구를 공짜로 얻을 수 있다고 했다. 아직 복권 당첨금이 많이 남아 있지만, 엄마는 벌써부터 걱정이었다. 시내에 나가 가구 구경을 했는데, 큼직하고 푹신한 가죽 소파가 자그마치 3천 파운드나 했다.

"그런 건 개나 주라고 해야겠다. 재활용품 센터에 가서 뭐가 있나 좀 보자. 벼룩이 득시글거리는 쓰레기만 있으면, 고맙지만 사양하겠다고 하면 되잖아. 안 그래?"

엄마가 말했다.

하지만 우리는 거기서 '고맙습니다, 고맙습니다.'를 연발했다. 심지어 까만 가죽 소파도 있었다! 소파는 오래된 데다 흠집도 좀 있었지만, 그래도 근사했다! 색깔이 거의 비슷한 까만 벨벳 의자 두 개랑 푹신푹신한 러그도 구했다. 러그는 북북 문지르니까 흰색으로 돌아왔다. 침대도 구했지만 매트리스는 새로 샀다. 엄마는 누군가 자던 데서 자는 게 기분 나쁘다고 했다. 그러고는 꼬박 하루를 들여 방을 라일락색으로 칠하고, 내 맘에 쏙 드는 보라색 누비 침대보도 샀다.

나는 빅토리아 시대 스티커 책에서 밝고 커다란 하트, 백합과 장미 꽃다발, 번지 점프 하는 사람들처럼 오르락내리락하는 천사들을 떼어 내서 엄마한테 특별한 카드를 만들어 줬다. 안에다가는 '엄마는 천사예요. 사랑해요. 롤라 로즈 드림'이라고 쓰고, 내 이름 옆에 커다란 장미 스티커를 붙였다. 켄들도 삐뚤빼뚤 K 자를 쓰고 키스 마크를 그렸다.

나는 카드를 제대로 된 봉투에 넣고 우체부가 가져다준 척했다. 우리가 어디에 사는지 아는 사람이 없으니 진짜 우편물이 올 리 없다. 우리가 누군지 아는 사람도 없다. 이것이 바로 우리의 새로운 삶이다.

옛 생활과 옛 친구들이 계속 생각났다. 내가 안개 속으로 사라져 버려서 친구들이 이상하게 생각할 것이다. 그런데 나는 안개 속으로 사라졌다기보다 매캐한 연기 속으로 사라진 꼴이 되어 버렸다. 엄마가 마음을 가라앉힌답시고 담배를 점점 많이 피워 댔던 것이다. 온 집 안이 담배 연기로 자욱했다. 내가 연기 때문에 기침을 하면 엄마는 오버한다고 했다. 어쩌면 그 말이 조금은 맞을 수도 있다.

켄들도 기침을 많이 했는데, 그건 너무 울어서였다. 켄들은 아빠가 보고 싶은 모양이었다. 한밤중에 깨면 종종 아빠를 찾았다. 잠결에 침대에 오줌을 싸기도 했다. 엄마는 한 번만 더 그러면 기저귀를 채우겠다고 으름장을 놓았다. 그리고 켄들이 또 오줌을 싸자 정말로 바지 속에 수건을 쑤셔 넣었다. 켄들은 창피해서 악을 써 댔다.

"엄마, 켄들한테 그렇게 화를 내면 어떡해요. 쟤도 그러고 싶어 그러는 게 아니잖아요. 심란해서 그러는 거라고요."

"그래, 그런데 켄들 때문에 새 매트리스를 못 쓰게 되면 내가 심란해지거든. 그리고 입바른 소리 좀 그만할래, 잘난 척 아가씨. 제이니, 너는 가끔 내 신경을 박박 긁어 놓더라."

"롤라 로즈예요."

"그래, 엄청나게 대단하신 롤라 로즈. 네 엄마는 나라는 걸 명심해. 언니인 척 좀 그만하라고. 나한테 이래라저래라 하지 마. 난 내가 하고 싶은 대로 할 테니까."

엄마는 핸드백을 뒤져 담배를 찾았다. 하지만 남은 담배가 하나도 없었다.

"아, 이런! 구멍가게 좀 갔다 와라, 제이 아니, 롤라 로즈."

"10시 지났잖아요. 문 닫았을 거예요."

켄들을 달래는 데 한참이 걸렸다. 켄들은 울고불고 난리를 쳤다. 잠을 자면서도 훌쩍거렸다. 엄마는 초조하게 엄지손가락을 물어뜯었다.

"담배도 없이 오늘 밤을 어떻게 보내지. 숨이 다 막힌다. 이 근처에 어디 술집이 있을 거야. 내가 나가서 자판기에서 담배를 사 옴게. 너는 먼저 자. 알았지?"

"알았어요."

나는 머뭇거리며 대답했다. 엄마한테 무슨 일이 생길지도 모르는데 컴컴한 밤에 혼자 내보내기가 싫었다.

"바보야, 너희한텐 아무 일도 없을 거야."

엄마는 잘 알지도 못하면서 그렇게 말했다.

"혹시라도 급한 일이 생기면, 이 집에 사는 다른 사람들한테 도와 달라고 해. 그 할머니는 안 되겠더라. 정신이 좀 나간 것 같아. 위층에 사는 젊은 사람들은 괜찮은 것 같고."

우리는 새 이웃을 만나면 목례를 하는 단계로 접어들었다.

파커 할머니는 진짜 참견 대장이라 별의별 것을 다 물어보았다. 그래서 은근히 걱정을 하고 있었는데 다음 날에도, 또 그 다음 날에도 똑같은 걸 물어봤다. 우리한테 들은 이야기를 하나도 기억 못하는 게 분명했다.

우리 위층에 사는 스티브와 앤디는 처음 만났을 땐 조금 퉁명스러워 보였다. 우리는 마트에 다녀오는 길이라 쇼핑백을 잔뜩 들고 계단을 올라가고 있었다. 켄들은 넘어졌다고 악을 쓰고, 엄마는 아기처럼 굴지 말라며 고함을 치고, 나는 초콜릿 케이크를 싸게 파는데 안 사 줬다고 투덜댔다. 아마도 상당히 시끄러웠을 것이다.

엄마는 고함치는 걸 멈추고, 키가 크고 잘생긴 쪽인 스티브를 보며 방긋 웃었다. 키가 작고 안경을 쓴 앤디는 켄들에게 "안녕." 하고 인사를 건네더니, 쇼핑백을 우리 부엌까지 날라 주었다. 두 사람 이름도 앤디가 알려 줬다. 나는 롤라 로즈라고 하자, 스티브는 눈썹을 치켜세웠고 앤디는 예쁜 이름이라고 했다.

스티브는 우리하고 말을 섞기에는 너무 고상한 사람인 척했다. 이 돼지우리 같은 집에 어울리지 않게 고상해 보이기는 했다. 앤디는 훨씬 붙임성이 좋았다. 전에 살던 집에서 월세를 내지 못해 여기로 이사했다는 말까지 했다.

"잠시 동안만 살 거야."

스티브가 말했다.

"그래도 내 집처럼 아늑하게 꾸며 놓았지. 너희 집도 참 예쁘게 꾸몄다, 롤라 로즈. 특히 보라색 방이 내 맘에 쏙 들어. 아주 예술적이야."

나는 스티브보다 앤디가 훨씬 좋았다. 하지만 급한 일이 생겼을 때, 앤디한테 달려가게 되지는 않을 것 같다.

나는 '급한 일'이라는 말이 싫다. 엄마가 나가자마자 그 말이 네온사인처럼 뇌리에서 깜빡거렸다. 머릿속에서 가짜 경보가 울렸다. 가슴 속에선 심장이 쿵쾅 쿵쾅 쿵쾅거렸다.

우리 집은 쥐 죽은 듯 조용했다. 아직 텔레비전이 없어서 아무 일 없는 것처럼 텔레비전을 켜 놓을 수도 없었다. 아래층에서 파커 할머니네 텔레비전이 웅웅거렸다. 사람들이 발밑에서 내 흉을 보는 것 같았다. 위층에서는 스티브와 앤디가 돌아다녔다. 나는 그 집 마룻바닥이 삐걱거릴 때마다 놀라서 펄쩍 뛰었다.

문이 제대로 잠겼는지도 수시로 확인했다. 누군가 밖에서 귀를 기울이고 있다가 어깨로 문을 밀고 들이닥칠 수도 있다는 생각이 들었다. 슬금슬금 기어서 다가오는 사람은 없는지 앞마당도 뚫어지게 바라보았다. 유리창에 비친 내 얼굴 말고는 아무것도 보이지 않았다. 나는 수족관이 생각나서 얼른 커튼을 닫았다.

낡은 가죽 소파에 웅크려 앉아 있고 싶었다. 아니, 꼬맹이처럼 그 뒤에 숨고 싶었다. 하지만 켄들이 방에 있으니 옆에서 지켜봐야 했다. 나도 켄들 옆에 누울까 잠시 생각했지만, 옷을 벗고 어두운 데 누워 있기가 싫었다. 만약에 대비해 옷을 다 입고 있어야 했다.

나는 집 안을 돌아보았다. 여러 가지 물건을 사다 놓았는데도, 섬뜩하리만치 텅 비어 보였다. 온 집 안을 돌아보는 데 고작 몇 초밖에 걸리지 않았다. 게다가 아무런 도움도 되지 않았다.

방에 있으면 누가 거실에 숨어 있는 것 같았다. 살금살금 맥주 캔을 따서 소파에 앉아 기다리는 게 아닌가 싶었다. 거실에 있으면 누가 화장실 문 뒤에 숨어 있다가 와락 덮칠 것 같았다. 용기를 내서 화장실 문을 눈곱만큼씩 열어 보고 있으면, 누가 창문을 넘어 들어와 켄들을 침대 밖으로 끌어내고 있는 게 분명하다는 생각이 들었다. 소리를 지르지 못하도록 손으로 입을 꼭 틀어막은 채.

우리가 어디 있는지 아빠는 모르는 게 분명했다. 알 길이 없었다. 그런데도 너무 무서워서 몸이 부들부들 떨려 왔다. 새로 산 데님 재킷을 걸치는 수밖에 없었다.

"얼른 돌아와요, 엄마!"

나는 몇 번이고 중얼거렸다.

10시 반이 지났는데도 엄마는 감감무소식이었다. 담배 자판기가 있는 술집을 찾느라 먼 데까지 간 걸까? 굽이 높고 끈이 달린 샌들을 신고 나갔으니 그렇게 멀리까지 걷긴 힘들

텐데…….

나는 시계를 보면서 기다리고 또 기다렸다. 째깍째깍 소리에 맞춰 고개를 까딱거리다 보니 머리가 어질어질했다. 엄마가 보는 잡지를 펼쳤지만, 글자가 흔들려서 읽을 수가 없었다.

나는 스크랩북을 꺼내서 기다란 금발에 배꼽에는 피어싱을 하고 갈색으로 반짝거리는 다리에 하얀 부츠를 신은 소녀 록 스타를 오리기 시작했다. 그런데 갑자기 마룻바닥이 삐걱거리는 바람에 실수로 부츠 한쪽을 잘라 버렸다. 셀로판테이프로 붙였지만, 다리가 건들건들거렸다.

집 안을 왔다 갔다 하는데, 내 다리도 건들건들거리는 듯했다. 이제 11시도 지났다. 술집도 문을 닫을 시간이다. 엄마는 어디 있는 걸까?

*엄마한테 무슨 일이 생긴 거야.*

불길한 목소리가 속삭였다.

11시 15분.

11시 30분.

어쩌면 좋을지 생각이 나지 않았다. 아빠가 엄마 뒤를 밟은 걸까? 아빠가 주먹을 휘두르자 종이 인형처럼 축 늘어지는 엄마 모습이 떠올랐다. 엄마를 찾으러 달려 나가고 싶었지만, 켄들을 혼자 놔둘 수는 없었다.

나는 두 눈에 주먹을 갖다 대고 울음을 터뜨렸다. 눈이 아파 올 때까지 주먹으로 꾹 눌렀다. 바보같이 질질 짜지 말라고 스스로를 꾸짖었다. 나는 이제 어린아이가 아니다. 겁에 질리면 안 된다. 아빠가 엄마를 찾아냈을 리 없다. 술집에서 오다가 길을 잃은 걸까? 엄마는 환할 때도 방향 감각이 꽝인데, 어둡고 낯선 동네니까 그러고도 남았다. 아마 우리 집 주소도 잊어버렸을 거다. 엄마는 끈 달린 샌들 때문에 비척거리며 온 동네를 빙글빙글 돌고 있을 것이다. 바보 같은 자신을 욕하면서 말이다. 그러다 결국은 우리 집을 찾아내서 바로 문을 두드리고 웃으며 뛰어 들어올 것이다.

나는 발자국 소리가 나는지 귀를 쫑긋 세웠다. 커튼을 열고 길거리도 내다보았다. 심지어 걸쇠만 걸어 놓은 채 복도 끝까지 달려가서 엄마가 오는지 살펴보았다.

그러다 누군가 집 안으로 슬그머니 들어가서 켄들을 해코지하는 건 아닌지 걱정이 되었다. 나는 도로 달려가서 문을 쾅 닫고 방으로 뛰어들었다. 켄들은 팔다리를 대자로 뻗고 침대 한가운데 누워 쿨쿨 잘 자고 있었다. 누군가 침대 옆에서 켄들을 내려다보거나 하지는 않았다. 나는 문 뒤, 옷장 속, 심지어 침대 밑까지 샅샅이 살폈다. 내가 정신병자 같다는 건 알고 있었다. 하지만 어쩔 수가 없었.

나는 다시 부엌으로 가서 차를 마시며 마음을 가라앉히려고 했다. 그런데 주전자에 물을 붓다가 옷에 온통 찬물이 튀는 바람에 깜짝 놀랐다.

이제 자정이었다.

엄마한테 무슨 일이 생긴 게 틀림없다.

그럼 켄들하고 나는 어떻게 되는 걸까?

다시 울음이 터지려는 순간 주전자의 물이 끓었다. 워낙 정신이 없어서 문 여는 소리도 못 들었다. 발자국 소리도 못 들었다. 문득 정신을 차리고 보니 엄마가 바로 내 눈앞에 서 있었다.

"엄마!"

나는 기겁을 해서 사방에 물을 쏟았다.

"조심해. 그러다 데겠다, 이 바보야."

엄마가 말했다.

"이리 줘, 내가 할게. 나도 한잔 마시고 싶던 참이었어."

"어디 계셨어요? 자정이 지났잖아요!"

"그래서? 내가 무슨 얼어 죽을 신데렐라라도 되니?"

엄마는 이렇게 말하면서 샌들을 흘끗 내려다보았다.

"내가 신고 있는 이게 유리 구두니?"

엄마는 혀가 꼬이지는 않았지만 실없이 굴었다.

"나는 엄마가 도대체 어딜 갔을까 죽도록 걱정하고 있었는데, 엄마는 그동안 술을 마신 거예요?"

엄마는 웃음을 터트렸다.

"제이니, 너 진짜 웃긴다. 네가 꼭 엄마 같잖아."

"웃지 말아요! 아빠한테 잡혔을까 봐 얼마나 무서웠는지 알아요?"

나는 울음을 터트렸다. 그리고 켄들이 화가 나면 그러는 것처럼 엄마를 때리려고 했다.

"어이, 어이, 어이."

엄마는 내 손목을 붙잡고 끌어당기더니 나를 감싸 안았다.

"정말 미안하다, 우리 딸. 그런 줄 몰랐어. 너는 어쩌면 그렇게 늘 어른스럽니. 하지만 이제 아빠 때문에 무서워할 필요 없어. 두 번 다시 아빠 만날 일 없을 거야. 우린 이제 다른 사람이잖니, 생각 안 나, 롤라 로즈? 그나저나 우리 정말 운이 좋은 것 같아. 내가 취직을 했거든!"

"취직이요?"

한밤중에 도대체 어디 취직을 했다는 걸까?

"그래서 시간이 이렇게 오래 걸린 거야. 넌 진작에 켄들 끌어안고 자고 있을 줄 알았지. 엄마가 우리 사랑스러운 롤라 로즈를 걱정시키고 싶었겠니?"

엄마는 내 머리를 쓰다듬고 뽀뽀를 해 주었다. 조금 취하기는 했지만 상관없었다. 엄마는 아빠처럼 무서워질 일이 없으니까.

"어떤 일인지 알려 주세요."

"바에서 일할 거야. 점심시간에는 식사 시중도 좀 들 거고."

나는 엄마한테 기대서 긴장을 풀었다.

"술집에 취직한 거예요?"

"응, 겨우 5분 거리에 있어. 정말 잘됐지? 담배 사러 들어갔다가 바텐더랑 이야기를 하게 되었는데, 지배인이 직원을 더 뽑으려고 한다는 거야. 그래서 좋아, 한번 부딪쳐 보자, 했지. 지배인 이름이 배리인데, 그렇게 잘해 줄 수가 없더라. 가게 문을 닫고 나를 테스트해 보더니 그러는 거야. 맥주 따르는 데 천부적인 소질이 있고, 주문이 아무리 많아도 척척 외우고, 모르는 술이 없다고. 뭐, 그럴 수밖에 없지. 나로 말할 것 같으면 술집에서 자란 사람이니까. 내가 금전 출납기를 쓸 줄 모른다고 했더니, 그것도 가르쳐 주었어. 처음에 실수해서 겁을 잔뜩 먹었는데, 소리도 안 지르고 내가 알아먹을 때까지 몇 번씩 가르쳐 주더라. 참 좋은 사람이었어. 다정하면서도 남자답고."

나는 다시 몸에 힘이 들어갔다.

"그 배리라는 사람하고 뭘 하려는 건 아니겠죠?"

"바보 같은 소리 하지 마. 린이라고 아주 괜찮은 마누라가 있으니까. 마누라도 친절하더라."

하지만 조금 맥이 빠진 듯한 말투였다.

"아무튼 잘됐지? 담배 사러 나갔다가 취직까지 하고."

엄마는 의기양양하게 담배에 불을 붙였다.

"그럼 밤에 일하는 거예요, 엄마?"

"그래도 상관없지? 켄들이야 전에도 네가 자주 봐 줬으니까 아무 문제 없잖아. 그리고 날마다 밤에 일하는 건 아니야. 근무 시간이 계속 바뀔 거야. 하지만 정오까지는 일이 없으니 다행이지. 너희들 아침 챙겨 주고, 학교까지 바래다줄 수 있으니까. 너희들이 학교에 다니기 시작하면 말이야. 다음 목표는 그거다!"

 어떤 학교에서도 우리를 받아 주지 않았으면 했다. 나는 전에 다니던 학교에서도 잘 지낸 편이 아니었다. 수업은 괜찮았다. 다만 한참이 지나도 친구를 사귀지 못하는 게 문제였다. 아빠가 감옥에 있을 때는 몇몇 아이들이 계속 괴롭혔다. 아빠가 감옥에서 나와서 걔네들 아빠와 싸움을 벌이자 이번에는 아이들이 나한테 싸움을 걸어오기 시작했다.
 내가 학교생활이 힘든 정도라면 켄들은 절망적이었다. 유치원에서 마구 짓밟히기 일쑤였으니까.

"나도 학교 다녀 봤잖아, 엄마. 다시는 가고 싶지 않아."

켄들이 말했다.

"맞아요. 나도 학교 다녀 봤잖아요, 엄마. 정말 학교를 꼭 다녀야 해요?"

나도 옆에서 거들었다.

"롤라 로즈, 제발 바보 같은 소리 좀 하지 마. 학교는 다녀야지. 그게 이 나라 법이야. 교회 옆에 괜찮은 초등학교가 있다더라. 교복도 아주 예쁘던데. 내일 아침에 찾아가서 너희 둘을 전학시킬 거야."

하지만 일이 그렇게 간단치가 않았다. 우리는 선약을 하지 않아서 교장 선생님도 만날 수 없었다. 학교 쪽에서는 모든 학급에 정원이 차서 전학생을 받을 수 없다고 했다. 그 학교에 다니지 못해 안달 난 대기자가 엄청나다는 것이다. 그 학교에 다니려면 재학생인 형제자매가 있어야 하고, 그 학군 안에 살며, 독실한 교회 신자여야 된다고 했다.

"아, 그렇군요."

엄마는 우리를 데리고 밖으로 나왔다.

"만세! 학교 안 다닌다!"

켄들이 깡충깡충 뛰면서 외쳤다.

"저 학교를 안 다니는 것뿐이야. 그 잘난 규칙이며 규정을 들어 보니 보내고 싶지도 않네. 더 좋은 학교가 나올 테니까 걱정 붙들어 매셔."

걱정 붙들어 맬 일이 아니었다. 엄마는 공공 도서관에서 이 동네 학교 명단을 구해 전화를 돌리기 시작했다. 다들 정원이 거의 다 찼다고 했다. 한 군데에서는 켄들은 받을 수 있지만 나는 안 된다고 했다. 또 한 군데에서는 유치원은 이미 인원이 넘치고 나는 자리가 있다고 했다. 두 학교가 워낙 멀리 떨어져 있어서, 그런 식이면 소용없었다. 엄마가 술집에서 일하게 되었으니, 이제 내가 수업이 끝나는 대로 켄들을 데리러 가야 했다.

라크라이즈 초등학교는 학교 명단 맨 끝에 있었다. 엄마가 전화를 걸자 볼섬 교장 선생님과 바로 연결됐다.

"예, 자리 있습니다. 어머님, 되도록 빨리 롤라 로즈랑 켄들을 데려오세요."

"봤지?"

엄마는 의기양양하게 말했다.

"행운이 계속될 줄 알았다니까. 라크라이즈! 이름 예쁘지 않니? 작은 시골 학교 같잖아."

엄마는 우리 손을 잡고 라크라이즈로 걸어가면서 노래를 불렀다.

"따라가자, 따라가자, 따라가자, 따라가자, 따라가자, 라크라이즈 길을 따라가자."

엄마는 좌우로 미끄러지듯 나아가는 《오즈의 마법사》 춤까지 추었다. 우리한테도 춤을 추라고 부추겼지만, 나는 바보 같아서 따라 하지 않았다. 켄들은 애를 썼지만 따라 할 수가 없었다.

하지만 라크라이즈 길로 접어들자 엄마도 춤을 멈췄다. 종 날새가 날아나니는 시골 마을 같은 분위기가 아니였다. 온몸이 상처투성이인 외다리 비둘기들이 시궁창에 떨어진 피자 조각을 쪼아 대고 있을 뿐이었다. 사방에선 우중충한 잿빛 공영 아파트들이 우리를 내려다보고 있었다. 아파트는 창마다 눈이 달려 울기라도 한 것처럼 벽돌을 따라 물이 흘러내린 자국으로 얼룩덜룩했다.

조금 전까지 바람이 부는 줄도 몰랐는데, 차가운 바람이 불어와 얼굴을 때리고 쓰레기가 날려 와 발목에 휘감겼다. 우리는 사방에 흩뿌려진 감자 칩과 찌그러진 깡통과 개똥 사이를 조심스럽게 헤치고 나아갔다. 엄마는 켄들의 손을 꼭 잡고 이리저리 이끌었다. 목이 아파 왔다. 나는 데님 재킷을 단단히 여몄다. 재킷을 벗어 놓았다가는 당장에라도 누가 훔쳐 갈 것 같았다.

학교는 거의 감옥처럼 보였다. 납작하고 흉물스러운 누런색 건물인데 담장에는 가시 철망이 쳐 있고 정문의 쇠 빗장에는 자물쇠가 두 개나 달려 있었다.

"이거 사람들이 못 들어오게 달아 놓은 걸까, 아니면 아이들이 못 나가게 달아 놓은 걸까?"

엄마가 머뭇거리며 묻더니 문을 살짝 흔들어 보았다.

"도대체 무슨 수로 들어가라는 거니? 여긴 아무래도 안 되겠다."

그때 켄들이 폴짝 뛰어서 벽에 달린 버튼을 눌렀다. 지직거리는 소리와 함께 인터폰이 켜졌다. 우리는 한 걸음 뒤로 물러섰다.

"얼른 가요."

내가 말했다.

엄마는 우왕좌왕했다.

정체를 알 수 없는 사람이 물었다.

"네, 어떻게 오셨습니까?"

엄마는 헛기침을 한 다음 벽에 대고 말했다.

"저는 빅토리아 럭이라고 하는데요. 롤라 로즈하고 켄들, 이렇게 두 아이를 데리고 왔어요."

우리의 새 이름은 아무리 들어도 싫증이 나지 않았다. 이름을 들으면 우리 모두 기분이 좋아졌다. 엄마는 하얀 가죽 재킷에 들어가 있던 머리카락을 끄집어냈다. 나는 팔짱을 끼고 소매 속으로 손을 넣어서 안에 달린 털을 쓰다듬었다. 켄들은 멋진 재킷 속 좁은 어깨를 활짝 폈다.

"켄들 민트 케이크입니다!"

켄들은 이렇게 말하고는 기대에 찬 얼굴로 우리 쪽을 바라보았다. 똑같은 농담을 천 번도 더 들었지만, 그래도 우리는 방긋 웃어 주었다.

"어서 들어오세요."

정체를 알 수 없는 사람이 말했다. 윙 하는 소리와 함께 옆문이 저절로 열렸다.

"동화하고 똑같다. 《미녀와 야수》 말이에요."

내가 말했다.

"누나가 미녀 해. 내가 야수 할게."

켄들은 이렇게 말하면서 나름 무서운 표정을 지었다. 그러고는 한쪽 발을 절면서 운동장을 가로질러 갔다.

"그만해, 켄들! 사람들이 장애아인 줄 알겠다."

엄마가 소리쳤다.

"어휴, 담배 피우고 싶어 죽겠네. 담배 피우면 싫어하겠지?"

"안 돼요, 엄마."

그런데 안내를 받아 교장실로 들어갔더니, 아주 익숙한 연기 냄새가 났다. 책상 위에 담배꽁초로 넘쳐 나는 재떨이가 놓여 있는 게 보였다. 교장 선생님은 내가 재떨이를 쳐다보는 걸 알아차리고 꽁초를 얼른 휴지통에 비웠다.

"죄송, 죄송, 죄송합니다! 끔찍한 습관이지요."

선생님이 말했다.

"롤라 로즈, 넌 담배에 손도 대지 마. 안 그러면 나처럼 훈제 대구 비슷해진다."

선생님은 정말로 생선을 닮은 구석이 있었다. 구슬 같은 눈은 두꺼운 안경 때문에 더 커 보였고, 길고 창백한 얼굴은 조금 누르스름했다. 예쁜 것과는 거리가 멀었지만 신경도 안 쓰는 눈치였다. 목소리는 아주 우아한데 행동은 우아하지 않았고 옷차림도 전혀 아니었다. 선생님은 편안해 보이는 낡은 바지에 주머니가 불룩 나온 쭈글쭈글한 재킷을 입고 있었다.

선생님은 애타는 눈길로 재떨이를 바라보는 엄마를 보더니 자기 주머니를 툭툭 쳤다.

"어머님, 우리 담배나 한 대씩 피우면서 아이들한테 나쁜 영향을 주는 일에 대해 이야기해 볼까요?"

선생님은 담뱃갑과 물고기 모양 라이터를 꺼냈다. 머리를 누르면 입에서 불을 뿜는 신기한 라이터였다.

"그거 상어예요?"

켄들이 물었다.

"상어처럼 사나워 보이지는 않는데."

선생님이 말했다.

"난 상어 좋아요. 사나워도 괜찮아요. 난 상어 하나도 안 무서워요. 그렇지, 엄마?"

"쉿. 조용해라, 켄들."

엄마가 말했다.

"아뇨, 괜찮습니다. 두 아이하고도 이야기를 나눠 보고 싶으니까요."

"나는 상어 많이 봤어요. 상어는 내 친구예요. 그런데 바보 같은 제이니 누나는 무서워해요!"

엄마와 나는 그 자리에서 얼어붙었다. 하지만 선생님은 켄들이 엉뚱한 이름으로 날 부른 걸 알아차리지 못한 척했다.

"겐들, 그 멋진 재킷 속에서 고개를 빼죽 내밀고 있는 게 혹시 상어니?"

"맞아요! 조지 2세예요. 조지가 하나 더 있었는데, 도망쳐 버렸어요."

"헤엄쳐서 가 버렸다고?"

선생님은 이렇게 되묻고는 나를 쳐다보았다.

"롤라 로즈, 너는 상어를 안 좋아하는 모양이구나."

"저는 별로예요."

"그럼 넌 어떤 데 관심이 있니?"

나는 앉은 자리에서 몸을 움직였다.

"가장 좋아하는 게 뭐지?"

"스크랩북이요."

엄마는 한숨을 내쉬었다.

"롤라 로즈, 그게 아니라 선생님은 취미가 뭐냐고 물으시는 거야. 너, 크레용으로 그림 그리는 것도 좋아하고 나한테 춤도 조금 배웠잖아."

"어떤 걸 스크랩하는데?"

선생님은 끈덕지게 물었다.

"좋아하는 밴드나 축구팀 사진을 오려서 붙이니?"

"이런저런 그림을 오려서 그걸로 한 장 한 장 예쁘게 꾸미는 걸 좋아해요."

내가 대답했다.

"가끔은 엉뚱하게 여자들한테 동물 머리를 붙이기도 하고, 건물 꼭대기에 커다란 여자아이를 세워 놓기도 한답니다."

엄마가 고개를 설레설레 흔들며 말했다.

"콜라주로구나!"

선생님이 말했다.

"그런 걸 콜라주라고 해. 잘됐다. 앞으로 미술 시간에 콜라주를 좀 해야겠네. 내가 미술 담당이거든, 롤라 로즈. 선생님이 좀 부족해서 나도 돕고 있지. 아무튼 인적 사항을 좀 적어야겠다. 마지막으로 다닌 학교가 어디였지?"

나는 침을 꿀꺽 삼키면서 아무 이름이나 생각해 내려고 애썼다.

"그게…… 런던 초등학교요."

그런데 그만 바보 같은 대답을 하고 말았다.

"런던 파크 초등학교요."

엄마가 옆에서 얼른 거들었다. 우리를 의심하는 걸까? 미키 마우스 초등학교에 다녔다고 하는 게 차라리 나았을지 모른다.

"켄들은요? 켄들은 런던 파크 부설 유치원을 다녔나요?"

"예."

엄마가 대답했다.

"아니에요!"

켄들이 어리둥절한 표정으로 외쳤다.

"몰스필드 유치원에 다녔어요. 배지에 두더지랑 들판이 그려진 원복을 입고요."

"조용히 해, 켄들."

나는 볼섬 선생님을 쳐다보며 말했다.

"거짓말이에요. 켄들은 늘 없는 말을 만들어 내요. 그렇죠, 엄마?"

"그렇지."

엄마는 당혹스러워하며 담배를 깊게 들이마셨다.

선생님은 펜을 내려놓고 나를 똑바로 쳐다보았다.

"필요하면 누구라도 말을 만들어 내지, 롤라 로즈. 아니면 아예 말을 하지 않든가. 나는 말을 하지 않는 쪽이란다. 이를테면 한심한 장학관들이 수준 미달이라고 생각하는 바람에, 내 사랑하는 학교가 이번 학기를 마지막으로 문을 닫게 될지 모른다는 얘기 따위는 하지 않아. 그래서 지금 비상사태라는 얘기도."

"아, 그래서 빈자리가 있었던 거군요?"

엄마가 말했다.

"그런데 학교가 조만간 문을 닫을 거면, 우리 애들을 이리로 전학시킬 이유가 별로 없잖아요. 안 그래요?"

"저는 그런 일이 일어나지 않도록 단호하게 막을 겁니다."
선생님이 말했다.

"저는 우리 학교와 교사진과 훌륭한 학생들을 대단히 자랑스럽게 생각합니다. 저마다 다른 환경에서 자랐지만, 한 식구처럼 가깝게 지냈으면 하지요. 저희는 종종 불안한 가정에서 탈출한 아이와 어른들에게 피난처 노릇을 하곤 합니다, 어머님. 저희는 서류를 쓸 때 사소한 부분에 집착하지 않아요. 남의 개인사를 궁금해할 만큼 한가하지가 않거든요."

선생님은 서류를 집어 들더니 담배꽁초와 함께 쓰레기통에 던져 넣었다.

엄마는 나를 보고 눈썹을 찡긋하면서 웃었다.

"그렇다는구나. 잘됐지? 선생님, 정말 마음이 넓으시네요. 그럼 오늘부터 우리 애들을 맡겨도 될까요?"

"물론이죠. 아이들은 제가 교실로 데려갈게요. 아니면 켄들은 분위기에 적응할 수 있게 어머님이 데리고 가시겠어요?"

"롤라 로즈한테 맡기는 게 더 나을 거예요. 우리 케니, 아니 켄들은 저하고 있으면 어리광을 좀 부리거든요."

엄마는 우리 둘한테 얼른 입을 맞추고 바람처럼 교장실을 빠져나갔다. 우리는 엄마한테 버림받았다는 사실을 뒤늦게 깨달았다. 켄들은 입꼬리를 축 늘어뜨린 채 입술을 바들바들 떨었다. 나도 눈물이 나오려는 걸 애써 참았다. 엄마는 걱정

할 게 아무것도 없었다. 거친 아이들로 가득한 이 무서운 학교를 견딜 필요가 없으니까. 아이들은 괴짜 전학생이라는 이유만으로 우리를 괴롭힐 게 뻔했다.

그런데 이 학교는 전혀 무섭지가 않았다! 볼섬 선생님은 나더러 켄들의 손을 꼭 잡으라고 하고, 우리를 유치원 교실로 데려갔다. 유치원 교실에서는 작은 아이들 여럿이 핑거 페인팅도 하고, 블록을 던지기도 하고, 장난감 집에 들락거리기도 하면서 놀고 있었다. 긴 금발을 하나로 묶고 파란색 데님 작업복을 입은 나이 든 여자아이도 하나 있었다. 여자아이는 머리카락이 삐죽삐죽 솟은 데다 온몸이 상처투성이인 어린 남자아이와 붓을 가지고 우스꽝스러운 칼싸움을 벌이고 있었다.

나처럼 동생을 데려온 언니나 누나인 줄 알았는데 덴비 '선생님'이었다. 덴비 선생님은 켄들을 보더니 예전부터 알고 지낸 사이처럼 환하게 웃었다.

"안녕. 이름이 뭐니?"

켄들은 침을 꿀꺽 삼키고 나를 쳐다보았다. 또 실수를 할까 봐 겁이 나서 입을 열지 못하는 눈치였다.

"켄들이에요."

내가 대신 대답했다.

상처투성이 남자아이가 키득거렸다. 머리에 나비 리본을 단 통통하고 어린 여자아이가 옆에서 입을 삐죽 내밀었다.

"켄들은 내 이름인데."

"켄들은 여자 이름이야."

상처투성이가 이렇게 말하며 웃음을 터트렸다. 다른 남자아이들도 덩달아 웃음을 터트렸다.

"여자 이름도 되고 남자 이름도 돼. 몰랐니?"

덴비 선생님이 말했다.

"우리 반에 온 걸 환영한다, 켄들. 뭐 하면서 놀까? 핑거 페인팅 할까?"

내 손을 잡고 있는 켄들의 손에 힘이 들어갔다. 켄들은 손이 더러워지는 건 딱 질색이었다.

"반죽 만드는 건 어때?"

덴비 선생님이 물었다.

켄들은 반죽이 손톱 밑에 끼는 상상만으로도 몸서리가 쳐지는 모양이었다.

"블록 쌓기 하면 좋아할 거예요."

내가 넌지시 말했다. 안전하면서도 남자다운 놀이를 골라야 했다.

켄들은 장난감 집을 물끄러미 바라보고 있었다.

"블록 쌓기 싫어. 조지랑 같이 저 집에 들어가 있을래."

나는 상처투성이 남자아이가 코웃음 치기를 기다리며 숨을 삼켰다. 그런데 아무도 계집애들이나 장난감 집에서 논다고 생각하지 않는 눈치였다. 내가 켄들을 데리고 장난감 집

쪽으로 가 보니 남자아이 둘이랑 여자아이 하나가 쪼그려 앉아 티파티를 벌이고 있었다.

"너도 커피나 차 한잔 마실래?"

파란 찻잔을 켄들 앞에 놓아 주며 여자아이가 물었다.

"난 커피. 블랙으로. 그리고 담배도."

켄들이 말했다.

"여기 있어."

여자아이는 커피를 따르고 담배에 불을 붙이는 시늉을 했다.

켄들은 찻잔을 받아 들고 향을 음미하듯 숨을 들이마셨다.

"고마워, 자기야."

덴비 선생님과 볼섬 선생님과 나는 배를 잡고 소리 죽여 웃었다. 덴비 선생님이 나를 향해 엄지손가락을 들어 보였다. 나는 고개를 끄덕이고 볼섬 선생님과 함께 밖으로 나왔다. 볼섬 선생님이 내 어깨를 토닥여 주었다.

"켄들은 벌써 적응을 했구나."

우리 둘 다 알고 있었지만, 내 경우에는 일이 그리 쉽지만은 않을 터였다. 6학년 교실로 들어서자 속이 울렁거렸다. 나도 꽤 큰 편이라고 생각했는데, 나보다 훨씬 큰 아이들이 많았다. 게다가 다들 어찌나 어른스러운지! 그 애들은 꼭 끼는 셔츠를 입어서 몸매가 다 드러났고, 정성스레 땋은 머리와 코걸이, 환상적으로 가꾼 손톱도 눈에 띄었다.

물론 모든 여자애들이 다 그런 건 아니었다. 초라하고 안절부절못하고 슬퍼 보이는 여자애들도 몇몇 있었다. 그런가 하면 머리에 큼지막한 스카프를 쓰고 한자리에 모여 앉은 아이들도 있었다. 동양 여자애 하나는 혼자 앉아 있었다. 반들반들한 머리를 길게 땋아 내렸는데, 씩 하고 웃자 틈이 벌어진 앞니가 보였다. 나를 보고 웃어 준 거였다.

쉬는 시간에 그 애가 내 자리로 왔다.

"재킷 예쁘다!"

그 애는 재킷을 쓰다듬으며 감탄했다.

"난 하프릿이라고 해. 네 이름이 뭐였더라? 롤라?"

"롤라 로즈."

"이름도 멋지다!"

더 이상 걱정할 필요가 없었다. 나는 비참하게 괴롭힘이나 당하던 예전의 제이니가 아니었다. 끝내주는 털 재킷을 입은 멋쟁이 롤라 로즈였다.

## Nine

### 새 친구

    이제 우리는 빅토리아, 켄들, 롤라 로즈로 이루어진 럭 가족이고, 우리 앞에는 새로운 인생이 펼쳐지고 있었다. 낯선 느낌이 어찌나 빨리 사라지는지 신기할 지경이었다. 몇 주가 지나자 옛 생활을 생각하면 오히려 이상했다. 누가 내 이름이 무엇이고 어디에 사느냐고 물어도 더 이상 당황스럽지 않았다. 처음부터 내 이름이 롤라 로즈였던 것만 같았다. 플렉슬리 파크에서 자라고 처음부터 라크라이즈 초등학교를 다닌 것 같았다.

하프릿은 예전부터 간절히 바라던 그런 친구였다. 우리는 나란히 앉아서 수업을 듣고 숙제도 서로 도와 가며 했다. 하프릿은 수학과 인터넷과 과학에 강했다. 나는 영어를 잘하고 미술은 더 잘하니까 서로 손해 볼 일이 없었다.

볼섬 선생님은 정말로 특별 콜라주 수업을 열어 주었다. 묵은 잡지를 한 아름 가져와서 우리더러 잘라 쓰게 했다. 선생님은 가족이라는 주제로 작품을 만들어 보면 어떻겠느냐고 했다. 하프릿은 두툼하고 반들반들한 잡지를 뒤적이며 자기 가족처럼 생긴 사람들 사진을 찾았다. 하프릿네는 대가족이었다. 엄마, 아빠, 언니 하나, 여동생 하나, 오빠 둘에 수백 명에 이르는 이모, 고모, 삼촌, 사촌, 그리고 할아버지, 할머니가 인도에 산다고 했다. 하프릿은 사진 속의 사람들이 죄다 너무 히안 걸 보고 투덜거리기 시작했다.

"갈색 사인펜으로 칠하면 되잖아. 아니면 너희 가족을 상징하는 사진을 찾든지."

내가 말했다.

"이를테면 어떤 거?"

하프릿이 물었다.

"이를테면…… 활짝 웃는 사람을 오려서 흰 토끼랑 실크 해트를 덧붙이면 너희 아빠가 될 수 있지."

나는 재미있는 하프릿네 아빠가 너무 좋았다. 아저씨는 나를 보면 호들갑스럽게 치켜세워 주었다. 그리고 내 귀에서 달걀을 찾는 척하거나 내 재킷 소매에서 여러 색깔 손수건을 줄줄이 꺼내는 척하면서 어설픈 마술사 흉내를 내곤 했다.
"아빠 몸은 어떻게 하고?"
히프릿이 제대로 이해를 못하고 되물었다.
"꼭 실물을 보여 줄 필요는 없어. 이를테면 주렁주렁한 금붙이랑 텔레비전으로 너희 엄마를 나타낼 수도 있어. 너희 엄마는 드라마를 못 보면 절대 안 되는 분이니까. 암릿 오빠는 최첨단 컴퓨터로 표현하면 되고."
"나는?"
"너는 사탕이랑 길게 땋은 머리에, 수학을 잘하니까 조그만 숫자를 왕창 붙이면 되겠다. 둘이 손잡고 있는 사진을 잘라서 손목에 우정을 상징하는 팔찌를 그리면 너랑 내가 되는 거고."
"롤라 로즈, 너 진짜 기발하다. 너 같은 친구가 생겨서 얼마나 좋은지 몰라."
나는 빨간색 하트와 노란색 꽃으로 가장자리를 두른 연한 분홍색 바탕에 가족들을 모두 붙일 수 있도록 하프릿을 도와주었다. 금색 반짝이 펜으로 모든 것에 테두리를 그려 넣었더니 너무 예뻤다.
"아빠한테 얼른 보여 드리고 싶다."
하프릿이 말했다.
"그럼 액자에 넣어서 거실에 걸어 두실 거야."

하프릿이 잠시 머뭇거리다가 물었다.

"너희 아빠는 어떤 분이셔, 롤라 로즈?"

"난 아빠 없어."

나는 내 작품에 쓰려고 커다란 물빛 종이를 골랐다.

"예전에는 계셨을 거 아냐. 그 파란색은 뭐야? 하늘이야?"

"바다야."

나는 피부가 장밋빛인 여자아이를 오린 다음 허리 아래까지 내려오는 노란 머리를 붙였다. 그리고 초록색 잔디밭 사진을 꼬리 모양으로 오려서 여자아이를 인어로 만들었다. 조그만 빨간 장미도 여러 개 잘라서 머리에도 붙이고 화환으로 만들어서 기다란 꼬리도 감쌌다. 나는 여자아이를 물 위에 붙여서 수련 잎을 오르락내리락하는 초록색 개구리에게 손을 흔들도록 했다.

엄마만큼 예쁜 여자 사진을 찾을 수가 없어서, 새하얗고 예쁜 조각상을 물의 요정으로 만들었다. 조각상에 금빛 고수머리를 풍성하게 붙이고, 살짝 벌린 입술에서 흘러나오는 것처럼 보이도록 작고 까만 음표를 그려 넣었다.

나는 줄줄이 이어진 빨간 장미를 좀 더 오려서 인어와 개구리와 조각상을 커다란 하트 모양으로 감쌌다. 빨간 하트가 셋을 안전하게 지켜 주는 느낌이었다. 나머지 부분이 썰렁해 보이기에 바다 밑에 가라앉은 보물과 배처럼 떠다니는 비행기, 물고기처럼 헤엄치는 아이스바도 오려 붙였다.

그쯤에서 멈추고 싶었지만, 그럴 수가 없었다. 나는 동식물 잡지에서 상어를 오렸다. 종이에 지나지 않는다는 걸 알고 있었지만, 상어는 건드리기도 싫었다. 내 작품 속에 넣고 싶지 않았다. 갈기갈기 찢어 버리고 싶었다. 그런데도 상어 사진을 가장 밑바닥에 붙였다. 상어는 물속에서 하트 안에 들어가 있는 세 사람을 올려다보았다.

"상어 무섭다."

하프릿이 말했다.

정말 소름 끼치도록 무서웠다. 상어를 떼어 내려 했지만 그새 딱 달라붙어 버렸다. 나는 열심히 상어를 잡아 뜯었다.

"찢어지면 어쩌려고 그래! 그러다 다 망치겠다."

하프릿이 소리쳤다.

"상어 싫어. 다른 사진으로 덮어 버려야겠다."

나는 집이 여러 채 있는 사진을 찾아서 작은 마당까지 통째로 오려 냈다.

"물속에 가라앉은 마을을 만들 거야."

나는 상어의 이빨과 지느러미와 비늘이 완전히 가려지도록 집 사진을 작품 밑바닥에 붙였다. 그런 다음 조개껍데기와 바닷말로 마당에 울타리를 만들고, 집집마다 텔레비전 안테나 삼아 지붕에 닻을 붙였다.

나는 종이 아랫부분이 윗부분보다 두 배는 더 두꺼워질 정도로 종이를 붙이고 또 붙였다. 그런데도 상어가 자기 가족을 찾아서 소리 없이 창과 문을 넘나들지도 모른다는 생각을 떨칠 수가 없었다.

그날 밤에 나는 상어 꿈을 꾸었다. 그러고 났더니 엄마 옆에 꼭 붙어 있어도 잠이 오지 않았다.

엄마가 집을 오래 비우는 게 싫었다. 켄들은 8시면 재웠지만, 나는 엄마가 돌아올 때까지 기다렸다. 엄마는 가끔 자정이 지나도 돌아오지 않았다.

"롤라 로즈, 이 바보야. 잠을 자야지."

엄마가 내 눈 밑을 손가락으로 비비며 말했다.

"눈 밑에 그늘진 것 좀 봐. 새끼 판다 같잖아. 이런 못된 아가씨 같으니라고."

하지만 나한테 짜증을 부리지는 않았다. 엄마는 늘 기분 좋은 얼굴로 집에 돌아왔다. 손님들이 사 주는 술 때문만은 아니었다. 나는 엄마가 지배인 아저씨와 뭔가를 시작한 게 아닐까 싶어서 겁이 났다. 엄마는 노래방에 같이 가서 카일리 메들리를 부른 뒤로 지배인 아저씨와 아주 가까워졌다.

"나더러 카일리 미노그 못지않다고 하더라. 엉덩이도 카일리만큼 예쁘대."

엄마가 방 안에서 속옷 바람으로 춤을 추며 말했다.

"엄마!"

"아예 시간을 정해 놓고 노래를 부르면 어떻겠느냐고도 하더라. 나라면 카운터 위에서 껑충껑충 뛸 수 있을 것 같다는 정신 나간 소리도 하고."

엄마는 빗을 마이크처럼 쥐고 엉덩이를 흔들었다.

"엄마!"

"롤라 로즈, 표정이 그게 뭐니? 얘, 듣기 좋은 목소리를 타고났으니 남들 앞에서 자랑 좀 하면 어떠니."

"그 배리라는 아저씨는 엄마 노래보다 엉덩이에 더 관심이 많은 것 같은데요."

나는 퉁명스럽게 대꾸했다.

"어이구, 못하는 말이 없네."

엄마가 빗으로 내 엉덩이를 때리는 시늉을 했다.

"아니야. 배리는 좋은 남자지만 마누라한테 꼼짝 못해. 그 마누라는 손님을 늘릴 수만 있다면 노래 따위 부르거나 말거나 상관없다는 식이야. 하지만 배리를 얼마나 철저하게 단속한다고. 나도 배리하고 어떻게 해 볼 생각은 없어. 나이도 너무 많고 따분하거든. 나한테는 다른 먹잇감이 있지."

엄마는 지난 주말에 재활용품 센터에서 산 화장대 거울에 자기 모습을 비춰 보며 씩 웃었다.

나는 속이 쓰렸다.

"다른 먹잇감이라니, 그건 또 무슨 소리예요?"

"그냥 하는 말이야. 신경 쓰지 마."

엄마가 머리를 빗으며 말했다.

"새 남자 친구 생겼어요?"

"아니! 뭐, 정확히 말하면 남자 친구는 아니야. 아직 그럴 단계가 아니거든. 데이트도 한번 못했으니까. 하지만 그 남자가 나한테 관심을 보인다고 해 두자. 사실 치근대는 남자가 몇 명 있었지만, 제이크는 달라."

"제이크라고요?"

"얼마나 멋진데, 롤라 로즈. 제이크는 화가야. 내 초상화를 그리고 싶대. 생각해 봐. 어느 날 내 얼굴이 화랑에 걸릴 수도 있다는 거 아니니! 그런데 초상화 모델이 되어야 할 사람은 내가 아니라 제이크야. 제이크는 여자 못지않게 예쁘고 탐스러운 데다 제법 긴 금발이거든. 하지만 계집애 같은 스타일은 아니지. 아니고말고!"

심장이 너무 빨리 뛰어서 어지러울 지경이었다.

"엄마, 안 돼요!"

나는 너무 겁이 나서 내가 무슨 말을 하고 있는지조차 알지 못했다.

"아빠한테 들키면 어쩌려고요?"

엄마는 나를 빤히 쳐다보았다.

"아빠?"

엄마는 아빠를 까맣게 잊은 듯이 굴었다.

"너희 아빠가 이 일이랑 무슨 상관이니? 너희 아빠는 지나간 과거야. 완전히 끝난 사람이지. 두 번 다시 만날 일 없을 거야."

"하지만……."

나는 우거지상을 하고서 열심히 머리를 굴렸다. 내가 왜 그렇게 무서워하는지 이해가 되지 않았다. 엄마기 한 말이 바로 내가 듣고 싶던 말이었다. 나는 아빠를 만나고 싶지 않았다. 하지만 엄마가 아빠를 기억도 안 나는 옛날 영화 취급하다니, 기분이 너무 이상했다. 엄마한테는 아빠가 늘 1순위였는데.

"이제는 아빠를 사랑하지 않아요?"

나는 침대로 올라가는 엄마에게 물었다.

엄마는 콧노래를 흥얼거리느라 내가 묻는 말을 제대로 듣지도 않았다.

"뭐라고? 제이크를 사랑하느냐고? 아직은 그런 말 할 단계가 아니야. 너무 이르지."

"아빠를 사랑하느냐고 물었어요!"

"쉿! 소리 지르지 마. 그러다 켄들 깰라. 도대체 뭣 때문에 아빠를 들먹이는 거니? 네 아빠가 어떤 인간이었는지 기억 안 나? 나한테 숱한 추억거리를 남긴 위인이지. 봐라."

엄마가 금니를 툭툭 치며 말했다.

"예, 알아요. 그건 그거고, 아빠한테서 도망친 지 얼마 되지도 않았는데, 새 남자를 만나는 이유가 뭐예요? 켄들하고 나만으로는 행복할 수 없어요?"

"우리 제이니는, 아니 롤라 로즈는 언제 어른이 될까?"

"엄마도 알다시피 지금도 충분히 어른스럽거든요."
나는 엄마한테 등을 돌리면서 말했다.
"어이구, 우리 딸. 그렇게 화내지 마."
엄마가 내 쪽으로 몸을 바짝 갖다 대며 말했다.
나는 뻣뻣하게 굳어서 엄마를 밀쳐 내려고 했다. 하지만 내가 비명을 지르며 몸을 반으로 접을 때까지 엄마가 간지럼을 태웠다.
"쉿, 쉿!"
엄마도 말은 그렇게 했지만 같이 키득거리고 있었다. 엄마가 얼른 나를 끌어안았고, 나도 이번에는 몸부림치지 않았다.
"너도 어른이 되면 알게 될 거라는 뜻이었어. 엄마도 너랑 우리 꼬맹이 케니를 진심으로 사랑하지. 하지만 남자도 필요해. 가슴이 두근거리는 사람이 없으면 인생은 아무런 가치가 없어. 너도 좀 더 나이를 먹으면 알 거야."
나는 절대 그러지 않을 자신이 있었다. 내 심장은 이미 숱하게 두근거렸기 때문에 더 이상 두근거릴 필요가 없다. 나는 평생 남자를 찾지 않을 거다. 엄마가 좋아하는 그런 부류는 더더욱 싫다.
제이크라는 사람도 축구 선수처럼 금방 퇴장해 주길 바랐지만, 엄마는 쉬는 날이면 제이크와 데이트를 하기 시작했다. 엄마가 일하는 날에는 제이크가 문 닫는 시간까지 기다렸다 집에 바래다주었다. 나는 두 사람의 발소리가 들리면 얼른 불을 끄고 자는 척했다.

나는 제이크를 서둘러 만날 생각이 없었다. 우리 집에 빙이 하나뿐이고, 켄들과 내가 하나뿐인 침대에 대자로 누워 자는 게 오히려 다행이었다.

그런데 엄마가 일을 쉬는 일요일에 제이크가 찾아왔다. 진작 눈치를 챘어야 하는 건데……. 엄마는 아침 일찍 일어나 한참 동안 샤워를 하고 머리를 감았다. 그런 다음 배꼽에 매단 다이아몬드가 다 드러나는 손바닥만 한 청록색 셔츠와 꽉 끼는 하얀색 청바지를 입었다. 여느 일요일이면 우리는 11시나 12시까지 침대에 누워 뒹굴곤 했다. 엄마는 잠옷에 헐렁한 카디건을 걸치고 맨발로 집 안을 돌아다니기 일쑤였다.

그런데 그날은 우리더러 얼른 일어나라고 잔소리를 퍼부었다. 나는 새로 산 청바지를 입고 싶지 않았다. 벌써 배가 꽉 끼었다. 나는 요즘 늘 배가 고팠다. 특히 엄마가 없는 저녁이면 앉은자리에서 초콜릿 바를 세 개씩 먹어 치우거나, 식빵에 버터를 발라 먹다가 결국 한 줄을 다 해치우곤 했다.

나는 잠옷 바람으로 침대에 앉아서 스크랩이나 하고 싶었다. 볼섬 선생님한테 얻은 잡지가 많았다. 머리와 몸통과 팔과 다리를 각각 오려 내서 새로운 사람을 만들어 스크랩북에 붙이다 보면 시간 가는 줄 몰랐다. 가끔은 팔이 여섯 개 달리거나 발 대신 자동차 바퀴가 달린 별종을 만들어 내기도 했다. 비쩍 마른 패션모델의 머리를 잘라서 덩치가 산만 한 코끼리나 고래한테 붙이기도 했다.

"롤라 로즈, 풀칠 그만하고 얼른 세수해라."

엄마가 스크랩북을 낚아채며 인상을 썼다.

"너 진짜 어디 아픈 거 아니니! 이런 삐뚤어지고 괴팍한 녀석 같으니라고! 이 고래 아줌마는 다 뭐니? 바버러 언니하고 완전 똑같이 생겼잖아."

엄마는 키득거리면서 청바지를 추켜올렸다.

켄들도 침대에 있고 싶어 했다. 켄들은 이불 밑, 둘만의 어두컴컴한 바다 속에서 조지와 헤엄치는 이해하기 힘든 놀이를 하고 있었다. 엄마는 그런 켄들을 낚아채서 비명 소리를 들어 가며 화장실로 끌고 갔다.

"너희 둘 다 깨끗이 씻고 예쁘고 단정한 옷으로 갈아입어 줬으면 좋겠다."

"왜요? 오늘은 일요일이잖아요."

내가 우는소리를 했다.

"그러니까. 일요일이 뭐니? 노는 날이잖아. 제이크가 오면 다 같이 캠던 록 시장에 가서 재밌게 노는 거야."

켄들하고 내가 좀 그럴듯한 분위기를 연출해야 하는 거였다. 우리는 시무룩한 얼굴로 세수를 하고 옷을 갈아입었다.

"제발 좀 웃어라!"

제이크가 문을 두드리는 소리가 들리자 엄마가 말했다. 엄마는 걱정스러운 눈길로 우리, 그중에서도 나를 쳐다보았다. 내 덩치가 얼마나 큰지 문득 깨닫기라도 한 듯한 얼굴이었다.

제이크를 보고 나는 깜짝 놀랐다. 조금 꾀죄죄하지만 잘생긴 사람이기는 했다. 나보다 더 긴 금발을 하나로 묶고 있었다. 하지만 어렸다. 30대의 유명한 화가를 상상했는데 미대생이었다.

"엄마보다 한참 어리잖아요."

나는 캠던 록 시장의 여자 화장실에서 엄마를 날카롭게 나무랐다.

"그렇게 많이 어리지는 않아."

"몇 살 차이 나는데요? 아직 미대생 아니에요?"

"너, 내가 무슨 고등학생하고 사귀는 것처럼 말한다?"

"몇 살인데요?"

"그건 상관없어. 이제 입 다물고 나가자. 노점을 전부 둘러보고 싶으니까. 여기 끝내주지? 제이크한테 얼마나 자주 이야기를 들었는지 몰라."

화장실 밖으로 나갔더니 제이크와 켄들이 보이지 않았다. 우리는 두 사람이 서 있던 벽을 말똥말똥 쳐다보았다. 그러면 두 사람이 다시 나타나기라도 하는 것처럼 말이다. 하지만 그 자리는 여전히 텅 비어 있었다.

나는 엄마 손을 꽉 잡았다.

"화장실 갔겠지."

엄마가 말했다.

"켄들은 낯선 사람이랑 화장실 갈 아이가 아니잖아요."

켄들은 이상하게 프라이버시를 따졌다. 볼일을 볼 때 나나 엄마가 들어가면 버럭버럭 소리를 질러 댔다. 공중 화장실에 가지 않으려고 끝까지 버티는 경우도 많았다. 그러다 가끔 실수를 하곤 했다.

"제이크는 낯선 사람이 아니잖아."

엄마는 짜증스럽게 내뱉고는 남자 화장실 쪽으로 걸어갔다. 나도 따라갔다. 우리는 그 앞에서 몇 분을 기다렸다. 속이 울렁거리기 시작했다. 엄마가 슬쩍 찌른 걸 보면 내 얼굴이 꽤 창백해진 모양이었다.

"괜찮아, 롤라 로즈. 설미하니 쉬하고 있겠지."

엄마는 문에 대고 외쳤다.

"제이크, 켄들, 얼른 나와! 롤라 로즈가 걱정하잖아."

아무런 대답이 없었다. 엄마는 마른침을 삼키며 하얀 재킷의 깃을 세웠다.

"제이크? 켄들?"

엄마가 큰 소리로 외쳤다.

어떤 남자가 바보처럼 씩 웃으며 화장실에서 나왔다.

"누구 잃어버렸수?"

"신경 쓰지 마세요. 남자 친구하고 아들 녀석이 안 보여서요. 안에서 무슨 일이 생긴 모양이죠."

"저 안에 아무도 없는데."

"칸막이 안에도요?"

"칸막이가 하나뿐인데, 내가 막 거기서 나온 참이우."

"어머나!"

엄마가 나를 쳐다보았다. 엄마는 손가락을 물어뜯고 있었다.

"그럼, 여기저기 구경하러 갔나 보다. 형씨들!"

엄마는 애써 명랑한 척했다. 그러다 또다시 나를 쿡 찔렀다. 내가 울고 있었기 때문이다.

"그만 울어! 켄들은 아무 일 없을 거야. 제이크랑 같이 있을 테니까."

"제이크가 어떤 사람인지 제대로 모르잖아요. 아빠가 우리를 뒤쫓아 왔다가 둘이 같이 있는 걸 보면 어떡해요? 아빠가 케니를 데려갔을까요?"

"어이쿠, 그 사람들이 케니를 죽인 모양이네."

화장실에서 나온 남자가 《사우스 파크》의 대사를 흉내 냈다.

"시끄러워요."

엄마는 톡 쏘아붙이고는 나를 끌고 갔다.

"이제 어떻게 해요?"

나는 시장을 가득 메운 사람들을 쳐다보았다.

"무슨 수로 두 사람을 찾아요?"

"찾을 수 있을 거야. 아무튼 좀 조용히 해라."

"케니를 제이크한테 맡기는 게 아니었어요. 애초에 그 사람하고 같이 나올 이유도 없었잖아요. 우리 가족도 아닌데."

"언젠가 가족이 될 수도 있지. 그런 눈으로 쳐다보지 마. 그리고 화장실 급하다고 칭얼거린 사람은 너였잖아."

내 잘못이라고 생각하니 너무 끔찍했다.

"케니!"

나는 큰 소리로 외치면서 노점이 늘어선 첫 번째 통로를 내달렸다.

"케니, 어디 있니? 케니!"

"난 켄들이잖아."

켄들이 어디에선가 튀어나와 나를 보고 웃었다.

"우리가 뭐 사 왔는지 알아, 누나? 팬케이크 사 왔어! 냠냠."

"잼 바른 크레이프야."

제이크가 말했다.

"잼은 켄들이 골랐어. 롤라 로즈, 네 몫으로는 산머루 잼을 고르더라. 누나는 보라색을 좋아한다면서."

나는 팬케이크를 사랑한다. 산머루 잼도 사랑한다. 하지만 속이 엉망으로 뒤틀려서 낡은 양말을 삼키는 기분이었다. 나는 겨우 한 입 베어 먹고 치워 버렸다.

"이런 못된 것!"

엄마가 나를 노려보며 나지막이 나무랐다.

"팬케이크도 사다 주고 얼마나 고맙니? 학생이라 돈도 별로 없는데. 적어도 고마워하는 시늉이라도 해야 할 것 아냐. 너 때문에 창피해서 못 살겠다. 심지어 켄들도 저렇게 잘하는데."

그 소리를 들으니 속이 더 뒤틀렸다. 켄들은 평소에 수줍음을 많이 타고 낯을 가리는 편이었다. 그런데 지금은 제이크의 손을 잡고 조지는 겨드랑이 밑에 끼고 폴짝폴짝 신나게 뛰어갔다. 켄들은 쉴 새 없이 조잘거렸는데, 나하고 조지가 어쩌고 하는, 말도 안 되는 이야기였다. 제이크는 한 귀로 듣고 한 귀로 흘리고 있었다. 하지만 제이크가 뭐라고 한마디 대꾸할 때마다 켄들의 표정이 환하게 밝아졌다.

제이크는 다른 한 손으로 엄마 손을 잡고 있었다.

나는 두 사람이 우스꽝스럽게 보이길 바랐다.

하지만 아주 잘 어울렸다. 제이크하고 함께 있을 때 엄마는 여느 때와 너무도 달라 보였다. 아빠하고 함께 있을 때는 아주 사소한 일에도 폭발할 수 있기 때문에 늘 겁에 질려 안절부절못했다. 늘 불안한 눈으로 아빠를 훔쳐보았다. 다른 사람한테는 감히 눈길도 주지 못했다. 다른 남자를 쳐다봤다 싶으면 아빠가 노발대발했기 때문이다.

그런데 엄마는 지금 건들거리다가 쿡쿡 웃다가 노래를 흥얼거렸다. 수많은 남자들이 고개를 돌리고 엄마를 쳐다보았다. 몇몇은 뭐라고 말을 건네기도 했다. 엄마는 손을 흔들고 키스를 불어서 날렸다. 제이크도 씩 웃으면서 같이 손을 흔들었다. 그러자 새로 산 은색 팔찌가 호리호리한 팔을 타고 미끄러져 내렸다.

은색 팔찌는 엄마가 사 준 선물이었다. 나한테는 진짜 다이아몬드처럼 반짝이는 귀걸이를 사 주었다. 켄들은 아직 시계도 볼 줄 모르는데 진짜 시계를 사 주었다. 엄마 몫으로는 월장석 펜던트를 샀다. 그러더니 제이크한테 선물이라도 받은 것처럼 목에 걸어 달라고 했다.

"월장석은 재수 없는 보석 아닌가?"

"상관없어. 난 행운의 여신이니까."

엄마가 말했다.

"마음에 안 들어?"

"예뻐, 정말 예뻐. 당신 정말 예뻐."

제이크는 걸쇠를 채우면서 엄마 목에 입을 맞추었다.

"우아! 엄마랑 제이크 좀 봐. 뽀뽀하고 있어."

켄들이 말했다.

그다음은 뭐가 될지 안 봐도 뻔했다.

# Ten

"공간 배치를 다시 하는 게 좋을 것 같아."

엄마가 말했다.

"생각해 봤는데, 켄들하고 너한테 놀이방 비슷한 공간을 만들어 주는 게 좋겠어. 그러니까 침실을 네 방으로 쓰는 게 어떻겠니? 침실은 네가 가장 좋아하는 보라색이기도 하잖아."

"보라색이 아니라 라일락색이잖아요."

"라일락색이 연한 보라색이지, 이 까탈쟁이야. 그리고 너희 둘을 위해서 조그만 휴대용 텔레비전도 살까 생각 중이야, 좋지? 그러면 거실이…… 그러니까 내 방이 되는 거지."
"그리고 엄마랑 제이크 몫으로 끝내주는 침대를 사다 놓을 생각이죠?"
내가 싸늘한 목소리로 물었다.
"아니야! 뭐, 소파 베드는 어떨까 생각 중이야. 만약에 제이크가 자고 가고 싶어 하면……"
"자기 집에 가서 자면 되잖아요."
"자기 집이 없어. 지금은 친구랑 같이 살고 있거든."
"그럼 집을 구하면 되잖아요."
"학생이라 돈이 없잖아."
"학교에 기숙사가 있지 않아요?"
"신입생만 들어갈 수 있어. 롤라 로즈, 제발 그만 좀 해라. 제이크가 들어와서 같이 살면 간단하잖아. 네가 왜 그렇게 난리를 치는지 모르겠다. 우리가 서로 사랑하는 거 모르겠니?"
"그 사람은 엄마를 사랑하지 않아요. 갈 데가 없으니까 우리한테 빌붙으려는 거라고요. 그리고 엄마는 그 사람한테 돈을 너무 많이 써요. 우리 돈인데."
엄마가 내 뺨을 찰싹 때렸다. 켄들이 보고 있다 울음을 터트렸다. 나는 울지 않았다. 대신 엄마를 노려보았다.
"내 말이 맞으니까 때린 거죠?"

"버릇없이 구니까 때린 거야."

엄마가 날카롭게 쏘아붙였다.

"너 대체 왜 그러니, 롤라 로즈? 설마 길투하는 건 아니지?"

"뭐라고요, 내가 제이크를 질투한다고요?"

나는 팔짱을 꼈다. 이건 엄마가 시작한 싸움이었다.

"뭐, 나이로 보면 엄마보다 나랑 더 가깝긴 하죠."

나는 엄마가 또 때릴까 봐 날쌔게 뒤로 물러섰다.

"네 주제에 제이크 같은 남자는 꿈도 꾸지 마."

엄마는 나를 위아래로 훑어보며 말했다.

엄마한테 우는 모습을 보이고 싶지 않았다. 나는 문을 쾅 닫고 밖으로 나왔다. 엄마가 어딜 가느냐고 물어봐 주었으면 했지만 헛된 바람이었다. 그래서 무작정 걷기 시작했다. 어디로 가야 할지 도무지 알 수가 없었다.

나는 학교 가는 길도 알고, 분식점과 중국 음식점 가는 길도 알고, 엄마가 일하는 술집 가는 길도 알고, 비디오 가게 가는 길도 알았다. 하프릿네 집으로 가는 길도 알고 있었다.

하프릿네 집으로 갈 수도 있었다. 하프릿은 내 가장 친한 친구였다. 우리한테는 우리만의 악수법이 있었고, '우정은 영원히'라고 적힌 로켓도 반씩 나누어 걸고 다녔다. 우리 사이에는 어떤 비밀도 없었다. 성생활에 대해 한참 속닥거리다가 어색하게 키득거리며 끝낸 적도 많았다. 하지만 우리 엄마와 제이크 이야기는 하기 싫었다. 내가 절대 털어놓을 수 없는 것이 바로 가족 이야기였다.

하프릿은 늘 가족 이야기를 늘어놓았다. 그 애는 가끔 언니나 오빠, 동생과 싸웠고 엄마나 아빠하고도 조금씩 말다툼을 했다. 하지만 진짜로 싸운 적은 없었다. 서로 때린 적도 없었다.

나도 하프릿네 식구가 되고 싶었다. 하프릿네 아빠가 우리 아빠였으면 좋겠다. 하프릿의 어깨를 감싸 안으면서 우리 공주님이라고 부르는 아저씨 모습이 참 보기 좋았다. 우리 아빠도 나한테 그랬다. 기분이 좋을 때면 별의별 별명을 다 불렀다. 볼 빨간 공주님이라고도 했고, 요정 인형이라고도 했고, 제이 제이 잼 도넛이라고도 했다. 하지만 기분이 나빠지면 가래처럼 달라붙어 떨어질 줄 모르는 짧고 날카롭고 험악한 단어를 썼다.

하프릿네 아빠가 그런 식으로 변하는 건 상상이 되지 않았다. 한번은 지금까지 아빠한테 당한 가장 서러웠던 일이 뭐냐고 물어본 적이 있었다. 하프릿은 열심히 생각하더니, 어렸을 때 큰길로 뛰어들었다고 아빠가 고함을 지른 적이 있다고 했다. 그래서 울었더니 아빠도 울면서 꼭 껴안아 주었다는 것이다.

하프릿은 제 아빠가 물렁물렁한 주책바가지라며 웃음을 터트렸다. 잠잘 시간을 넘기는 걸 끔찍하게 싫어하고, 남자 친구도 절대 못 사귀게 할 것 같지만 말이다. 내가 보기에 아저씨는 이 세상에서 가장 좋은 아빠였다.

하프릿네 엄마는 어떤 분인지 잘 모르겠나. 눈이 크고 속눈썹이 길기는 했지만, 빼어난 미인은 아니었다. 아줌마가 특이하게 눈을 굴리며 한숨을 내쉬면, 나도 모르게 조바심이 났다.

아줌마는 우리 엄마한테 꽤 살갑게 구는 듯했지만, 돌아서면 의미심장하게 눈을 굴리곤 했다. 엄마랑 하프릿네 아빠가 죽이 잘 맞는 게 못마땅한 모양이었다. 아줌마가 뭐라고 말한 적은 없지만, 굳이 말할 필요도 없었다. 엄마의 헤어스타일이나 꽉 끼는 셔츠, 짧은 치마를 보거나 엄마가 키득거리며 술집에서 있었던 일을 이야기하는 걸 들을 때면, 아줌마 눈이 구슬처럼 바쁘게 굴러다녔다.

나도 엄마처럼 아담하고 예쁘장하게 자라고 싶었다. 롤라 로즈로 이름을 바꾸면 그렇게 될지도 모른다고 생각했다. 어쩌면 그렇게 말도 안 되는 상상을 했는지 모르겠다. 엄마가 쐐기를 박았다. 나는 엄마처럼 될 가능성이 전혀 없다.

결국에는 바버러 이모처럼 될 것이다.

나는 하프릿네 집을 그대로 지나쳤다. 그리고 나 자신에게서 달아나려는 듯 점점 더 빨리 걸었다. 엄마는 어쩜 그렇게 금세 새로운 생활에 적응하는지 어이가 없었다. 어쩜 그렇게 쉽게 남자를 만나고 헤어지는 걸까? 엄마는 자기가 즐겨 부르는 케케묵은 사랑 노래처럼 굴었고, 주크박스만큼이나 빠르게 변했다. 남자 곁에 머무르려 하지만 남자가 너무 매정해서 헤어지고, 빗속에서 눈물을 흘리며 상처를 달래다가 낯선 남자를 만나 열정적으로 키스를 나누는 식으로 말이다.

나는 엄마와 제이크가 키스하는 모습을 떠올렸다.

그때 뒤에서 입 맞추는 소리가 들려왔다. 쪽쪽대고 쩝쩝대는 소리가 귀 따가울 정도였다.

비디오 가게 앞에서 모인 남자애들이 내는 소리였다. 그중에 내가 아는 아이도 한 명 있었다. 피터라는 소름 끼치는 녀석인데 나하고 같은 반이었다. 녀석은 치마 입은 여자애만 보면 들추려고 난리였다. 얼굴은 불그스름하고 코는 납작하고 콧구멍은 컸다. 하프릿과 나는 녀석을 새끼 돼지 피터라고 불렀다.

"롤라 로즈, 우리한테 키스 좀 해 주라."

피터가 큰 소리로 외쳤다.

나는 험악한 표정을 하고 사납게 쏘아붙였다.

"저리 꺼져, 새끼 돼지."

피터 얼굴이 전에 없이 시뻘게졌다. 다른 녀석들은 낄낄 웃으며 쪽쪽 소리를 더 냈다. 대부분 피터보다 나이가 많았다. 로스도 거기 있었다. 로스는 우리 학교에서 유명했다. 여자애들의 사랑을 한 몸에 받았다. 열세 살밖에 안 됐는데, 열여섯 살짜리가 사귀고 싶어 했다.

로스도 나를 쳐다보고 있었다.

"어때, 키스하고 싶어, 롤라 로즈?"

농담인지 진담인지 알 수가 없었다. 다른 녀석들은 계속 쪽쪽 소리를 냈다.

나는 반대편으로 쌩하니 달려갔다. 왁자지껄한 웃음소리를 뒤로한 채 달리고 또 달렸다. 내가 발이 걸려 넘어지자 녀석들은 더 크게 웃어 댔다. 새로 산 청바지 무릎이 찢어지고, 예쁜 데님 재킷은 소매가 더러워졌다.

나는 흐느껴 울면서 집으로 갔다. 엄마랑 화해하고 꼭 끌어안고 싶었다. 그런데 제이크가 있었다.

"어디 갔었니, 롤라 로즈? 그런 식으로 뛰쳐나가면 어떡해! 얼마나 걱정했다고. 지금 우는 거야?"

"아니에요!"

나는 방으로 들어가려다 엄마한테 붙잡혔다.

"무슨 일이니? 이 꼴이 다 뭐야! 새로 산 청바지인데! 재킷 소매 좀 봐! 시커멓잖아!"

나는 그 말을 듣고 더 크게 흐느꼈다. 엄마는 젖은 행주로 재킷 소매를 깨끗이 닦아 주었다. 하지만 청바지는 무릎이 너무 심하게 찢어져서 꿰맬 방법이 없다고 했다.

"나한테 좋은 수가 있어."

제이크가 말했다.

농담인 줄 알았더니 아니었다. 제이크는 안 입는 낡은 꽃

무늬 셔츠를 꽃 모양으로 잘라 양쪽 무릎에 아플리케를 해 주었다.

"와우! 자기는 정말 재주도 많다."

엄마가 제이크 머리를 헝클어뜨리며 말했다.

"남자는 바느질 안 하는 거야."

켄들이 말했다.

"제이크 아저씨도 남자 맞거든."

엄마가 제이크에게 입을 맞추면서 말했다.

"끝내준다! 자기야, 내 것도 해 줄래? 롤라 로즈, 새 청바지 예쁘지 않니? 제이크한테 뭐라고 말해야 하지?"

"고맙습니다."

나는 제이크가 콘플레이크를 건네주기라도 한 것처럼 심드렁하게 말했다. 하지만 속으로는 환호성을 지르고 있었다. 아플리케를 어떻게 하는지 유심히 봐 두었던 것이다.

"어떻게 하는지 가르쳐 줄게."

제이크가 말했다.

"괜찮아요."

나는 어깨를 으쓱하며 대답했다. 이미 다 알아냈으니까.

나는 제이크에게 넘어가지 않기로 마음을 단단히 먹었다. 엄마가 제이크라면 정신을 못 차린다고 해서 나까지 초강력 접착제처럼 끈끈한 사이가 될 필요는 없었다. 엄마는 제이크에게 스크랩북을 보여 주라고 나를 계속 괴롭혔다. 그러더니 자기가 직접 보여 주려고 방에서 스크랩북을 꺼내 왔다. 나는 달려가서 스크랩북을 홱 낚아챘다.

"이건 내 거예요!"

"어머나, 그 안에 뭐가 있기에 그러니, 롤라 로즈? 야한 사진이라도 모아 둔 거야?"

잠깐 실랑이를 벌이는 사이에 스크랩북 귀퉁이가 뭉개지고 책등도 살짝 찢어졌다. 나는 화가 머리끝까지 치솟았다.

"야한 사진을 찍어서 남자들한테 돌린 건 엄마잖아요!"

엄마는 목까지 시뻘게졌다.

"그런 적 없어!"

엄마가 어린애처럼 소리를 질렀다.

"야한 사진?"

제이크가 물었다.

"이런 불량 소녀 같으니라고!"

"야한 사진 아니었어."

엄마는 이렇게 항변하면서 나를 떠밀었다.

"예전에 모델 일을 하면서 찍은 거야. 근사한 사진이었다고."

"근사한 사진이라고?"

제이크가 눈썹을 꿈틀거렸다.

"우아, 보여 줘, 보여 줘!"

"오래전 잡지에 실린 거야. 지금은 다 버렸어."

엄마는 얼른 대답하고 켄들과 나를 보며 한숨을 내쉬었다.

"젊었을 때, 그러니까 이 애들 때문에 몸매가 망가지기 전이야기지."

"내가 보기엔 지금도 훌륭해."

제이크가 말했다.

엄마는 낯빛이 환해지면서 '들었지?' 하는 표정으로 나를 향해 턱을 내밀었다.

"엄마 생각해서 좀 좋아해 주면 안 되니?"

그날 밤 자려고 누웠을 때 엄마가 나지막이 나무랐다.

엄마와 켄들과 나, 셋이 함께 자는 마지막 날이었다. 제이크는 짐도 챙기고 술도 한잔할 겸 친구네 아파트로 갔다. 내일 들어올 예정이었다.

나는 아무 대꾸도 하지 않고 자는 척했다. 그런데 엄마가 나를 끌어다 무릎 위에 눕혔다.

"정말로 제이크가 싫어?"

엄마가 물었다.

"괜찮은 사람이에요."

"제발 그러지 좀 마. 엄청 근사한 사람이잖아! 착하기도 하고. 그래서 헤어날 수가 없어. 화도 안 내지, 질투도 안 하지. 네가 아까 내 사진 가지고 어쩌고저쩌고 했을 때 진짜 한 방 먹는 줄 알았거든. 그런데 얼마나 기분 좋게 넘기는지 봤지? 제이크는 100만 명 중에 한 명 있을까 말까 한 남자야.

롤라 로즈."

"알고 지낸 지 5분밖에 안 된 사람이잖아요."

"그런데도 옛날부터 알고 지낸 사람 같아. 제이크를 처음 본 순간 알았어. 우리 서로 첫눈에 반했다는 걸."

"엄마는 아빠한테도 첫눈에 반했잖아요. 축구 선수한테도 첫눈에 반했고요. 아무 남자한테나 첫눈에 반하면서, 뭘."

나는 베개에 대고 중얼거렸다.

엄마도 그 소리를 들었다.

"그 입 다물지 않으면 이 침대에서 당장 내쫓을 거야."

정작 입을 다물지 못한 사람은 엄마였다.

"그렇게 다정다감한 남자가 또 어디 있을까? 내가 이렇게 운이 좋을 줄은 꿈에도 몰랐어. 이제는 살도 좀 찌고, 애도 둘이나 되고, 가슴도 축 처졌는데……."

"말도 안 되는 소리."

"아냐, 진짜야."

엄마는 자리에서 일어나 앉더니 가슴을 앞으로 쑥 내밀었다.

"어머나, 정말이네! 가슴 수술하는 데 돈이 얼마나 들까? 천 파운드면 될까? 더 들까? 지금이라면 그 돈 낼 수 있는데!"

나는 콧방귀를 뀌었다.

"왜 그래? 내 돈이잖아. 그리고 너희 둘한테도 많이 썼잖아."

"제이크한테도 많이 썼겠죠. 그 사람이 신은 카우보이 부츠, 자기 돈으로 산 거 아니죠? 새 휴대폰도. 새 워크맨도. 그 어마어마한 유화 물감 세트도."

"화가잖아."

엄마는 자기 가슴을 뚫어져라 내려다보고 있었다.

"내 누드화를 그리겠다고 하면 가슴 수술을 받는 게 낫겠다. 끔찍하게 아플까? 칼로 째야 되려나?"

"설마 그러겠어요? 가슴을 열어서 뭘 쑥 집어넣고 됐습니다, 그러겠죠."

나는 계속 빈정거렸다.

"엄마는 진짜 바보 같아. 당연히 칼로 째야지. 가슴 바로 밑을 쨴 다음……"

"알았어, 거기까지."

엄마가 말했다.

"그냥 이대로 살아야겠다. 제이크도 별 불만 없는 눈치니까. 내가 하고 싶은 말이 그거야, 롤라 로즈. 나한테 너무 잘해 주거든. 너희 아빠랑 살 때가 더 좋았다고 생각하는 건 아니겠지?"

"난 엄마가 남자 없이 사는 게 낫다고 생각해요."

"꼭 바버러 이모처럼 말하는구나. 이모처럼 되지 않게 조심해!"

엄마는 손가락으로 내 배를 찔러 댔다.
"오 예, 푹신푹신!"
"그만! 그만해요, 쭈그렁 가슴!"
우리는 서로 간질이고 찌르고 꺅꺅대고 낄낄댔다. 켄들도 일어나 한몫 끼었다. 우리는 켄들이 쿵 소리를 내며 침대에서 떨어지고, 아래층 할머니가 천장을 쾅쾅 두드릴 때까지 레슬링 시합을 벌였다.
엄마랑 나는 켄들을 침대로 끌어 올린 다음, 셋이서 꼭 끌어안고 잠이 들었다. 이날은 상어 꿈도 꾸지 않았다.

# Eleven

## 립스틱과 하이힐

제이크가 우리 집으로 들어왔다. 엄마는 거실을 두 사람 방으로 꾸몄다. 둘이서 쓰려고 소파 베드도 새로 샀다. 이번에는 재활용품 센터에서 산 낡고 초라한 침대가 아니었다. 컴퓨터도 샀다. 엄마는 켄들과 나를 위한 선물인 척했다. 하지만 엄마가 술집에서 일하는 동안, 거기 앉아서 게임을 하는 사람은 제이크였다.

켄들은 제이크한테 기대어 앉는 걸 좋아했다. 제이크는 가끔 켄들에게 자리를 내주었다.

"너도 할래, 롤라 로즈?"
"싫어요. 따분해요."

나는 스크랩북을 들고 방 안에 틀어박혀 지냈디. 임마는 생일 카드를 산더미처럼 사다 줬다. 예쁜 꽃과 바닷가와 저녁놀과 무지개와 긴 고수머리를 늘어뜨린 요정 공주들이 그려진 카드였다. 잘라서 스크랩북에 붙이라고 특별히 신상품으로만 골라 왔다.

엄마는 내가 돈 문제를 가지고 잔소리를 못 하게 하려고 카드를 사다 준 거다. 나는 엄마 팬티스타킹 밑에서 복권 당첨금을 넣어 둔 봉투를 찾아서 열어 보고는 기절하는 줄 알았다. 남은 돈이 거의 없었다. 5파운드짜리 지폐 한 묶음. 그게 전부였다.

나는 팬티스타킹이 검은 뱀처럼 널려 있는 가운데 무릎을 꿇고 앉았다. 너무 무서웠다.

나는 엄마가 퇴근할 때까지 안 자고 기다렸다가 따져 물었다.

"조용히 해, 롤라 로즈!"

엄마는 제이크가 들을까, 그게 걱정이었다.

"어디서 감히 엄마 물건을 뒤지고 그래!"

엄마가 내 귀에 대고 날카롭게 속삭였다.

"어쨌거나 내 돈이잖아. 내가 복권에 당첨돼서 받은 돈이니까."

"이젠 누구 돈도 아니에요. 다 써 버렸으니까."

"우리 모두 좋아하는 걸 사느라 쓴 거잖아. 당장 네 방으로 가, 배은망덕한 것 같으니라고."

나는 화가 나서 쿵쾅거리며 걸어갔다. 엄마는 왜 그렇게 멍청할까? 직장에서 잘리고 다른 일거리를 찾지 못하면 어쩌려고. 제이크가 술을 마시고 엄마를 때리기 시작하면 어쩌려고. 그래서 또 도망쳐야 하면 어쩌려고. 복권 당첨금 덕분에 한결 든든했는데.

나는 앞으로 엄마랑 말을 섞지 않기로 마음먹었다. 그런데 엄마가 생일 카드를 사다 주는 바람에 계속 골을 낼 수가 없었다. 나는 그림을 자르고 배열하고 붙이면서 시간을 보냈다. 가위질을 하느라 가운뎃손가락 옆에 작은 홈이 팰 정도였다.

켄들은 내가 가위질을 하면서 입을 벌렸다 오므렸다 한다고 놀렸다.

"꼭 물고기 같아."

그러면서 조지로 끈질기게 공격했다.

나는 너무 놀라서 가장 마음에 드는 요정 공주를 삭둑 잘라 버렸다. 내가 난리를 쳤더니 켄들이 울음을 터트렸다. 잘려 나간 요정 공주는 그만 잊기로 했다. 나는 기린들이 거니는 아프리카 초원 사진을 찾아, 이상야릇하게 생긴 기린 소녀를 한 무더기 만들기 시작했다. 얼룩무늬가 있는 기다란 목 위로 풍성한 머리카락을 늘어뜨린 아이들이었다.

나는 기린 소녀가 나오는 이야기를 들려주겠다며 켄들을 불렀다.

"나 지금 바빠."

켄들이 의기양양하게 외쳤다.

"제이크 아저씨랑 컴퓨터 게임 하고 있거든."

나는 들릴락 말락 하게 욕을 했다. 켄들은 나보다 제이크와 같이 있는 걸 더 좋아했다. 엄마도 그랬다. 이제 두 사람은 내가 별로 필요 없는 눈치였다.

나는 단두대 놀이를 하면서 잡지를 자르고, 자르고, 또 잘랐다. 잘린 머리가 무릎 위에 수북이 쌓였다. 나는 머리를 한데 모아서 방 한구석으로 던져 버렸다.

뭐, 나도 엄마와 켄들 따위 필요 없다.

나는 아무도 필요 없다. 롤라 로즈니까.

내가 생각하는 롤라 로즈와 실제 내 모습이 좀 더 닮아 가기를 바랄 뿐이다.

나는 거울 앞에 서서 머리를 이렇게 저렇게 만져 보았다. 머리가 길어 보이도록 어깨를 귀까지 추켜올리기도 했다. 머리가 어서 자랐으면 하고 잡아당겨 보기도 했다. 다음 달이나 다음다음 달이나 그다음 달이 되면 요정 공주처럼 치렁치렁하게 늘어뜨릴 수 있을까?

나는 슬그머니 화장실로 가서 엄마가 쓰는 헤어스프레이

를 뿌렸다. 머리숱이 어쩜 그렇게 많은지, 엄마는 진짜 운이 좋다. 내 머리도 땅바닥까지 기를 수는 있겠지만, 그래 봤자 가늘고 성글기는 마찬가지일 것이다. 내 머리는 아무리 부풀리려고 해도 두피에 착 달라붙었다.

헤어스타일은 포기하고 얼굴 쪽에 도전해 보기로 했다. 예전에도 화장 놀이를 하면서 눈에 반짝이를 칠하고 입술에 립글로스를 발라 보았다. 하지만 아빠가 올 시간이 되면 싹 지웠다. 아빠는 어린 딸이 천박해 보이는 게 싫다고 했다.

이제는 아무리 두껍게 화장을 해도 뭐라고 할 사람이 없었다. 엄마 화장품을 보니까 눈이 돌아갔다. 나는 먼저 파운데이션을 바르고 눈썹을 그리고 눈두덩에 회색 아이섀도를 칠했다. 손이 떨릴 때마다 두껍게 덧칠을 해 가며 아이라인도 그렸다. 마스카라는 눈을 치뜰 때마다 새카만 속눈썹이 보이도록 두 번 발랐다.

그런 다음 양쪽 뺨에 볼연지를 발랐다. 광대뼈를 따라서 발라야 한다는 건 알지만, 뺨에 살이 많아서 광대뼈를 찾을 수가 없었다. 그나마 입술은 보이니 천만다행이다. 나는 여자들이 립스틱을 바를 때 짓는 웃음을 따라 해 보았지만, 앞니에 새빨간 립스틱만 잔뜩 묻히고 말았다. 그래서 나만의 방식으로 립스틱이 입술 선을 살짝 넘게 발라서 더 육감적으로 보이도록 했다.

나는 실제보다 더 나이 들어 보이고 싶었다. 열두 살, 열네

살, 열여섯 살? 나는 엄마 옷장에서 하이힐을 꺼내 신었다. 우리는 이제 발 크기가 거의 비슷했다. 구두 앞코에는 휴지를 쑤셔 넣었다. 내가 가진 옷 중에서 가장 달라붙는 티셔츠를 입었을 때 가슴이 풍만해 보이도록, 엄마 브래지어를 걸치고 그 안에도 휴지를 잔뜩 쑤셔 넣었다.

내가 으스대며 거실로 걸어 나가자 제이크와 켄들이 말똥말똥 쳐다봤다.

"롤라 로즈, 이게 웬일이니?"

제이크가 말했다.

"누나, 바보 같아."

켄들도 거들었다.

"바보 같은 건 너지. 나 나갈 거야."

"잠깐. 혼자 나가도 된다고 허락받았니?"

"혼자 나가는 거 아니에요. 누굴 만날 거거든요. 데이트 비슷한 거죠."

"안 돼. 그럼 안 되지."

"안 되긴 뭐가 안 돼요?"

나는 현관으로 달려갔다.

제이크가 돌아오라고 했다.

"나한테 이래라저래라 하지 말아요. 우리 아빠도 아니면서."

나는 큰 소리로 외쳤다.

길에서 쇼핑백을 잔뜩 들고 오는 스티브와 앤디를 만났다. 정확히는 앤디만 양손에 쇼핑백을 두 개씩 들었고, 스티브는 화분만 하나 달랑 들고 어슬렁거리며 걸어오고 있었다. 스티브는 나를 보고 눈썹을 꿈틀하더니, 재스민 줄기를 팔 아래로 장식처럼 드리운 채 걸어갔다. 앤디는 걸음을 멈추고 인도 위에 쇼핑백을 내려놓았다. 그러고는 양손으로 가슴을 움켜쥐며 나를 만나서 너무 반갑다는 시늉을 했다.

"이게 누구야. 롤라 로즈 아냐? 멋진데!"

"안녕하세요."

나는 허스키하고 도발적인 목소리를 내려고 했지만, 감기 걸린 사람처럼 들렸다.

"안녕, 롤라 로즈."

앤디가 한껏 걸걸한 목소리로 대답했다. 나를 놀리는 게 분명한데도 웃음이 나왔다.

엄마 하이힐을 신었더니 발목이 자꾸 삐끗거렸지만 그래도 계속 걸었다. 하프릿네 집에 가서 하이힐을 보여 줄 생각이었다. 나는 문을 두드렸다. 노크 소리를 못 들었을까 봐 초인종도 눌렀다.

"쉬잇!"

하프릿이 문을 열며 말했다.

"아빠가 낮잠 주무시고 계시거든."

하프릿은 그제야 나를 제대로 보았다.

"롤라 로즈!"

"너희 집에서 같이 놀아도 돼?"

"응, 잠깐은. 엄마가 저녁 준비하고 계셔."

갓 만든 음식에서 풍겨 나는 맛있는 냄새 때문에 입안에 침이 고였다. 나도 같이 먹고 싶었다. 하프릿이 나를 거실로 데려갔다. 하프릿의 여동생 애먼딥이 한쪽 구석에 양반 다리를 하고 앉아서 바비 인형들한테 뭐라고 중얼거리고 있었다. 암릿 오빠는 컴퓨터를 하고 있었는데, 눈은 모니터에 둔 채 고개만 까닥했다.

"구두 좀 신어 봐도 돼, 롤라 로즈?"

하프릿이 애원했다.

"그래."

나는 구두를 벗어 주었다.

하프릿은 한 걸음 한 걸음 뗄 때마다 깔깔거리며 비틀비틀 방 안을 걸어 다녔다.

"너희들 구둣방 놀이는 다른 방에 가서 하면 안 되겠냐?"

암릿 오빠가 한숨을 푹 내쉬더니 고개를 들어 나를 보았다. 오빠는 나한테서 눈길을 떼지 못했다. 그러더니 컴퓨터로 무슨 일을 하고 있었는지 이야기하기 시작했다. 뒤이어 자기네 학교 축구부 이야기를 했다. 그러더니 다시 친구들과 함께 꾸린 밴드에 대해 떠벌리기 시작했다. 오빠는 드러머라고 했다. 아직 자기 드럼은 없지만, 벽을 치면서 리듬을 익히고 있다는 것이다.

"그만 좀 해, 오빠. 그러다 아빠 깨시겠다."

하프릿이 말했다.

"아빠 벌써 일어났다."

가브리 아저씨가 양말만 신고 거실로 나오면서 말했다. 아저씨는 하품을 하다가 나를 보더니 벌린 입을 다물지 못했다.

"아이고, 깜짝이야, 롤라 로즈! 아니지, 롤라 로즈가 아니지. 멍청하긴. 롤라 로즈는 꼬마 아가씨잖아. 롤라 로즈 언니구나. 안녕, 아가씨. 만나서 반가워요."

장난인 줄은 알지만 재미있었다. 하프릿과 애먼딥도 키득거렸다. 암릿 오빠는 짜증난 얼굴이었다.

"왜 이렇게 시끄럽니? 말썽꾸러기들이 가엾은 아빠를 깨운 거야?"

아줌마가 문틈으로 고개를 내밀며 말했다.

아줌마는 나를 보더니 눈을 부라렸다.

"롤라 로즈, 네가 그러고 나온 거 너희 엄마도 아시니?"

"롤라 로즈가 아니라, 롤라 로즈네 어여쁜 언니라니까."

아저씨가 말했다.

"셰리주 한잔 줄까요, 아가씨? 담배 한 대 피울래요?"

"자꾸 부추기지 말아요."

아줌마가 퉁명스럽게 말했다.

"얼른 집에 가서 세수 좀 하는 게 좋겠다, 롤라 로즈. 하프릿, 그 구두 당장 벗어서 롤라 로즈한테 돌려줘. 서둘러. 저녁 준비 거의 다 됐으니까."

"롤라 로즈도 저녁 같이 먹으면 안 돼요?"

하프릿이 물었다.

나는 기대에 찬 얼굴로 아저씨를 쳐다보았지만, 아저씨는 아줌마 쪽으로 눈길을 돌렸다.

"미안하구나. 한 명 더 먹기에는 부족하거든."

아줌마는 거짓말을 했다.

"제 거 주면 돼요. 저는 나중에 친구들하고 피자 먹을게요."

암릿 오빠가 말했다.

나는 반짝이는 빨간 입술로 오빠를 보고 웃어 주었다. 하지만 아줌마는 꿈쩍도 하지 않았다.

"말도 안 되는 소리!"

아줌마가 딱 잘라 말했다.

"롤라 로즈는 이제 저녁 먹으러 자기 집으로 갈 거다."

아줌마는 눈을 번득이며 나를 쳐다보았다.

"앞니에 립스틱 묻었구나."

나는 립스틱이 묻은 앞니로 아줌마를 꽉 깨물어 주고 싶었다. 하지만 앞니에 빨간 립스틱을 묻히는 게 새로운 유행인 양 어깨를 으쓱하고 말았다. 나는 하프릿네 집에서 당당하게 걸어 나왔다. 그런데 집 앞 골목길을 걷다가 발목을 삐끗했다. 그 집 식구들이 보지 않았기를 바랄 뿐이었다.

엄마 구두를 신었더니 발이 아팠다. 물집이 잡히려는 것 같았다. 그것도 한두 개가 아니라 여러 개가. 집으로 가야 한다는 건 알지만, 나온 지 고작 30분밖에 안 지났다. 지금 들어가면 진짜 데이트를 한 것처럼 제이크를 속일 수 없었다.

제이크는커녕 나 자신조차 속일 수가 없었다. 나는 롤라 로즈라는 이름을 고집했지만, 여전히 수줍음 많고 물러 터진 그 옛날 제이니였다. 나는 절대로 엄마처럼 예쁘고 발랄하고 섹시한 여자가 될 수 없다. 점점 뚱뚱하고 둥글둥글해져서 결국에는 바버러 이모처럼 될 것이다. 엄마가 말했던 것처럼 말이다. 코끼리처럼 살이 출렁거려 만나 주는 남자라고는 아무도 없는 가엾은 바버러 이모.

어쩌면 나도 만나 주는 남자가 없을지 모른다. 암릿 오빠가 나한테 수작을 거는 분위기였지만, 어쩌면 놀리는 거였는지도 모른다.

비디오 가게 앞에는 여전히 남자애들이 모여 있었다. 로스도 있었고, 새끼 돼지 피터도 있었다. 얼른 도망쳐야 했다.

나는 도망치는 대신 남자애들 쪽으로 걸어갔다.

아이들이 또 입 맞추는 소리를 내기 시작했다. 하지만 이번에는 웃어 주었다. 나는 엄마 하이힐 때문에 비틀거리면서 남자애들 옆으로 다가갔다.

"그 구두 신으니까 바보 같다."

피터가 숨을 들이쉬고 내쉴 때마다 분홍색 콧구멍을 벌름거리며 말했다.

"너는 구두를 신건 안 신건 바보 같잖아."

그렇게 말한 뒤 남자애들 앞으로 쌩하니 지나갈 생각이었는데, 그만 발목을 삐끗하고 말았다.

"어이쿠."

로스가 소리치며 넘어지지 않게 내 팔을 잡아 주었다.

가까이서 보니 그다지 잘생긴 얼굴도 아니었다. 미간이 조금 좁고 입술은 너무 얇았다. 로스가 팔을 잡고 있는 게 좋은지 어쩐지 알 수 없었다. 나는 그만 팔을 빼내려고 했다.

로스가 말했다.

"괜찮아, 도와주려는 것뿐이니까. 네 이름이 롤라 로즈 맞지?"

찢어진 티셔츠를 입은 키 큰 남자애가 씩 웃으며 중얼거렸다.

"롤라 로즈한테 물었다. 그랬더니 하는 말. 몰라."

하나도 재미없는 말장난인데, 다들 웃음을 터트렸다. 나를 비웃는 거였다. 하지만 나도 같이 씩 웃었다.

"피터랑 같은 반이니?"

로스가 물었다.

"피터보다 나이가 많아 보이는데."

"나이가 들어 보이게 행동하는 거지."

나는 머리카락을 뒤로 휙 넘기며 대답했다.

로스는 아직도 내 팔을 잡고 있었다. 꽉 잡은 건 아니었지만 로스의 손가락이 살에 닿는 느낌이 이상했다. 그 느낌이 좋은 건지 싫은 건지 알 수 없었다. 로스는 누가 봐도 이 패거리의 대장이었다. 외모도 가장 볼만했다. 게다가 모든 여자애들이 사귀고 싶어 하는 아이였다.

로스는 고개를 삐딱하게 하고서 나를 뚫어져라 쳐다보았다.

"어디 가는 길이었어, 롤라 로즈?"

로스가 계속 내 이름을 불러 주는 게 좋았다. 내가 새로 태어난 근사한 아이라는 걸 되새길 수 있어서 좋았다. 롤라 로즈는 예전의 한심한 제이니보다 훨씬 성숙했다.

나는 빙긋 웃으며 심드렁하게 말했다.

"그냥 나왔어."

"그럼 우리랑 같이 놀자."

"그러지 뭐."

나는 아무래도 상관없다는 듯 대답했다. 속이 쓰라렸다. 어디로 갈까 궁금했다. 맥도널드면 좋겠다는 생각이 들었다. 굶어 죽기 직전이었다.

로스는 뭘 먹을 생각이 없는 듯했다.

"우리, 공원 가자."

로스가 웃는 얼굴로 말했다.

그러자 아이들이 일제히 키득거렸다.

나는 아무런 눈치도 채지 못했다. 로스는 여전히 나를 똑바로 보면서 웃고 있었다. 눈은 새파란데 속눈썹은 새카맣고, 피부는 매끄러우면서도 발그스름했다. 운동을 하는지 근육도 있고 덩치도 컸다. 로스는 어떤 여자애라도 마음대로 고를 수 있었다. 그런데 나를 선택하다니!

로스와 친구들이 공원이라는 데를 향해 성큼성큼 걷기 시작했다. 나는 그 뒤를 종종걸음으로 쫓아갔지만 엄마 하이힐을 신고 있어서 따라잡기가 힘들었다. 새끼 돼지 피터가 뒤로 처져서 나하고 보조를 맞추었다.

내 옆에 피터가 있는 건 싫었다. 내가 바라는 건 동화 같은 분위기였다. 나는 이제 롤라 로즈고, 거의 예쁜 축에 들었다. 로스가 나하고 사귀고 싶어 할지도 모른다.

"저리 가, 피터."

"알았어."

피터는 어깨를 으쓱하더니 앞으로 달려가 무리에 끼었다.

"야, 롤라 로즈!"

로스가 고개를 돌리고 나를 불렀다.

"얼른 와!"

로스는 입 맞추는 소리를 내면서 손가락을 까닥거렸다.

그러자 아이들이 한꺼번에 웃음을 터트렸다. 로스의 그런 태도가 마음에 걸렸다. 나를 여자 친구가 아니라 애완견처럼 부르고 있었다.

그래도 나는 계속 따라갔다.

우리가 도착한 곳은 제대로 된 공원이 아니었다. 예전에 쓰레기장으로 쓰던 곳인데, 풀이 듬성듬성 돋아나고 떨기나무가 마구 엉켜 있을 뿐이었다. 저 멀리서 개를 산책시키는 여자와 맥주 캔을 움켜쥐고 혼자서 중얼대는 할아버지가 보였다. 그리고 한심한 소리를 내는 남자애들이 있었다.

나는 로스와 단둘이 넓고 푸른 예쁜 공원에 갔으면 했다. 둘이 손을 잡고 걸으면서 로스가 그 커다랗고 파란 눈으로 나를 바라보며 달콤한 말을 속삭여 주길 바랐다. 그런데 상상했던 것과 전혀 달랐다. 나는 남자애들로 우글거리는 떨기나무 사이에 갇혀 있었고, 그런 상황이 마음에 들지 않았다.

"시간이 너무 늦었네. 이제 집에 가야겠다."

내가 말했다.

"아니, 그럼 안 되지. 롤라 로즈, 이리 와!"

로스가 고개를 숙이더니 아이들이 보는 앞에서 나한테 입을 맞추었다. 부드럽고 다정한 입맞춤이 아니었다. 남들에게 보여 주기 위한 입맞춤일 뿐이었다. 벗어나려고 몸부림을 쳤지만, 로스가 꽉 잡고 놓아주지 않았다. 나는 고개를 홱 돌리고 소리를 지르기 시작했다.

"입 다물어, 이 멍청아!"

나는 입을 다물지 않았다. 계속 소리를 질렀다.
"그 아이를 놔줘!"
누군가 외쳤다.
보스는 여전히 나를 잡고 있었지만, 몇몇 아이들은 도망치기 시작했다. 개 한 마리가 미친 듯이 짖으며 다가오고 있었다. 집채만 한 셰퍼드 두 마리가 우리에게 달려들었다.
이제 모두 도망치고 있었다. 나도 도망치려 했지만, 구두 때문에 걸려 넘어지고 말았다. 풀밭에 엎드려 있는데, 개들이 날카로운 이빨을 드러내며 내 얼굴에 대고 짖었다. 나는 비명을 질러 댔다.
"괜찮아, 롤라 로즈! 이 녀석들 물진 않아. 그저 시끄럽게 짖는 걸 좋아할 뿐이지. 나처럼 말이다."
나는 슬그머니 위를 올려다보았다. 그런데 볼섬 선생님이 나를 내려다보고 있는 게 아닌가!
"조용히 해, 빌리. 조용히 해, 부스. 애들아, 조용히 좀 해라! 너희 때문에 머리가 다 지끈거린다. 롤라 로즈한테 앞발 내밀고 친구가 되고 싶어 한다는 걸 보여 줘."
개들이 잠잠해졌다. 그러더니 뒷다리를 구부리고 앉아서 공손하게 앞발을 내밀었다. 나는 한 손에 하나씩 조심스럽게 잡고 살짝 흔들었다.
"착하지!"
볼섬 선생님이 말했다.

"봤지? 나는 너희들 다루는 솜씨보다 우리 집 개들 다루는 솜씨가 더 낫단다."

"안녕…… 빌리?"

내가 한 녀석의 머리를 토닥이며 말했다.

"이쪽은 빌리 양, 그리고 이쪽은 부스 양. 빌리와 부스는 빅토리아 시대에 여학교를 운영한 훌륭한 여성들이야. 두 분 이름을 우리 집 개들한테 붙였지. 내가 생후 6주부터 맡아 키운 녀석들이야. 지금은 조금 나이를 먹었지만, 여전히 짖는 거 하나는 엄청나단다. 남자애들이 완전히 겁먹은 거 봤지? 그나저나 어떻게 된 일이냐, 롤라 로즈?"

"아, 아무것도 아니에요."

나는 웅얼웅얼 대답하면서 엄마 구두를 신고 일어서려고 버둥거렸다.

그러자 볼섬 선생님이 내 팔꿈치를 잡고 일으켜 주었다.

"아까 그 애들 네 친구니?"

"그 비슷한 사이예요."

"덩치 큰 로스는 나도 안다. 예전에 가르쳤던 학생이지. 정말 골칫덩어리였는데. 그 애를 좋아하니?"

"아뇨."

나는 손등으로 입술을 훔치며 말했다.

"여기 있다."

선생님은 주머니를 뒤져 화장지 한 장을 꺼내 주었다.

"다 뭉개졌어. 잘 닦아라. 세상에, 화장품 코너 절반을 얼굴에 찍어 바른 것 같구나. 그런 얼굴로 학교에 나타날 생각 마라. 그 구두도 마찬가지야. 그런 걸 신고 어떻게 걷니?"

"제대로 못 걷겠어요. 엄마 구두거든요."

"엄마는 네가 구두를 빌려 신어도 뭐라고 안 하시니?"

"빌려 신은 줄도 모르실 거예요."

"얼른 가서 신발장에 다시 넣는 게 좋겠다. 그나저나 엄마는 집에 안 계시는구나?"

"예, 코치앤호시스 술집에서 일하시거든요."

"집에 너하고 켄들을 돌봐 줄 사람은 있고?"

"그럼요."

나는 얼른 대답했다.

"제이크가 있어요."

"베이비시터인가?"

"음, 엄마 남자 친구 비슷한 사람이에요."

"너희랑은 잘 지내고?"

뒤에서 빌과 부스가 껑충껑충 따라오는 가운데 공원 입구 쪽으로 걸어가면서 선생님이 물었다.

나는 어깨를 으쓱했다.

"괜찮은 사람 같아요."

"그 사람한테 나가도 좋다는 허락은 받은 거니?"

"데이트 비슷한 게 있다고 했어요."

"로스하고?"

"아뇨! 로스랑 다른 애들은 우연히 만난 거예요. 로스가 같이 공원에 가자고 했고요."

"그게 좋은 생각이었던 것 같니?"

"아니요. 사실은 그렇게 지저분하게 굴 줄은 몰랐어요."

"너처럼 똑똑한 아이가?"

"음, 그러니까 상대가 로스라서 정신이 좀 나갔었나 봐요. 그 애 꽤 잘생겼고 그렇잖아요. 내가 정말 특별한 존재가 된 것도 같고, 대단한 사람이 된 것도 같았어요."

볼섬 선생님은 걸음을 멈추고 내 어깨에 살며시 손을 얹었다. 그러고는 내 눈을 똑바로 들여다보았다.

"너 대단한 사람 맞아, 롤라 로즈. 아주 특별하고 영리하고 독창적이고, 네 나이에 비해 무척 어른스러운 아이이기도 하지. 난 네가 켄들을 돌보는 걸 보고 감동받았단다. 켄들은 잘 지내고 있지?"

"예, 제이크랑 같이 있는 걸 좋아해요. 둘이서 늘 컴퓨터 게임을 같이 해요."

"그럼, 가끔 소외된 기분이 들겠구나."

"아뇨. 음…… 사실은 가끔 그런 기분이 들 때도 있어요."

"롤라 로즈, 캐묻고 싶지는 않다. 말하고 싶지 않은 일들이 많다는 거 알고 있어. 하지만 가볍게 수다를 떨고 싶거든 언제든지 나를 찾아오너라."

"예, 그럴게요. 고맙습니다, 선생님."

선생님이 차로 집까지 태워다 주었다. 내가 조수석에 앉아서 가는 동안 빌과 부스는 뒷자리에 앉아 미친 듯이 짖어 댔다.

내가 차에서 내리자 선생님이 고개를 끄덕였다.

"내일 학교에서 보자. 로스 패거리에 피터도 있던데. 내가 한마디 해 줬으면 좋겠니?"

"아니에요."

"정말로 남자 친구가 필요하면 로스보다는 피터가 낫지 않을까?"

"어림없어요!"

선생님이 쿡쿡 웃었다.

"저런! 아무튼 네 생각은 잘 알겠다. 그럼 잘 들어가거라, 롤라 로즈. 너무 늦었다고 혼나는 거 아닌지 모르겠네."

"괜찮을 거예요."

# Twelve

# 아기라고?

집에 들어갔더니 켄들이 깨어 있었다. 잘 시간이 훨씬 지났는데도 말이다. 잘 시간이 지나기는 나도 마찬가지였다.
"다시는 그런 식으로 나가지 마라."
제이크가 말했다.
"너 때문에 켄들이 계속 울었잖니."
"아니야."
켄들이 조지 머리로 제이크를 때리면서 말했다.
"바보 같은 롤라 로즈 누나 싫어. 누나랑 안 놀 거야."

"정말이야? 그럼, 우리 이제 꼭 껴안지도 못하는 거야?"

켄들이 고개를 끄덕였지만, 내가 멋대로 안아 올렸다. 녀석은 싫은 척 힘없이 주먹을 휘두르더니 이내 폭 안겨 왔다.

"이제 자야지."

나는 깃털처럼 매끄러운 켄들의 머리카락에 코를 묻으며 말했다.

"하나도 안 피곤해."

켄들이 하품을 하며 말했다.

"난 피곤하다. 켄들한테 《꼬마 기관차 토머스》를 한 200번은 읽어 준 것 같네."

제이크가 말했다.

나는 켄들을 침대에 눕혔다. 켄들은 눕자마자 잠이 들었다. 나는 가만가만 제이크에게 다가갔다.

"엄마 화장품 바르고 엄마 구두 신고 나갔다 왔다고 이를 거예요?"

"그래야겠지. 그런데 안 하려고."

"고마워요!"

"나 살려고 그러는 거야. 널 내보냈다고 나한테 난리 칠 거 아냐. 롤라 로즈, 너 정말 남자 친구가 있는 거니?"

"뭐, 아는 남자애들은 있어요. 그런데 좋아했던 남자애가 알고 보니 별로더라고요. 그래서 다시는 안 만나려고요."

"그러는 게 좋겠다."

"그러는 게 좋겠죠."

나는 망설이다 다시 입을 열었다.

"아저씨, 아저씨가 내 청바지에 꽃 달아 줬잖아요. 데님 재킷에도 달아 줄 수 있어요? 주머니나 뭐 그런 데다가요. 털 색깔에 맞춰서 분홍색으로요."

"좋아. 앞으로 말 잘 들으면."

"이제 말 잘 들을게요."

나는 켄들 같은 어린애가 아니니까, 잘 자라는 뽀뽀 대신 손가락을 흔들어 인사했다. 제이크는 양손을 흔들었다.

"제이크 아저씨 진짜 괜찮네."

나는 침대 위로 올라가 켄들 옆에 누우면서 속삭였다.

"나도 알고 있어."

켄들이 중얼거렸다. 그러고는 다시 잠들 줄 알았는데, 갑자기 이런 질문을 했다.

"아빠보다 더 좋아?"

"우리한테는 아빠보다 아저씨가 더 나아."

내가 대답했다.

\* \* \*

제이크가 고자질하지 않았는데도 결국 엄마가 알아 버렸다. 엄마 셔츠에 뭐가 좀 묻고 하이힐도 한 짝이 살짝 찢어진 탓이었다.

"내 옷을 입고 다녀? 이 건방진 것!"

다음 날 아침, 엄마가 쭈글쭈글한 셔츠로 내 따귀를 때리며 소리를 질렀다.

엄마는 기분이 아주 나쁜 상태였다. 한밤중에 제이크와 싸우는 소리가 들렸다. 정말로 싸운 건 아니지만 그래도 겁이 났다.

"그냥 옷 갈아입기 놀이 한 거예요."

나는 얼른 둘러댔다.

"어른처럼 차려입고 나갔다 왔잖아, 아니야? 거짓말할 생각 마, 롤라 로즈. 가장 비싼 내 구두가 진흙투성이잖아, 이 멍청아. 어디서 감히 그러고 돌아다녀? 무슨 짓을 한 거니? 제이크는 어떻게 구워삶았는지 모르겠다만, 나는 어림없다. 너 혼자 그러고 돌아다니게 내가 놔둘 줄 아니? 아니다, 너 혼자 돌아다닌 거 맞아? 남자애들이랑 어울린 건 아니겠지?"

"볼섬 선생님이랑 공원에서 산책했어요."

제이크는 아무 말도 하지 않고 나를 말똥말똥 쳐다보기만 했다. 하지만 엄마는 마구 퍼부어 댔다.

"널 보고 뭐라고 하시던? 얘가 지금 뭐 하는 짓인가 하셨을 거다. 내 하이힐까지 신고 창녀처럼 혼자서 건들건들 돌아다녔으니. 롤라 로즈, 너 때문에 나만 욕먹게 생겼잖아."

"아니에요, 엄마. 선생님이 얼마나 잘해 주셨다고요. 저더러 특별한 아이라고 하셨어요."

"특별한 관심이 필요한 아이라는 뜻이겠지. 그 참견쟁이 할망구한테 있는 얘기 없는 얘기 재잘재잘 떠들어 댔을 테니까."

"참견쟁이 아니에요. 엄마가 선생님을 잘못 알고 있는 거예요. 얼마나 다정한 분이라고요."

"말도 안 되는 소리! 내 말 잘 들어라, 롤라 로즈. 그 선생하고 가까이 지내지 마, 알겠지? 그 선생한테 어떤 정보도 흘리면 안 돼. 그랬다가는 눈 깜짝할 사이에 보호 시설로 끌려갈 거다. 켄들하고 같이."

"난 보호 시설 가기 싫어."

켄들은 '보호 시설'이 뭔지도 모르면서 울부짖었다. 그러다 티셔츠에 콘플레이크를 모조리 쏟아 버렸다.

엄마가 말했다.

"저것 봐. 너 때문에 저렇게 됐잖아! 이러다 지각하겠네. 이리 와, 이 밉상. 옷 갈아입자."

"켄들 옷 갈아입히고 유치원에 데려다 주는 건 롤라 로즈한테 맡기고 우리는 병원에 가 보죠."

제이크가 말했다.

엄마 얼굴이 벌겋게 달아올랐다.

"병원은 당신이나 가서. 남들이 퍼트린 세균 들이마시면서

구질구질한 수술실에서 시간 낭비하기 싫거든. 얼른 옷이나 갈아입자, 켄들."

나는 심장이 쿵쾅거렸다.

"무슨 일이에요, 엄마? 어디 아파요?"

"그럴 리가 있겠니? 나 아픈 데 아무 데도 없어."

"빅토리아."

제이크가 엄마를 불렀다.

"아무 말도 하지 마."

엄마가 말했다.

내가 계속 캐물었지만 엄마는 절대 말해 주지 않았다. 나는 제이크가 시키는 대로 켄들을 유치원에 데려다 주었다. 아침 내내 걱정이 되었다.

"롤라 로즈, 무슨 일 있니?"

점심시간에 하프릿이 물었다.

"나한테 화난 거 아니지? 우리 엄마가 저녁 못 먹게 해서 그런 거야? 우리 엄마가 원래 그렇게 좀 웃긴 구석이 있어. 정말 미안해."

"네 엄마가 아니라, 내가 걱정하는 건 우리 엄마야, 하프릿."

나는 하프릿이 가져온 바나나 반쪽을 먹다 말았다.

"제이크가 오늘 아침에 엄마더러 병원에 가 보라고 잔소리를 했어. 병원에 가야 하는 이유는 두 사람 다 절대로 알려 주지 않더라고. 엄마는 자꾸 아픈 데 없다는데, 그럼 뭣 때문에 병원에 가야 한다는 걸까?"

"알겠다!"

하프릿이 외쳤다.

"아기가 생긴 거 아닐까?"

나는 하프릿을 멀뚱멀뚱 쳐다봤다.

"뭘 그렇게 놀라니? 제이크하고 네 엄마 사이에서 아기가 생길 수도 있지, 안 그래?"

"그, 그렇지. 하지만 엄마가 아이를 더 낳고 싶어 하는지 몰랐어."

"뭐, 그럴 수도 있는 거지."

하프릿은 세상 물정 다 아는 아이처럼 말했다.

나는 아기에 대한 생각을 받아들이려고 애를 썼다. 제이크처럼 긴 머리를 발끝까지 늘어뜨린, 고물거리는 분홍색 존재를 머릿속으로 그려 보았다. 그 머리를 빗기고 땋아 주면서 미용실 놀이를 할 수 있겠다는 생각이 들었다. 요즘 켄들은 내가 안아 주거나 아기 취급하는 걸 거부할 때가 더러 있었다. 진짜 아기랑 놀면 재미있을 것 같았다. 엄마는 아기를 끈기 있게 돌보지 못했다. 그럼 내가 엄마 대신 아기를 돌보면서 내 아기인 척할 수도 있다.

나는 남은 바나나를 먹어치우고 초콜릿 여섯 칸을 입안에 쑤셔 넣었다. 그런 다음 보라색 포장지를 곱게 폈다. 아기한테 보라색 옷을 입혀도 될까? 제이크한테 도와 달라고 해서 주머니에 빨간 꽃이 달린 보라색 멜빵바지를 만들어 줄 수도 있다. 거기에 어울리는 조그만 보라색 곰 인형도……

나는 오후 내내 공책 뒷면에 아기 옷을 그렸다. 그런 다음 하프릿과 팔짱을 끼고 방과 후 교실로 켄들과 애먼딥을 데리러 갔다. 우리는 집에 가는 내내 아기 이야기를 했다.

"누가 아기를 낳는데?"

켄들이 물었다.

"우리 엄마. 어쩌면 그럴지도 모른다고. 하프릿 생각에는."

내가 대답했다.

"엄마가?"

켄들은 놀란 얼굴이었다.

"아니야! 배도 안 나왔잖아."

"지금이야 그렇지. 점점 나올 거야."

"우리 엄마가 아기를 낳는 거야?"

애먼딥이 물었다.

"우리 엄마 배 엄청 불룩하잖아."

"그래, 그런데 그건 살찐 거야. 나는 커서 엄마처럼 살찌지 않았으면 좋겠다."

하프릿이 날씬한 엉덩이를 손으로 문지르며 말했다.

"우리 언니도 배가 조금 나왔는데. 언니가 임신했다고 하면 온 식구가 들고일어날 거야."

"엄마가 아기 안 낳았으면 좋겠어."

켄들이 말했다.

"왜 그래? 너 소꿉놀이할 때 아기 역할 하는 거 좋아하잖아. 내가 목욕시키는 거랑 우유 먹이는 거랑 기저귀 가는 거 가르쳐 줄게."

"똥 묻은 기저귀 갈아 주기 싫어!"

켄들이 말했다.

"난 네 똥 묻은 기저귀 갈아 줬다!"

내가 말했다.

"켄들은 기저귀 찼대요!"

애먼딥이 큰 소리로 외쳤다.

"아니야!"

켄들이 고함을 지르면서 내 배를 힘껏 때렸다.

"아니라고 얘기해 줘."

"아야."

나는 허리를 구부렸다.

"그만 좀 때려. 아프잖아. 이제 엄마 배는 절대 때리면 안 돼. 그러면 엄마도 다치고 아기도 다칠 수 있어."

"켄들은 기저귀 찼대요, 기저귀 찼대요, 기저귀 찼대요!"

애먼딥이 노래를 불렀다.

켄들이 애먼딥을 때렸다. 그러자 애먼딥은 작은 주먹을 불끈 쥐고 바로 되받아쳤다. 켄들은 악을 쓰고 울었다. 결국 내가 집까지 절반쯤 남은 길을 안고 가는 수밖에 없었다.

"이 바보야, 네가 잘못한 거잖아."

하프닛과 헤어진 뒤 내가 말했다.

"네가 먼저 때렸잖아. 그리고 애먼딥이 너보다 싸움을 더 잘해. 애먼딥이 놀리더라도 신경 쓰지 마."

"하지만 나, 기저귀 안 찬단 말이야!"

"나도 알아. 애먼딥도 알고. 그냥 장난친 거야."

"나 이제 애먼딥 싫어. 조지 보고 싶어!"

켄들은 머리로 내 어깨를 들이받았다. 나를 청록색 인형으로 만들려는 모양이었다.

조지는 아이들을 너무 많이 공격해서 유치원에서 쫓겨났다. 녀석은 켄들 뒤에 숨어 있다 튀어나와서 아이들 다리를 물었다. 켄들네 담임 선생님은 그러지 말라고 계속 타일렀다. 그러자 켄들은 자기가 아니라 조지가 공격하는 거고, 상어는 다리를 무는 게 본능이라고 대답했다.

선생님은 나한테 도움을 청했다. 나는 켄들한테 그만하라고 했다. 켄들은 노력은 해 보겠지만, 조지를 말릴 수 없을 때도 있다고 했다.

"물어, 물어, 물어."

딘이라는 덩치 큰 아이가 켄들을 괴짜라고 부르자, 켄들이 소리쳤고 조지는 공격을 감행했다. 조지는 실제로 물지 못하지만, 딘은 실제로 물 수 있었다. 딘은 허리를 숙이고 켄들의 앙상한 다리를 물어 버렸다.

엄마는 켄들의 다리에 남은 자국을 보고 노발대발했다. 당장이라도 유치원으로 달려가서 선생님과 덩치 큰 딘, 딘보다 더 덩치 큰 딘네 엄마하고 싸움이라도 벌일 기세였다. 하지만 나한테 전후 사정을 듣고 꼬리를 내렸다. 엄마는 조지로 켄들의 머리를 때리면서, 켄들이 유치원에 가 있는 동안 조지는 입 닥치고 집에 있어야 한다고 말했다.

켄들은 아침마다 눈물 바람을 하면서 조지와 헤어졌다. 엄마는 다 켄들 잘못이라며 절대 물러서지 않았다.

제이크가 유치원 가는 길에 먹으라고 청록색 상어 모양 젤리를 사 주었다. 켄들은 상어 모양 젤리를 빨아 먹으면서도 통곡을 해 댔다. 청록색 침이 턱을 타고 흘러 티셔츠 위로 뚝뚝 떨어졌다.

나는 침대 위에 제이크의 파란색 데님 재킷을 펼치고 내 초록색 양말 몇 짝을 해초처럼 늘어뜨려 조지를 위한 수족관을 만들어 주었다. 그리고 조지는 돌묵상어라 온종일 아무것도 안 하고 뒹구는 걸 좋아한다고 말했다.

"나를 많이 보고 싶어 할 거야."

켄들이 흐느껴 울면서 말했다.

"조금 쓸쓸해지면 네 베개 냄새를 맡으면서 너라고 상상하면 돼."

"나는 유치원에서 무슨 냄새를 맡아?"

나는 조지의 은빛 지느러미를 조금 잘라서 주머니에 넣고 다니면 어떻겠느냐고 했다. 켄들은 절단 수술을 내키지 않아 했다. 그래서 내 냄새를 맡기로 했다.

한숨이 나왔다. 하지만 누군가 나를 그렇게나 필요로 한다는 게 꽤 기분이 좋았다. 아기가 태어나면 내가 켄들을 지켜 주어야 한다. 나는 두 동생을 모두 끔찍이 사랑할 거다. 유치원에서 켄들을, 어린이집에서 아기를 찾아서 공원에 데려갈 거다. 그네와 오리 연못과 아이스크림 차가 있는 제대로 된 공원을 찾아서 말이다. 나는 켄들을 그네에 태운 뒤, 아기를 안고 옆에 있는 그네를 탈 거다.

오리한테 먹이도 줄 거다. 나는 아기를 등에 업고, 켄들이 빵 조각을 물 위로 던지는 동안 티셔츠를 꽉 붙들고 있을 거다. 그런 다음 우리도 간식을 먹을 거다. 나는 아이스크림을 먹고, 켄들은 아이스바를 먹고, 아기는 아이스크림을 살짝만 핥게 해야지.

나는 그때쯤이면 머리를 허리까지 기르고 지금보다 훨씬, 훨씬, 훨씬 날씬한 완벽한 롤라 로즈가 되어 있을 거다. 어쩌면 사람들이 나를 아기 엄마로 생각할지도 모른다. 아기를 이렇게 좋아하니 직접 아기를 낳을지도 모른다. 아니면 어린이집을 차려서 끈적끈적한 종이와 마카로니와 딸기 껌으로 콜라주를 하고…….

집에 가는 내내 이런 상상을 했다. 켄들을 안고 가느라 팔이 떨어져 나갈 것 같았지만 상관없었다. 나는 "럭키, 럭키, 럭키." 노래를 부르면서 켄들을 위아래로 흔들어 주었다.

더 이상 걱정하지 않기로 했다.

최악의 걱정거리가 막 생겨나고 있는 줄도 모르고 말이다.

# Thirteen

## 혹덩어리

   엄마와 제이크는 소파 베드 양쪽 끝에 앉아 있었다. 엄마 눈은 빨갛고 퉁퉁 부어 있었다. 엄마는 다시 울음이 터질까 봐 겁이 나는지 입술을 꼭 깨물었다. 제이크가 걱정스러운 눈빛으로 엄마를 쳐다보았다. 제이크도 눈이 빨갰다. 설마 운 건 아니겠지?

   엄마가 우리 쪽으로 고개를 돌렸다.

   "왜 그렇게 뚫어져라 쳐다보니?"

   제이크가 엄마 손을 잡으려고 했다.

"애들한테 얘기해요!"

엄마는 그 손을 홱 뿌리쳤다.

"아무 말도 하지 마!"

"무슨 얘긴데요?"

나는 가슴이 철렁했다.

"우리도 다 알고 있어요!"

켄들이 말했다.

"다 알고 있다니?"

엄마는 깜짝 놀란 얼굴이었다.

"엄마한테 아기가 생겼잖아요!"

켄들이 말했다.

엄마가 허, 하고 웃음을 터트렸다.

"아니야."

"맞잖아요. 누나가 그랬어요."

"누나가 잘 모르고 한 소리야."

엄마는 팔짱을 끼고 나를 노려보면서 말했다.

상상 속의 아기가 꽃무늬 멜빵바지 속에서 점점 쪼그라들더니 작은 보라색 얼룩이 되어 버렸다.

"그럼 뭐예요? 제이크 아저씨랑 헤어지기로 했어요?"

"그럴 수도 있지."

엄마가 말했다.

"아니야, 그렇지 않아!"

제이크가 어쩐지 자신 없는 목소리로 말했다.

"아빠가 우리 사는 데를 알아낸 건 아니죠?"

나는 속삭이듯 말하며 사방을 휘휘 둘러보았다. 아빠가 어딘가에 숨어 있다가 불쑥 튀어나오면 어쩌나 겁이 났다.

"네 아빠 때문이 아니야. 아무것도 아니야."

엄마는 일어나서 주전자에 물을 받으려고 했다. 그런데 수도꼭지를 너무 세게 트는 바람에 물을 흠뻑 뒤집어썼다.

"내가 못 살아! 차 끓일 건데, 마실 사람?"

"너희 엄마한테 혹이 있대."

제이크가 말했다.

어찌나 우물거리는지 처음에는 무슨 소리인지 알아들을 수가 없었다. 나중에는 그 말이 머릿속에서 빙글빙글 맴도는데도 여전히 이해가 되지 않았다. 혹이라고? 나는 엄마를 쳐다보면서 머리나 팔이나 어디 다른 데 혹이 있는지 찾아보았다.

"아무 말 하지 말랬지, 제이크."

엄마는 노발대발했다.

"아이들까지 알 필요 없잖아."

"입원하게 되면 아이들도 알아야 하잖아요."

"나. 입원. 안. 해."

엄마가 젖은 앞섶을 행주로 북북 문지르며 말했다.

"의사 말로는……."

"그래, 맞아, 의사가 나한테 겁주려고 쓸데없는 소리를 한 거야. 누구이 말하지만, 난 아무렇지도 않아. 내가 아파 보이니? 나 아픈 데 하나도 없어. 병원에 입원해서 의사들이 내 살점을 떼어 내게 두지 않을 거라고."

엄마는 가슴을 두드리다 말고 두 팔로 자기 몸을 감싸 안았다.

"엄마? 무슨 혹이에요?"

내가 가서 안으려고 했지만, 엄마가 나를 떠밀었다.

"아무것도, 아무것도, 아무것도 아니라니까."

엄마가 날카롭게 소리쳤다.

뭔가, 뭔가, 뭔가 있었다.

엄마는 오래전부터 가슴에 혹이 있었다. 그 혹이 점점 커졌다. 엄마는 저절로 없어지길 바라며 혹에 대해서는 입도 벙긋하지 않았다. 그러다 제이크가 발견하고는 병원에 가야 된다고 했다. 이 동네에는 우리 주치의가 없으니 제이크가 자기 주치의한테 끌고 갔다.

"의사가 최대한 빨리 전문 병원에 가야 된다고 했어. 응급 예약을 잡아 주겠다면서."

"그랬지. 응급 예약 잡으라고 그래. 난 안 갈 거니까. 어떤 변태가 내 몸을 실컷 더듬고 나서 가슴을 도려내야겠다고 말하는 거 들을 생각 없어."

내가 차를 끓여 줬지만 엄마는 부들부들 떠느라 제대로 마시지도 못했다. 차를 한 모금 마시려고 할 때마다 이가 머그잔에 딱딱 부딪치는 소리가 났다.

나도 부들부들 떨리기 시작했다.

"그 정도는 아닐지도 모른다고 했잖아요. 낭종(주머니 모양 혹 : 옮긴이)이나 그런 거일 수도 있다고요."

제이크가 말했다.

"어쨌거나 검사 결과가 좋지 않더라도, 흔히 하는 간단한 수술만 하면 된다고 했잖아요."

"간단하다고! 가슴을 도려내서 몸매를 망칠 순 없어. 그럼 나 좋다고 할 사람이 누가 있겠어?"

엄마가 제이크를 쳐다보았다. 나는 제이크가 적당한 말을 해 주길 바랐지만, 제이크는 아무 말도 하지 못했다.

켄들이 울음을 터트렸다. 나는 켄들을 꼭 껴안았다.

"이것 봐. 너 때문에 애들이 충격 받았잖아!"

엄마가 말했다.

"그 잘난 입을 왜 자꾸 나불거리는 거니?"

"나도 돕고 싶어서 그러는 거예요."

"그래? 우리는 네 도움 필요 없어. 너 자체가 필요 없어."

엄마는 자기가 그런 말을 했다는 게 믿기지 않는 듯 두 손으로 입을 가렸다. 그리고 켄들처럼 눈물이 그렁그렁한 눈으로 제이크를 쳐다보았다. 그건 진심이 아니었다. 너무 겁이 나서 아무렇게나 지껄인 거였다. 엄마한테는 제이크가 절실히 필요했다.

제이크는 그 자리에 가만히 앉아서 긴 머리 한 가닥을 손가락에 감아 꼬고 또 꼬았다. 엄마가 울음을 터트렸지만 제이크는 꿈쩍도 하지 않았다. 결국 엄마가 다가가는 수밖에 없었다. 엄마는 제이크의 가슴에 기대어 셔츠에 눈물을 쏟고 청바지에 검은 얼룩을 남겼다. 엄마가 미안하다고 하자, 제이크는 괜찮다고 다 잘될 거라고 했다. 하지만 전화번호부를 읽는 듯한 말투였고, 눈은 어두운 거실 한구석을 물끄러미 쳐다보고 있었다.

그날 밤, 나는 도무지 잠을 이룰 수가 없었다. 저녁으로 치즈와 파인애플이 들어간 커다란 피자 한 판을 다 해치우고도, 잠자리에 누워 남몰래 과일 껌 한 통을 다 씹었다. 나는 끈적끈적한 껌으로 입을 틀어막고 불룩 나온 배를 두 손으로 움켜쥔 채 이리 뒤척이고 저리 뒤척였다.

조지를 꼭 끌어안고 내 옆에 누워 있던 켄들이 잠결에 훌쩍거렸다. 엄마와 제이크는 한참 동안 깨어 있었다. 두 사람이 속삭이는 소리가 끝도 없이 이어졌다. 나는 엄마가 울음을 터트리는 소리를 듣고 자리에서 일어났다. 엄마한테 달려가야 하나 싶었다. 하지만 곧 제이크가 뭐라 뭐라 하는 소리와 한숨 소리가 들리더니 침대가 삐걱거리기 시작했다.

나는 머리를 베개 밑에 파묻었다. 더 이상 아무 소리도 듣고 싶지 않았다. 그대로 베개를 뚫고 내려가서 사탕처럼 달콤한 꿈나라로 가고 싶었다. 나쁜 일은 하나도 일어나지 않는 나라, 커다랗고 푹신푹신한 소파에서 뒹굴며 군것질만 해도 되는 나라로 말이다. 나는 소파에 누워 있는 상상을 하기 시작했다. 그런데 상상에 가속도가 붙자 속이 더 메슥거렸다. 내 입에서 딸기와 오렌지와 레몬으로 이루어진 물줄기가 쏟아져 나왔다. 나는 그 소름 끼치는 물줄기와 함께 빙글빙글 돌면서 커다랗고 시커먼 무언가가 헤엄치는 드넓은 바다로 휩쓸려 갔다.

다음 날 아침, 엄마는 아무 일도 없었던 것처럼 행동하려 했다. 혹에 대해서는 입도 뻥끗하지 않았다. 엄마는 며칠 동안 세상만사 아무 걱정 없는 사람처럼 굴었다. 온 집 안을 돌아다니며 시끄럽게 노래를 부르기도 했다. 하지만 켄들조차 그런 분위기에 속지 않았다.

하루는 한밤중에 소변이 마려워서 화장실에 간 적이 있었다. 그런데 엄마가 잠옷을 손에 들고 거울에 비친 자기 모습을 바라보고 있었다. 고개를 갸우뚱 기울이고, 양손을 허리에 얹고, 가슴을 앞으로 쑥 내민 모습이었다. 근사한 사진을 찍으려고 포즈를 취하고 있는 것 같았다. 엄마는 바보 같은 웃음을 지었지만 눈물이 두 뺨을 타고 흘러내리고 있었다.

엄마는 나를 보더니 헉 하고 두 팔로 가슴을 가렸다. 나는 혹이 불룩 나와서 흉측해 보이는 게 아닐까 싶었다.

"노크 좀 해라."

엄마는 나한테 등을 돌리고 잠옷을 머리 위로 뒤집어쓰면서 짜증스럽게 말했다.

"엄마, 그 전문 병원 갈 거예요?"

"아니."

"하지만 혹이 점점 더 커지면 어떻게 해요? 만약……"

"아무 말 하지 마, 제이니."

"롤라 로즈예요."

"그래, 롤라 로즈건 뭐건 얼른 가서 잠이나 자."

나는 소변이 몹시 마려운데도 그냥 침대로 돌아왔다. 그리고 침대에 웅크리고 앉아서 어떻게 해야 할지 알았으면 좋겠다는 생각을 했다.

하프릿한테는 일리지 않았다. 이기 어쩌고저쩌고 하면서 재잘거리도록 내버려 두었다. 하프릿한테 혹 이야기를 하지 않은 건 무서워서였다. 그 일이 현실로 다가오는 게 싫었다. 하지만 그 일은 점점 현실로 다가와 그것 말고는 아무 생각도 할 수 없었다. 하루는 하프릿이 학교 화장실에서 우는 나를 보고 하도 닦달을 하는 바람에 다 털어놓기로 했다.

"아무한테도 말 안 한다고 맹세할 수 있지?"

하프릿은 여동생의 목숨을 걸고 엄숙하게 맹세했다.

"왜 그래, 롤라 로즈? 아기 때문이야?"

"아기는 없어."

하프릿은 그 예쁜 눈을 깜빡이며 나를 쳐다보다가 소곤소곤 물었다.

"유산됐어?"

"아니, 임신한 거 아니었어. 네가 오해한 거야. 엄마한테…… 엄마한테 혹이 있대. 여기에."

나는 납작한 내 가슴을 가리켰다.

"어머나, 암이니?"

하프릿이 물었다.

나는 아주 지독한 욕이라도 들은 것처럼 움찔했다. 지금까지는 그 단어를 감히 입에 담은 사람이 없었다.

"모르겠어. 전문 병원에 가서 검사를 받아야 한대. 그런데 엄마가 안 가겠대."

"가셔야지! 이상하시네."

"그런 문제에 대해서는 예전부터 이상했어."

나는 거품이 생길 때까지 비누를 비벼 가며 느릿느릿 손을 씻었다.

"우리 고모할머니도 유방암이었는데."

하프릿이 말했다.

"괜찮아지셨니?"

무시무시한 침묵이 흘렀다. 나는 하얀색 비누 거품 장갑이 생길 때까지 손을 비비고 또 비볐다.

"롤라 로즈, 이런 말 하기 싫지만, 사실은 돌아가셨어."

나는 비누 거품으로 뒤덮인 양손을 깍지 꼈다.

"하지만 너희 엄마보다 훨씬 나이가 많으셨어."

"그게 그렇게 상관있을까?"

"당연하지. 우리 고모할머니는 진짜 할머니였거든. 그리고 가슴을 심하게 다친 적도 있어. 우리 엄마 말로는 그래서 암에 걸린 거래. 넘어져서 가슴을 부딪쳤거든. 온몸이 멍투성이였다는 거야. 그러고 나서 암에 걸렸대."

나는 가만히 서서 멍으로 가득하던 엄마의 가슴을 떠올렸다.

"그러면 유방암에 걸린대?"

내가 조그맣게 물었다.

"누구한테 세게 얻어맞아도 걸릴 수 있을까?"

"글쎄, 그럴 수도 있겠지. 나도 잘 모르겠어. 우리 엄마 말이 늘 맞는 건 아니거든. 롤라 로즈, 울지 마."

"안 울어."

하프릿이 말도 안 되는 소리를 한다는 건 알고 있었다. 그래도 왠지 꺼림칙했다. 나는 눈을 열심히 비비다가 비누가 들어가는 바람에 비명을 질렀다.

하프릿이 내 얼굴에 물을 끼얹고 교복 치맛단으로 비누를 닦아 주었다. 지독하게 아팠지만 상관없었다. 하프릿은 비누를 모두 닦아 낸 다음 나를 꼭 껴안았다.

"너희 엄마는 암이 아닐 거야. 아무것도 아닌, 바보 같은 혹일 거야."

"제이크 아저씨도 그러더라. 그래도 병원에 가서 혹을 없애야 한대."

"그렇지."

"만약 병원에 안 가면 어떻게 될까? 혹이 커지고, 커지고, 또 커질까?"

한쪽 가슴만 커다란 혹처럼 역겹게 부풀어 오른 엄마의 끔찍한 모습이 떠올랐다.

"아마도 그렇겠지. 그렇게 겁먹은 얼굴 하지 마. 너희 엄마는 괜찮으실 테니까."

"정말?"

나는 바보처럼 물었다. 하프릿이 의학 전문가 겸 점쟁이라도 되는 것처럼 말이다.

"정말, 정말, 정말이야."

    \*  \*  \*

켄들과 내가 학교에서 돌아와 보니 엄마가 나가고 없었다.

"병원 가셨어요?"

나는 제이크에게 물었다.

"병원에 갈 사람이 아닌 거 알잖아. 내가 보기에 너희 엄마는 제정신이 아니야."

제이크는 엄마가 화장할 때 쓰는 거울을 앞에 놓고 자기 얼굴을 그리고 있었다. 그러다 그리는 걸 멈추고 종이를 들여다보더니 한숨을 쉬며 구겨 버렸다. 제이크는 실눈을 뜨고 거울에 비친 자기 얼굴을 들여다보면서 새 종이에 다시 그리기 시작했다.

"아저씨, 컴퓨터 게임 하자."

켄들이 제이크의 팔을 잡아당기며 말했다.

"팔 잡아당기지 마. 지금 컴퓨터 먹통 됐어. 네가 자꾸 만져서 그렇잖아."

"아냐! 조금밖에 안 만졌어. 아저씨가 고쳐 주면 되잖아. 만날 고쳐 줬잖아."

"이번에는 못 고쳐. 이 손 놔, 켄들. 너 때문에 그림을 못 그리겠잖아."

켄들이 울상을 지었다.

"이리 와, 켄들. 내가 고칠 수 있는지 한번 볼게."

나는 하품 나오는 컴퓨터에 대해서라면 눈곱만큼도 아는 게 없었다. 그래도 일단 한번 켜 보기로 했다.

"먹통 됐다니까."

제이크가 컴퓨터를 다시 꺼 버렸다.

"켄들이랑 2분만 놀아 주면 안 돼요? 봐요, 울고 있잖아요."

"늘 질질 짜는데, 뭘. 이런 울보는 처음 본다. 이거 초상화

그리기 숙제야, 알겠니? 학교에 제출해야 되는데 늦었단 말이야. 아주아주 늦었어. 너희 엄마 만난 뒤로 학교를 제대로 다닐 수가 없잖아."

우리가 사기를 의자에 묶어 두기라도 한 듯한 말투였다.

"켄들을 그리면 되잖아요. 아니면 나는 어때요? 보세요!"

나는 엄마가 가장 좋아하는 포즈를 흉내 내어, 고개를 들고 입술을 살짝 벌리고 가슴을 앞으로 내밀고 손을 허리춤에 얹고 한쪽 무릎을 살짝 구부렸다.

"정말 미치겠다."

제이크가 거칠게 내뱉었다.

나는 제이크한테 '너도 울보'라는 소리를 듣기 싫어서 화장실로 달려갔다. 그러고는 내 몸을 감싸 안으며 "저 인간, 정말 싫어." 하고 중얼거렸다.

엄마가 필요했다.

엄마는 저녁도 먹으러 오지 않았다. 제이크는 별로 신경도 안 쓰는 눈치였다. 또 한바탕 싸운 모양이었다. 제이크는 저녁 시간이 다 지나도록 뚱한 얼굴로 그림만 그렸다. 나는 켄들과 내 몫으로, 삶은 콩과 구운 베이컨을 얹은 토스트를 만들었다. 내가 화가 났다는 걸 알리려고 제이크 몫으로는 아무것도 만들지 않았다.

"엄마는 오늘 저녁 당번이라 늦을 거예요."

내가 넌지시 말을 건넸다.

"그야 내 알 바 아니지. 난 관심 없어."

제이크가 받아쳤다.

"왜 그렇게 삐딱해요?"

"내 탓을 하면 안 되지. 내가 변한 게 아니잖아. 이 상황을 감당하기가 점점 힘이 든다."

"엄마도 혹이 생기고 싶어서 생긴 게 아니잖아요."

"그렇지. 하지만 다른 여자들처럼 대처하지 않잖아. 모든 상황을 드라마처럼 만들어야 직성이 풀리지. 아무것도 아닐 수도 있어. 여자들은 혹이 잘 생기거든. 그게 꼭…… 그게 꼭……."

"암은 아니라는 거죠."

내가 거들었다.

"암이 뭐야?"

켄들이 물었다.

"병 이름이야."

제이크가 대답했다.

켄들은 잠시 아무 말도 하지 않고 삶은 콩을 접시 이쪽에서 저쪽으로 옮겨 놓기만 했다.

"엄마 정말 아파?"

"아프지. 가슴보다 머리가 더 아픈 것 같긴 하지만."

제이크가 말했다.

"아저씨를 참고 견디느라 머리가 아픈 거예요."

나는 내 몫의 삶은 콩과 켄들이 남긴 것까지 꿀꺽 삼켰다. 그런데도 배가 고파서 남은 국물을 핥아 먹으려고 삶은 콩 깡통 속에 손가락을 넣고 휘휘 저었다.

"하지 마. 그러다 베일라."

나는 들은 척도 하지 않았다. 그러다 깔쭉깔쭉한 깡통 가장자리에 손가락이 걸렸다.

"아야!"

"이런 바보! 그러게 내가 뭐랬니?"

제이크는 내 욱신거리는 손가락을 차가운 수돗물에 잠깐 담갔다가 엄마 스카프를 감아 주었다. 우리 집에는 붕대나 손수건 같은 게 없었다.

"스카프에 피가 묻으면 엄마가 난리를 칠 텐데."

내가 말했다.

"웃기시네. 이 집에서 너를 돌봐야 할 사람이 누군데."

제이크가 말했다.

"아저씨, 이제는 엄마를 사랑하지 않는 거예요?"

제이크는 스카프를 깔끔하게 매듭지으면서 미간을 찌푸렸다.

"얘, 난 너희 엄마 사랑한다고 말한 적 없다. 물론 좋았지. 너희 엄마는 기분 좋을 땐 정말 귀엽고 바보 같고 재미있으니까. 하지만 영원한 사랑 같은 건 절대 아니었어."

내가 손을 확 잡아 빼는 바람에 스카프가 풀렸다.

"엄마는 그렇게 생각한다고요."

"나도 그런 줄 알았지. 하지만 오늘 오후에 너희 엄마가 나더러 뭐라 그랬는지 알면 그런 소리 못할걸."

제이크가 부루퉁하게 말했다.

"조심해. 그러면 피가 안 멎는단 말이야. 이리 줘 봐."

"내가 할게요."

나는 스카프 한쪽 끝을 잡고 낑낑거렸다.

"엄마랑 싸운 거 알아요."

"너희 엄마는 말이 너무 많아. 아빠하고 살 때도 그렇게 잔소리가 심했니?"

나는 입을 꾹 다문 채 가만히 서 있었다.

"아빠하고 무슨 일 있었어? 내가 너희 아빠 이야기만 꺼내면, 너희 엄마도 똑같은 표정을 짓던데."

"글쎄요, 우리는 아빠 이야기 안 해요."

"너희끼리 만나러 간 적도 없고?"

제이크는 한쪽 구석에 앉아서 조지한테 뭐라고 중얼거리고 있는 켄들을 바라보았다.

"켄들은 아빠를 많이 보고 싶어 하는 거 알지? 그래서 나한테 더 매달리는 것 같은데."

"아저씨를 좋아하니까 그렇죠. 켄들도 아저씨랑 영원히 같이 사는 줄 알아요. 새아빠처럼."

"농담이지? 난 아빠가 되기엔 너무 어려. 겨우 스무 살밖에 안 됐다고."

"우리 엄마는 열일곱 살에 나를 낳았어요. 아저씨, 우리 엄마 어디 있어요? 곧장 일하러 갔을까요?"

"나도 모르겠다. 그냥 문을 박차고 나갔거든. 나도 그러지 않은 게 다행이지. 그랬더라면 너희끼리 어쩔 뻔했니?"

"그래도 아무 문제 없었을 거예요. 엄마는 나한테 켄들을 맡겨도 된다는 걸 알아요."

"나도 안다. 네가 너희 엄마보다 낫지!"

엄마를 깎아내리는 말이기는 해도, 그런 말을 들으니 기분이 좋아지는 건 어쩔 수 없었다. 엄마를 어떻게 해야 좋을지 막막했다. 아무 일 없기는 할 것이다. 엄마는 아빠랑 같이 살 때도, 그리고 그 후에도 몇 번 집을 나간 적이 있었다. 오랫동안 나가 있을 때도 더러 있었지만 언제나 제자리로 돌아왔다.

나도 그건 알고 있다. 그래도 걱정이 됐다. 그렇게 화가 나서 문을 박차고 나갔다면, 주위를 잘 살피지도 않고 길을 건넜을지 모른다. 마음이 워낙 복잡하다 보니, 차가 오는 걸 뻔히 보면서도 무작정 길을 건넜을지 모른다. 혹이, 몸매가 망가지는 것이 너무 두려워서 차라리 차에 치이길 바랐을지 모른다.

나는 데님 재킷을 꺼내 입었다.

"뭐 하는 거냐, 롤라 로즈?"

내가 현관문 쪽으로 걸어가는 것을 보고 제이크가 물었다.

"나갔다 올게요."

"안 돼. 그 수법 다시는 안 통해."

"엄마 찾으러 갔다 올게요."

"안 돼. 그냥 집에 있어. 이번에는 왈가왈부하지 마라."

"붙잡지도 못할 거면서."

어쩌면 붙잡을 수도 있다. 제이크는 우리 아빠처럼 무섭지는 않지만 힘이 꽤 센 편이었다. 내가 켄들한테 그러는 것처럼 우리 엄마를 번쩍 안아 올리는 걸 본 적이 있다. 나는 운 좋은 롤라 로즈답게 제이크를 살살 구슬릴 수 있을 것 같지도 않았다. 멍청하고 서글픈 제이니로 돌아간 기분이었다. 나는 재킷을 벗어 놓고 켄들과 조금 놀아 준 다음 침대로 데려갔다.

나도 켄들 옆으로 바짝 다가가 누웠다. 손이 너무 시큰거려서 겨드랑이 밑에 넣었다. 살짝 베인 것뿐인데도 너무 아팠다. 가슴에 있는 커다란 혹을 떼어 내면 어떤 기분이 들까 싶었다.

나는 켄들을 꼭 끌어안았다. 하늘하늘한 머리카락이 턱을 간질였다. 나는 달짝지근하고 따뜻한 켄들의 냄새를 한껏 들이마셨다. 켄들은 잠결에도 끙끙대며 내 품에서 벗어나려고 버둥거렸다. 켄들이 팔다리를 큰대 자로 뻗는 바람에 더 이상 끌어안을 수도 없었다. 나는 어쩐지 켄들한테 버림받은 기분이 들었다.

그러다 어느 순간 잠이 들었는데…… 문이 쾅 닫히는 소리에 화들짝 깨어났다. 말소리에 섞여 엄마가 이상하게 웃는 소리가 들렸다. 셰이크가 뭐라고 하자, 누군가 받아쳤다. 다른 남자였다.

켄들이 벌떡 일어나더니 "아빠야?" 하고 물었다.

나는 문가로 살금살금 기어갔다. 켄들이 내 뒤를 따랐다. 귀를 쫑긋 세우고 듣는데, 머리로 피가 솟구쳤다. 그 남자가 다시 입을 열었다. 부자연스럽고 당황한 목소리였다.

아빠가 아니었다.

엄마가 다시 웃음을 터트렸지만, 우는 소리 비슷하게 들렸다. 나는 거실로 달려갔다. 엄마는 그 하이힐을 신고 낯선 남자 목에 팔을 두른 채 비틀거렸다. 불룩 나온 배 때문에 셔츠가 터져 나갈 것처럼 뚱뚱한 남자였다. 겨드랑이에는 땀자국이 시커멓게 번져 있었다. 엄마를 부축하느라 생긴 자국이 틀림없다. 제이크는 눈살을 찌푸리며 두 사람을 노려보았다. 저질스러운 드라마를 보고 얼른 채널을 돌리고 싶어 안달하는 표정이었다.

"엄마?"

"아! 우리 딸 로, 로, 롤라 로즈!"

엄마는 사탕을 한입 가득 물고 있는 사람처럼 말했다. 나는 그 목소리가 무엇을 뜻하는지 잘 알고 있었다. 엄마가 코가 비뚤어지게 취했다는 뜻이었다.

"가서 자, 켄들."

내가 말했다.

"엄마, 내가 침대에 눕혀 드릴게요."

나는 뚱뚱한 남자한테서 엄마를 떼어 내려고 애를 썼다.

"나, 안 잘 거야. 파티 할 거야."

엄마가 남자한테 매달리며 말했다.

"로, 로, 롤라 뭐라 그랬더라? 아, 맞다, 로즈. 우리 어여쁜 따님. 이쪽은 우리 지배인 배리란다."

배리 아저씨가 고개를 까딱했다.

"아니야. 이젠 아니야."

배리 아저씨는 이렇게 말하면서 엄마 팔을 떼어 냈다.

"배리가 아니라고?"

엄마가 눈의 초점을 맞추려고 애를 쓰며 물었다.

"흠, 뻥치지 마셔. 얼굴도 배리랑 비슷하고, 목소리도 배리랑 비슷한데?"

"그래, 배리 맞지. 그런데 더 이상 당신 지배인이 아니라고, 빅."

"내 이름은 빅토리아야!"

"아무튼. 내가 분명히 경고했잖아. 직장에서 술 마시면 안 된다고."

"하지만 우리는 친구 사이잖아."

엄마는 배리 아저씨에게 입을 맞추려고 입술을 내밀고 고개를 들이밀었다.
"나는 당신의 작은 종달새잖아. 기억 안 나?"
제이크는 오만 정이 다 떨어진다는 듯 등을 돌리며 툴툴거렸다.
"당신은 나의 작은 골칫덩어리지."
배리 아저씨가 이렇게 말하면서 거칠게 몸을 빼는 바람에 하마터면 엄마가 바닥에 쓰러질 뻔했다. 나도 미처 엄마를 받을 준비를 하지 못했다.
"어머나!"
엄마가 비틀거리면서 소리쳤다.
나도 같이 비틀거리면서 엄마를 부축했다.
"우리 춤출까?"
엄마가 말했다.
켄들이 티셔츠에 팬티 바람으로 달려 나왔다.
"나랑 춤추자, 엄마."
켄들은 엄마 다리에 매달렸다.
"그래, 우리 다 같이 춤추자."
엄마는 켄들의 머리를 다정하게 쓰다듬어 주었다.
"우리 아들, 우리 딸, 사랑스럽고도 사랑스러운 내 새끼들."
엄마는 건들거리다 말고 배리 아저씨를 똑바로 쳐다보았

다. 어쩌면 보기보다 멀쩡한 건지도 몰랐다.

"배리, 나 우리 애들 먹여 살리려면 일을 해야 해요. 당신도 알잖아요. 그러니까 내일도 평소처럼 출근할게요. 알겠죠? 멀쩡한 정신으로 출근할게요. 약속해요."

"멀쩡하건 코가 비뚤어지게 취해 있건 상관없어. 당신은 이제 우리 가게 종업원이 아니니까. 당신은 구제 불능 골칫덩어리야."

엄마가 욕을 한 바가지 퍼부었다. 켄들은 그 상스러운 소리를 듣고 신경질적으로 키득거렸다.

배리 아저씨가 말했다.

"잘한다. 금쪽같은 새끼들 앞에서 욕이나 하고. 생고생을 해 가며…… 우리 집사람한테 욕먹어 가며…… 집까지 데려다 줬더니. 당신을 보면 신물이 나, 빅토리아 럭."

"당신을 보면 나도 신물이 난다."

엄마가 문을 쾅 닫고 나가는 배리 아저씨의 뒤통수에 대고 고함을 질렀다. 엄마는 계속해서 고함을 질렀다.

그런 상황에서 말을 꺼낸 게 실수였다. 나는 때맞춰 엄마를 화장실로 데려가 이마를 받쳐 주었다. 엄마는 변기 앞에 무릎을 꿇고 앉아서 토하고 또 토했다.

"괜찮아요, 엄마."

나는 신음하는 엄마 귀에 대고 속삭였다.

"이제 괜찮아요, 엄마. 내가 있잖아요."

하지만 엄마는 입술을 오므리고 두 뺨 위로 눈물을 뚝뚝 떨어뜨리면서 계속 사방을 두리번거렸다. 제이크를 찾고 있는 것이었다. 하지만 제이크는 엄마가 아무리 불러도 절대 곁에 오려 하지 않았다.

# Fourteen

## 우리 셋

 다음 날 아침, 제이크가 떠났다. 엄마가 거의 움직이지도 못하는 상태였으니, 타이밍이 끝내줬다. 엄마는 침대에서 몸을 일으킬 때마다 끙끙거렸고, 물 한 모금만 마셔도 토했다. 제이크는 엄마가 지켜보는 가운데 물감과 스케치북과 청바지와 카세트테이프를 챙겼다. 엄마한테 받은 나머지 선물인 수제 카우보이 부츠와 두툼한 은팔찌와 데님 재킷은 모조리 몸에 걸쳤다.

 그러고는 컴퓨터를 흘끗 쳐다보았다.

"아, 그것도 가지고 가지 그래."

제이크를 지켜보던 엄마가 나지막이 말했다. 단춧구멍으로 변한 두 눈이 슬퍼 보였다.

"아니, 아니에요. 애들 쓰라고 산 거잖아요."

제이크가 말했다. 컴퓨터가 고장 난 걸 기억해 냈는지도 모른다.

"인심도 후하시지."

엄마가 중얼거렸다.

"이봐요, 그러지 말아요. 빅……."

"그러지 말라니? 그럼, 내가 암에 걸렸다니까 내 남자가 짐을 싸는데 어떻게 해야 돼? 기뻐해야 할까?"

"암에 걸렸는지 어쩐지도 아직 모르잖아요. 당신 좋을 대로 뭐든 걸고 내기해요. 난 암이 아니라는 데 걸 테니까. 그리고 난 그것 때문에 짐을 싸는 게 아니라고요."

"돈이 다 떨어지니까 짐을 싸는 거죠."

나는 이렇게 말하면서 침대 위로 올라갔다. 나 때문에 침대가 출렁이자 엄마가 얼굴을 찡그렸다. 나는 조심스레 다가가서 엄마를 끌어안았다. 엄마한테서 고약한 냄새가 났지만, 지금 엄마한테는 안아 줄 사람이 필요했다.

"말 한번 잘했다, 롤라 로즈."

엄마가 말했다.

"무슨 그런 말 같지도 않은 소릴……. 난 그런 사람 아니에요. 그리고 우리 관계가 영원히 갈 것도 아니었잖아요. 그냥 둘이서 같이 즐긴 거지. 어차피 이번 학기가 끝나면 이 집에 있을 수도 없어요. 여행을 떠나기로 한 거 당신도 알잖아요."

"그럼, 그 여행 당장 떠나."

엄마가 말했다.

"꺼져 버려."

엄마는 작별 키스도 하지 않았다. 이를 못 닦아서 그랬을 것이다. 나도 하지 않았다. 제이크가 뽀뽀를 하려고 하기에 고개를 숙여 버렸다. 하지만 켄들은 한달음에 달려갔다. 제이크에게 달려들어 꼭 끌어안고 새끼 원숭이처럼 매달렸다.

"가지 마, 가지 마, 가지 마."

켄들이 애원했다.

"가야 해, 켄들. 하지만 우리 꼬맹이 만나러 다시 올게. 알았지?"

내가 나서서 켄들을 떼어 냈다. 그러다 발로 걷어차이고 주먹으로 얻어맞았다. 너무 아파서 나도 살짝 반격을 할 수밖에 없었다. 그때 현관문이 쾅 하고 닫히는 소리가 들렸다. 우리는 서로 엉겨 붙은 채로 동상처럼 멍하니 서 있었다.

"갔네."

엄마는 월장석 목걸이를 잡아 뜯어서 바닥에 홱 내동댕이쳤다.

"다시 올 거야. 약속했잖아."

켄들이 흐느껴 울었다.

"아냐, 다시 안 올 거야. 다시 안 와도 돼. 가 버려서 속이 다 시원하네."

내가 말했다.

"그럼…… 아빠가 올까?"

켄들이 물었다.

"아니! 남자는 필요 없어. 아빠도, 제이크도, 뚱뚱보 배리 아저씨도, 아무도 필요 없어."

"맞아. 남자 따윈 다 뒈져 버리라고 해!"

엄마는 끙끙거리며 벽에 기대섰다.

"엄마, 괜찮아요? 혹 때문에 그래요?"

나는 겁에 질려서 물었다.

"머리가 아파서 그런 거야. 그 얼어 죽을 혹은 그만 잊어 주지 않겠니?"

엄마는 다시 침대 위로 올라가 이불을 머리끝까지 뒤집어썼다. 그저 어디로든 숨고 싶어서 그러는 거겠지만, 수의를 입은 것처럼 섬뜩해 보였다. 나는 그 생각을 떨쳐 버리려고 얼굴을 찌푸리며 이마를 탁탁 때렸다.

"누나, 왜 그래?"

켄들이 물었다.

"아무것도 아니야. 나도 머리가 좀 아파서 그래. 그럴 만도 하지. 꼬맹이 괴물이 그렇게 고함을 질러 댔으니!"

켄들은 손가락을 발톱처럼 구부리고 얼빠진 괴물 같은 표정을 지었다. 하지만 장난칠 기분은 아니었는지, 겁에 질린 얼굴로 엄마를 흘끔거렸다. 하지만 내가 커다란 그물을 든 괴물 사냥꾼 흉내를 냈더니, 고함을 지르면서 방 안을 뛰어다니기 시작했다.

"너희들 제발 학교나 가라."

엄마가 끙끙거리며 말했다.

나는 엄마 혼자 내버려 두고 싶지 않았다.

"나는 집에서 엄마 간호할래요. 켄들을 유치원에 데려다주고 바로 올게요. 갔다 와서 점심으로 블랙커피랑 수프 만들어 드릴게요."

"나, 안 아파. 그냥 술을 너무 마셔서 그래. 지금은 그저 자고 싶은 생각뿐이거든. 엄마 말대로 학교나 가. 그 잘난 볼섬 선생이 전화해서 잔소리하는 거 듣기 싫으니까."

그래서 학교에 가긴 했지만 수업 내용이 전혀 귀에 들어오지 않았다. 켄들도 마찬가지였던 모양이다. 그 한심한 괴물 놀이를 시작하는 게 아니었는데. 켄들은 교실에서도 계속 으르렁거렸고, 결국엔 내가 불려 가서 켄들을 달래야 했다.

"집에 뭐 안 좋은 일 있니?"

켄들네 담임 선생님이 물었다.

"아니요."

나는 얼른 대답했다.

"친구도 몇 명 사귀고 제대로 적응하는가 싶었는데, 요즘 다시 원점으로 돌아간 것 같구나. 아무래도 너희 엄마랑 이야기를 좀 해야겠다."

"그게……."

"아니면 아빠랑 이야기할까? 켄들은 아빠를 무척 따르는 눈치던데."

"켄들이 아빠 이야기를 해요?"

"너희 새아빠 말이야."

"저희는 새아빠 없어요."

나는 딱 잘라 말했다.

나는 단둘이 남게 되자 켄들을 붙잡고 세게 흔들었다. 켄들이 악을 쓰고 울 때까지.

"네가 잘못했으니까 이러는 거야. 학교에서는 아무 소리 하지 마, 알겠니?"

켄들은 집으로 가는 내내 칭얼거렸다. 나는 켄들한테서 도망치고 싶었다. 하프릿한테서도 도망치고 싶었다. 하프릿은 화장을 하다 들키는 바람에 엄마가 노발대발했다는 이야기를 하고 또 했다.

"제대로 화장을 한 것도 아니었어. 반짝거리는 것도 안 발랐고. 그런데도 길길이 뛰면서 나를 창녀 취급하는 거야. 딸들이 우리 가문에 먹칠을 한다는 둥 어쨌다는 둥 하면서. 너는 정말 행운아야, 롤라 로즈. 너희 엄마는 신경도 안 쓰시잖아."

"우리 엄마도 신경 써."

나는 딱딱하게 받아쳤다.

"그래. 하지만 네가 하고 싶은 대로 하게 내버려 두시잖아. 너, 나한테 너무 떽떽거린다. 왜 그래?"

하프릿은 내 옆으로 바짝 다가오더니 목소리를 낮추었다.

"엄마 상태가 나빠졌어? 많이 아프셔?"

"아니야!"

"아픈 거 맞아. 전에는 그렇게 아픈 거 본 적 없단 말이야."

켄들이 훌쩍거렸다.

"어젯밤에 술을 마셔서 그런 거지, 이 바보야."

"어젯밤에 술을 마셨다고?"

하프릿은 자기 엄마처럼 눈을 굴렸다.

"많이 마신 건 아니야."

나는 얼른 말했다.

"요즘 우리 엄마가 좀 힘들거든. 하프릿, 너는 이해 못할 거야. 켄들, 너도 마찬가지야. 그러니까 그 입 좀 다물어."

나는 다시 켄들을 붙잡고 흔들었다.

"사람들한테 제이크가 새아빠라고 말하기나 하고!"

"새아빠 맞잖아! 아니면 뭔데?"

"아무것도 아니야. 어쨌거나 지금은 가 버렸잖아."

"가 버렸다고? 그럼 너희 엄마 곁을 떠났다는 거니?"

하프릿이 물었다.

눈알이 곧 튀어나올 것 같은 얼굴이었다. 하프릿이 내 말한 마디, 한 마디를 붙잡고 늘어지는 게 싫었다. 더 충격적인 소식을 듣지 못해 안달 난 사람 같았다. 이런 애하고 끝까지 친구로 지낼 수 있을지 자신이 없었다.

"우리 엄마가 쫓아냈어. 속이 다 시원하지 뭐야."

나는 두 손을 탁탁 털면서 말했다.

"우리 엄마 말이 오래가지 않을 거라더니."

하프릿이 말했다.

"너랑 너희 엄마랑 우리 일에 신경 좀 꺼 줬으면 좋겠다."

나는 켄들의 손목을 잡고 반대 방향으로 달리기 시작했다. 내가 너무 세게 잡아당기는 바람에 켄들이 비명을 질러 댔지만 잡은 손을 놓지 않았다. 달리는 속도가 점점 빨라졌다. 심장이 쿵쾅거렸다. 엄마, 엄마, 엄마 하면서 쿵쾅거렸다.

나는 엄마가 여전히 이불을 뒤집어쓰고 누워 있을 줄 알았다. 그런데 침대가 비어 있었다. 온 집 안이 텅 빈 것 같았다.

"엄마?"

나는 큰 소리로 외쳤다.

"엄마!"

"왔니?"

엄마가 화장실에서 나왔다. 하얀 점퍼와 가죽 치마를 입고 하이힐을 신은 모습에 눈이 눈부셨다.

"엄마!"

나는 왈칵 눈물을 쏟았다.

"어유, 도대체 왜 그러니?"

엄마가 고개를 절레절레 흔들었다. 금방 감았는지 머리가 어깨 위에서 찰랑거렸다.

"엄마, 괜찮아요?"

"당연하지, 이 바보야."

엄마가 나를 끌어안으면서 말했다. 켄들이 우리 사이로 비집고 들어왔다. 엄마는 웃음을 터트리며 켄들을 안아 올렸다.

"너는 또 왜 그러니?"

"누나가…… 나를…… 못 살게…… 굴었어요!"

켄들은 울며불며 달려온 터라 숨을 헐떡거렸다.

"말도 안 되는 소리 한다."

엄마가 켄들의 목을 간질이면서 말했다.

켄들은 고개를 숙이면서 킥킥킥 웃었다. 하지만 아직도 눈물 때문에 속눈썹이 서로 달라붙어 있었다. 눈물로 얼룩진 켄들의 얼굴을 보니 죄책감이 들었다.

"말도 안 되는 소리 아니에요. 내가 괴롭힌 거 맞아요. 켄들, 정말 정말 미안해."

켄들은 나를 보면서 눈을 깜빡거렸다.

"내가 용서해 줄까?"

그 소리가 어찌나 웃기던지 우리 모두 배꼽을 잡았다.

"너희들 배고프니? 저녁 먹을까?"

엄마는 생일상 같은 저녁을 차려 주었다. 꼬치에 꿴 소시지와 감자 칩과 미니 피자와 새로 산 유리 그릇(나는 보라색, 켄들은 빨간색이었다.)에 담은 아이스크림과 딸기 시럽으로 새 이름을 적은 푸딩이었다.

'봤지, 하프릿? 우리 엄마도 우리한테 신경 많이 쓴다고!'

나는 마음속으로 말했다.

"우리 엄마가 세상에서 최고야."

그러고는 허겁지겁 저녁을 먹기 시작했다.

"최고는 무슨……."

엄마는 감자 칩을 조금씩 뜯어 먹으며 말했다.

"요사이에는 엄마라고 할 수도 없었지. 너희 둘만 내버려 둔 시간이 너무 많았어. 밤마다 그 시시한 술집으로 출근하는 생활도 이제 끝이야. 낮에 하는 일을 찾아볼까 해. 화장품 코너나 미장원은 어떨까 싶네. 내가 머리 손질은 곧잘 하잖아. 안 그래, 롤라 로즈?"

"최고죠. 엄마 머리 보면 진짜 예쁘잖아요."

나는 엄마의 곱슬곱슬한 금발을 톡톡 두드리면서 말했다. 그런 데서 일하려면 먼저 교육을 받아야 하지 않을까 싶었지만, 엄마의 흥을 깨는 말은 하고 싶지 않았다.

"ㅈ, ㅔ, ㅇ, ㅣ, ㅋ, ㅡ도 이제 끝이야."

엄마는 나를 보고 의미심장하게 눈썹을 추켜세웠다.

켄들은 아직 글자를 모르기 때문에 소시지만 막대 사탕처럼 핥고 있었다.

"당연하죠."

켄들이 무슨 실험을 벌이는지 소시지를 아이스크림에 담갔다.

"소시지 그냥 얌전히 먹어, 켄들!"

내가 말했다.

"그거 보니까 토할 것 같잖아."

"어차피 배 속에 들어가면 다 섞이잖아."

켄들이 말했다.

"입에서부터 섞으면 왜 안 되는 건데?"

"알았다, 알았어. 하지만 너랑 같이 밥 먹겠다는 사람이 아무도 없더라도 놀라지 마라."

"아무도 필요 없어. 조지만 있으면 돼."

켄들은 조지의 북슬북슬한 이빨도 아이스크림 그릇에 담갔다.

"너 때문에 조지가 지저분해졌잖아."

나는 잔소리를 퍼부었다. 제이크 어쩌고 하면서 떼를 쓰지 않는 게 그나마 다행이었다.

엄마는 놀라우리만치 차분했다. 우리는 켄들을 재운 다음 여자들끼리 솔직한 이야기를 나누었다.

"제이크한테서 벗어나서 다행이야."

엄마가 용감하게 말했다.

나는 엄마를 쳐다보았다.

"그래, 처음에는 정신없이 빠져 있었지. 잘생겼잖아. 그건 롤라 로즈, 너도 인정해야 해. 매력 덩어리잖아. 그 머리카락 하며, 납작한 배하며, 조그만 엉덩이하며……."

"엄마!"

"음, 내가 무슨 소리 하는지 너도 알잖아. 하지만 나도 오래가지 못할 줄 알고 있었던 것 같아. 내가 나이도 좀 더 많고 너희들도 있으니까."

엄마는 한숨을 쉬면서 이마의 주름을 폈다.

"나, 얼굴이 자글자글해진 것 같지 않니? 주름 생겼지? 보톡스 맞는 거 어떻게 생각해? 효과 있을까? 복권에 또 당첨되면 한번 맞아 볼까?"

"엄마, 미쳤어요? 주름도 없으면서!"

"있어. 여기저기 늘어지고 처지고 난리야."

엄마는 가슴을 쑥 내밀고 자기 몸을 내려다보았다. 그러고는 가슴이 강아지 두 마리라도 되는 양 토닥거렸다.

"가엾은 것들. 그래도 떼어 낼 필요는 없을 것 같아."

엄마는 그 커다랗고 파란 눈으로 나를 쳐다보았다.

"오늘 병원에 가서 진찰받았거든."

"엄마! 왜 진작 말 안 했어요?"

"뭐, 원래는 예약이고 뭐고 무시하려고 했지. 그런데 그러면 안 되겠다는 생각이 들더라. 우리 셋밖에 없는데, 모험을 할 수는 없잖아. 내가 무슨 심각한 병에 걸렸으면 치료를 받아야 하는 거잖아."

"병원 간다고 진작 얘기했으면 같이 갔을 거 아니에요. 엄마는 병원 싫어하잖아요."

나는 엄마 손을 잡았다.

"좀 무섭긴 하더라. 하지만 내가 겁쟁이가 아니라는 걸 제이크한테 보여 줘야겠다는 생각이 들었어. 중간에 때려치우고 나올 뻔하기도 했어. 천년만년 기다려야 하는 데다 술을 마셔서 기운이 좀 없기도 했거든. 그런데 같이 기다리던 여자들하고 이야기를 하다가, 우리 모두 혹이 있다는 걸 알게 됐지. 그러고 나니까 마음이 좀 가벼워지더라. 게다가 의사 선생님이 얼마나 멋진지 몰라. 나이가 꽤 들긴 했지만, 얼굴도 너무 잘생겼고 양복도 근사하고 손도 예쁘고 손가락도 길고 섬세한 거야. 그런 사람 앞에서 옷을 벗으려니까 기분이 어찌나 이상하던지. 여학생처럼 얼굴을 붉히면서 킥킥거리기까지 했다니까."

"엄마! 의사 선생님한테 꼬리를 치면 어떻게 해요?"

"너도 내가 어떤 여자인지 잘 알잖아. 난 아무도 없으면 대

걸레한테라도 꼬리를 칠 거야. 하지만 키 선생님은 정말 최고야. 선생님이 그러는데 내 가슴을 잘라 내지 않겠대. 암……이라고 해도 말이야."

엄마는 암이라는 단어만 속삭이듯 말했다.

"혹만 떼어 낼 거래. 겨드랑이까지 퍼졌으면 그 부분도 살짝 떼어 내고. 잘됐지? 가슴 아래쪽을 쨀 거라서 잘 보이지도 않을 거래."

"수술은 언제 받을 수 있대요?"

"대기자 명단 맨 윗줄에 올려 주겠다고 했어."

나는 엄마가 입원하는 일에 대해 생각해 보았다. 켄들과 나에 대해서도 생각해 보았다. 목이 말라 왔다. 나는 침을 꿀꺽 삼키고 혀를 이리저리 굴려서 침을 만들어 냈다.

"그렇게 이상한 표정 짓지 마. 얼마 전에 죽은 버블 같잖아."

"엄마, 켄들이랑 나는 어떻게 하죠? 엄마가 병원에 입원하면 말이에요."

"그건 걱정하지 마. 간호사한테 물어봤더니 하루 이틀만 입원하면 된대. 간단한 수술을 받고 곧 퇴원하지 않을까 싶은데. 그러니까 하룻밤만 너희 둘이서 보내면 돼. 그 정도는 할 수 있지, 우리 딸?"

자신이 없었다. 겁이 날 게 분명했다. 하지만 나는 더 이상 아기 같은 제이니가 아니다. 초특급으로 멋진 롤라 로즈다.

"당연하죠, 엄마. 걱정 마세요."

"역시 우리 딸은 달라."

엄마가 나를 끌어안았다. 우리는 팔이 저려 올 때까지 그렇게 껴안고 있었다.

엄마는 다음 날도, 그다음 날도 집에 있었다. 아직 다른 일거리는 찾지 않았다. 수술을 받은 다음에 알아볼 거라고 했다. 우리는 남아 있던 복권 당첨금을 다 써 버렸다. 엄마는 계속 인심을 썼다. 켄들은 아침으로 빨간색 아이스바가 섞인 콘플레이크를 먹었고, 저녁으로 빨간색 아이스바 수프를 먹었다. 엄마는 켄들에게 《꼬마 기관차 토머스》를 목이 쉴 때까지 읽어 주었다. 수영장에 데려가서 조지도 물에 담글 수 있게 해 주었다. 그 바람에 조지가 한참 동안 소독약 냄새를 풍기기는 했지만 말이다.

나는 아침으로 초콜릿 샌드위치를 먹고, 저녁으로 과일 주스 칵테일을 마셨다. 게다가 엄마가 아침마다 정성스레 머리를 묶어 주고 옷을 골라 준 덕분에 예쁘다고 할 수 있는 수준에 이르렀다.

엄마는 나한테 보라색 하이힐도 사 주었다! 내 발에 꼭 맞는데도 그걸 신으면 제대로 걸을 수가 없었다. 하지만 신경 쓰지 않았다. 나는 다리를 뻗을 때마다 팽팽한 종아리와 둥그스름한 발등과 반짝이는 보라색 가죽과 높은 굽의 아찔한 느낌에 감탄했다.

"자연스럽게 걸어야지! 꼭 줄타기 하는 사람 같잖아."

엄마는 웃음을 터뜨렸다.

켄들이 자기도 신어 보고 싶다고 통사정을 했다. 아이스바 때문에 새뻘개진 입술을 하고 의짓 남자처럼 우쭐대며 선는 켄들의 모습에 배꼽이 빠질 뻔했다.

"너희는 어쩜 그렇게 유별나니."

엄마가 담배에 불을 붙이고 한 모금 깊이 빨면서 말했다. 갑자기 엄마 눈에 눈물이 고였다. 엄마 말로는 담배 연기 때문이라지만, 내가 보기엔 핑계에 지나지 않았다.

나도 요즘 느닷없이 눈물을 흘리곤 했다. 엄마 생각을 한 것도 아닌데 말이다. 라운더(야구 비슷한 영국의 게임 : 옮긴이)를 하다가 쉬운 공을 놓쳤을 때였다. 나는 팀원들이 투덜거리는 소리에 어린아이처럼 울음을 터뜨렸다. 우리 반 여자애들이 내 새로운 헤어스타일을 헐뜯어도 화장실로 달려가서 울었다. 수학 문제를 풀다가 막혀도 책상에 얼굴을 묻고 훌쩍거렸다.

놓친 공이나 멍청한 계집애들이나 소수 때문에 그러는 게 아니었다.

"왜 그러니, 롤라 로즈?"

모두들 묻고 또 물었다.

하지만 엄마가 죽을까 봐 겁이 난다는 말은 차마 할 수 없었다.

아니, 엄마가 죽을 리 없다. 어쩌면 엄마는 암이 아닐 수도 있다. 작은 혹만 떼어 내면 비가 갠 하늘처럼 말짱해질 것이다. 나는 하얀 재킷을 입고 머리는 착 달라붙은 채 비바람 속에 서 있는 엄마를 상상했다. 엄마는 속옷까지 흠뻑 적었는데도, 웃고 노래하고 하이힐로 물웅덩이를 차면서 탭 댄스를 췄다.

# Fifteen
# 불길한 목소리

 병원에서 편지가 날아왔다. 우리가 이 집에 이사 와서 처음 받은 편지였다.
 엄마가 봉투를 뜯었는데, 손을 너무 떠는 바람에 편지까지 찢어 버렸다. 엄마는 두 조각 난 편지를 양손에 나눠 들고 어쩔 줄 몰라 했다.
 "어떡하니, 올 게 와 버렸네. 목요일에 입원하래. 이번 주 목요일이래. 시간이 별로 없네. 어쨌거나, 우리 키 선생님 말로는 수술 날짜를 최대한 빨리 잡아 준 거래."

엄마는 키 선생님이 엄마랑 데이트를 하고 싶어 안달이라도 난 것처럼 싱글벙글이었다.

"엄마가 입원 안 했으면 좋겠어."

켄들이 말했다.

"목요일은 안 돼. 목요일은 나 수영장 데려다 주는 날이잖아. 입원하면 안 돼."

"그래도 해야 돼, 꼬맹아."

엄마가 말했다.

수요일 밤이 되자 엄마는 몹시 불안한 눈치였다. 술까지 마시기 시작했다. 저러다 또 구역질을 하면 어쩌나 더럭 겁이 났다.

"내일 입원하는데 술을 마시면 어떻게 해요, 엄마."

나는 이렇게 밀하고 술병을 치웠다.

"그 병 다시 내려놔, 롤라 로즈. 아니면 네가 한잔 따라 줘도 좋고."

"하지만 엄마······."

나는 술을 눈곱만큼 따르고는 일부러 술병을 떨어뜨렸다. 카펫이 엉망진창이 되었다. 깨진 병을 치우다 손가락도 뼜다. 엄마가 왜 그렇게 칠칠찮으냐며 내 빰을 철썩 때렸다. 나는 울음을 터트렸다. 엄마도 울음을 터트렸다. 우리는 오랫동안 서글픈 포옹을 나누었다. 나는 켄들을 안고 엄마 침대로 가서 셋이 함께 누웠다. 엄마는 한숨도 못 자는 것 같았다. 내가 눈을 뜰 때마다 엄마도 깨어 있었다.

나는 계속 악몽을 꾸었다. 조지한테서 풍기는 소독약 냄새 때문이었다. 우리 셋이 물속에서 서로 꼭 껴안고 있다가 상어 떼가 기다리는 곳으로 점점 가라앉는 꿈이었다.

우리는 아주 일찍 일어났다. 엄마가 아침밥으로 크루아상과 데니시 패스트리를 사다 놓았다. 하지만 엄마는 아예 입에 대지도 않았다. 켄들은 건포도를 하나하나 떼어 내서 겉에 묻은 설탕만 핥아 먹었다. 정작 빵은 한 입 먹고 그만이었다. 나는 하룻밤이 지나서 조금 딱딱해진 패스트리를 자그마치 세 개나 먹었다. 아무리 먹어도 막막하고 텅 빈 느낌이 사라지지 않았다.

엄마는 우리한테 작별 인사도 제대로 못하게 했다.

"우리 요란 떨지 말자. 안 그러면 울음바다가 되고 말 거야. 얼른 학교 가. 저녁은 냉장고에 넣어 놨어. 켄들, 누나 말 잘 듣고 누나가 자라고 하면 재깍 가서 자. 엄마는 되도록 빨리 돌아올 거야. 누가 왜 너희 둘만 있느냐고 묻는 경우 아니면 병원으로 찾아오지도 말고. 이제 그만 가. 얼른. 그렇게 겁먹은 얼굴 할 거 없어. 괜찮을 거야. 약속할게. 엄마는 행운의 여신이잖아."

나는 켄들을 유치원에 데려다 주고 얼른 집으로 돌아왔다. 엄마는 열쇠 돌리는 소리가 나자마자 현관으로 달려 나왔다. 엄마 얼굴은 기대감으로 발갛게 물들어 있었다. 내가 제이크인 줄 알았던 것이다.

"롤라 로즈!"

"엄마 짐 싸는 거 도와 드리고 제대로 배웅하게 해 줘요."

엄마는 한숨을 내쉬었지만 나를 학교로 돌려보낼 기운은 없었다. 엄마가 여행 가방을 꺼냈다.

"돌이켜 보면 섬뜩하지 않니? 아빠가 너를 때린 그 밤에 이 가방에다 닥치는 대로 짐을 싸서 나온 거 말이야. 너희 아빠는 요즘 어떻게 지내는지 모르겠다."

"술 마시고, 노래하고, 싸우고, 여자들이랑 농담 따먹기 하고 그러고 있겠죠."

나는 엄마 서랍장을 열어서 빠진 물건이 없는지 살펴보았다.

"너희 아빠한테 알려야 하지 않을까? 만약에……."

엄마가 말을 하다가 멈추었다.

나도 하던 동작을 멈추었다.

"안 돼요."

"그래도 너희 아빠잖니. 아빠는 널 사랑해. 그리고 켄들도 있잖아. 아빠도 켄들한테는 늘 다정하게 굴었잖니."

"안 돼요!"

나는 엄마 서랍장에서 가장 비싼 검정색 잠옷을 꺼냈다.

"이건 안 되겠다. 속이 다 비치잖아요."

"아냐, 안 비쳐."

엄마는 얇은 나일론 밑으로 손을 집어넣었다.

"뭐, 조금밖에 안 비치네. 혹을 떼어 내기 전에 키 선생님한테 마지막으로 완벽한 가슴을 훔쳐볼 기회를 줄 수 있을지도 모르잖아."

"그만해요, 엄마."

"하긴 붕대가 비치면 섬뜩할 수도 있겠네."

엄마가 서글픈 목소리로 말했다.

"가는 길에 잠옷을 새로 사는 게 좋겠다."

엄마는 지갑을 열어 보았다.

"안 되겠네. 퇴원하자마자 정신 차리고 일자리부터 알아봐야겠다. 얼른 뭔가 조치를 취해야겠어. 하지만 너희랑 같이 있고 싶은데."

"우리도 그랬으면 좋겠어요. 내 잠옷 입으면 어때요? 두세 번 입기는 했지만 깨끗해요. 크기야 넉넉하게 맞을 테고요."

내 잠옷은 앞쪽에 곰 인형이 그려진 하얀 티셔츠였다. 엄마는 잠옷을 살펴보더니 곱게 개서 가방에 넣었다.

"좋아, 접수할게. 조금 멍청해 보이긴 하겠지만 단정하게 입어야겠지. 이걸 입으면 널 꼭 안고 있는 기분이 들겠다. 그래서 좋겠어."

엄마는 나를 쳐다보았다.

"너, 괜찮지? 그렇지, 우리 딸? 만일에 대비해서 내 휴대전화 놔두고 갈게. 너무 많이 쓰지는 마. 그래야 착한 딸이지. 오늘 밤에 너희끼리 있어도 괜찮지?"

"그럼요."

나는 얼른 대답했다.

"따지고 보면 이 집에 너희 둘만 있는 것도 아니야. 아래층에 파커 할머니도 있고, 위층에 총각 두 명도 있고."

"맞아요."

불쌍하고 냄새 나는 파커 할머니는 남을 돌보기는커녕 자기 몸도 건사하지 못했고, 엄마와 스티브와 앤디는 서로 말을 섞지 않는 사이였다. (엄마는 스티브가 제이크한테 지나치게 친절하게 군다고 생각했다. 그래서 스티브더러 자기 남자 친구한테 꼬리 치지 말라고 했다. 엄마는 이것 말고 다른 말도 했고, 스티브와 앤디는 죽도록 기분 나빠 했다.)

엄마는 엄지손톱 주변을 물어뜯기 시작했다. 나는 조심스레 엄지손가락을 입에서 빼내 주었다.

"그만해요, 엄마. 우리한텐 아무 일도 없을 거예요."

"제이크한테 연락해도 돼. 지금은 전원이 꺼져 있더라만. 나쁜 놈."

"그 사람한테 전화하지 말아요, 엄마. 우린 그 사람 필요 없어요. 아무도 필요 없어요."

"넌 정말이지 착하고 어른스러운 아이야."

나는 어른스럽게 굴려고 갖은 애를 썼다. 엄마를 식탁에 앉혀 놓고 차를 끓여다 주고 딱딱한 크루아상도 한 개 쥐여 준 다음 세면도구와 화장품과 빗을 챙겼다. 가방 밑바닥에 카드도 넣었다. 엄마에게 주려고 손수 만든 카드였다.

나는 슬퍼 보이는 아기 토끼를 오려서 카드 한가운데 붙이고, 두 귀와 앞발에 붕대처럼 보이도록 휴지 조각을 붙였다. 가슴에 붕대를 두를까도 생각했지만, 그러면 너무 뻔할 것 같았다. 나는 토끼 주변을 꽃과 나비와 새로 감싸고, 가장 예쁜 글씨체로 "빨리 나으세요, 엄마. 엄청난 사랑을 담아서. 롤라 로즈와 켄들."이라고 썼다. 켄들은 키스 마크를 숱하게 보탰다. 그런데 아무렇게나 그려 넣어서, 크기도 제각각이고 전체적인 조화도 망쳐 버렸다. 하지만 엄마는 신경도 쓰지 않을 것이다.

나는 정류장에서 엄마한테 직접 키스 세례를 퍼부었다. 그러다 살짝 도를 넘고 말았다.

"이제 됐어! 이러다 화장 다 지워지겠네."

엄마는 내 시계를 들여다보았다.

"에라, 모르겠다. 큰길로 가서 택시 타야겠다."

"하지만 병원까지 한참 가야 되잖아요."

"얘, 난 환자잖아! 왜 불편하게 버스를 타야 되는데?"

우리는 택시 타는 곳으로 갔다. 나는 엄마한테 다시 입을 맞추고, 마지막으로 한 번 껴안아 주고, 다시 입을 맞추고 또 맞추었다. 마침내 엄마가 택시를 타고 떠났다. 나는 택시가 길모퉁이를 돌아 사라진 뒤에도 한참 동안 손을 흔들었다.

그러고는 그 자리에 멍하니 서 있었다.

엄마가 택시를 타고 가면서 손을 흔들던 모습이 자꾸 떠올랐다. 엄마는 입 모양으로 '다녀올게.'라고 하면서 손가락을 쫙 펴고 왕족처럼 천천히 우아하게 손을 흔들었다.

머릿속에서 소름 끼치도록 불길한 목소리가 말했다. 이게 정말 마지막 인사가 되면 어떡하지? 앞으로 두 번 다시 엄마를 못 보면 어떡하지?

나는 그 소리를 떨쳐 버리려고 미친 듯이 달렸다. 상가에 있는 레코드 가게로 들어가 헤드폰을 끼고 볼륨을 높였다. 머리가 지끈거리기 시작했다. 아직 11시밖에 안 됐지만, 나가서 점심을 먹기로 했다. 엄마한테 받은 10파운드가 거금처럼 느껴졌다. 나는 햄버거와 감자튀김과 콜라 큰 잔을 골랐다. 그걸 꾸역꾸역 다 먹었는데도 배가 고프기는 마찬가지였다. 하지만 나만 돈을 많이 쓰면 켄들한테 불공평한 것 같았다. 나는 제자리에 앉아서 건너편에 있는 엄마와 두 아이를 바라보았다. 아이들은 주문한 음식을 깨지락깨지락하다 말았다. 아이들이 쌍둥이용 유모차를 타고 가게에서 나가자마자, 나는 바람처럼 그 자리로 달려갔다. 햄버거 절반과 수북한 감자튀김, 맥플러리 아이스크림 대부분이 남아 있었다. 나는 남은 음식을 속이 메슥거릴 정도로 허겁지겁 먹어 치웠다. 그런데도 여전히 배가 고팠다.

나는 초콜릿 바를 조금씩 갉아 먹으며 상가를 돌아다녔다.

켄들 몫으로 절반을 남길 생각이었는데, 그게 뜻대로 잘되지 않았다. 나도 나를 어떻게 할 수가 없었다. 집에 가기는 싫었다. 엄마 없이 지내는 데 익숙해져 있으면서도, 엄마가 집에 없다고 생각하니 기분이 이상했다. 그래서 빙충이처럼 허둥지둥 학교로 달려갔다. 결국 점심도 한 번 더 먹었다. 선생님한테는 배가 아팠는데 이제 괜찮아졌다고 했다.

"정말 아팠어?"

하프릿이 소곤소곤 물었다.

하프릿은 나랑 다시 친해지려고 애를 쓰고 있었다. 나도 하프릿과 다시 친해지고 싶었다. 하지만 아직도 화가 다 풀리지 않았다.

"응, 엄마처럼 술을 마셨더니 배탈이 났어. 보드카 한 병을 둘이서 나눠 마셨거든."

나도 소곤소곤 대답했다.

하프릿의 입이 떡 벌어졌다.

"거짓말!"

"당연히 거짓말이지! 너 가끔 보면 정말 답답하더라. 아무거나 다 믿잖아."

그러고 나니 마음이 누그러졌다.

"아니야. 넌 답답하지 않아. 젓가락처럼 날씬하잖아. 답답한 건 나지. 봐."

나는 불룩한 내 배를 주먹으로 쥐어박았다.

"윽, 나 정말 뚱보가 되어 가고 있어. 이것 좀 봐!"

하프릿이 키득거렸다.

"너 아무래도 임신했나 보다."

우리는 동시에 웃음을 터트렸다. 이제는 괜찮다. 우리는 다시 친구가 되었다.

나는 엄마가 병원에 입원했다고 알려 주었다.

"너 어떡해. 엄청 걱정되겠다."

"응. 정말 그래."

"아무 일 없으실 거야."

하프릿이 내 손을 토닥이며 말했다.

"제이크가 나가 버렸으니 너랑 켄들은 누가 돌봐 주니?"

"제이크가 나간 게 아니라, 우리 엄마가 내쫓았다고 했잖아."

"뭐, 어쨌거나. 그래서 누가 와 주신대? 할머니? 이모?"

말하면 안 되는 줄은 알지만, 그래도 자랑하고 싶었다.

"아무도 안 와."

나는 으스대며 말했다.

하프릿은 생각했던 것 이상으로 깜짝 놀랐다.

"너희 둘이서 무슨 수로 감당하려고!"

"할 수 있어. 그래 봐야 하룻밤인걸."

"우리 엄마는 절대로 나 혼자 집에 두지 않아. 심지어 지난 명절에는 우리 언니한테도 그랬다니까. 열여덟 살인데도 말이야."

"너희 엄마한테는 말하지 마."

나는 얼른 말했다. 이러다 무슨 문제라도 생기는 거 아닌가 싶어 겁이 났다.

"말 안 할게."

"약속할 수 있지?"

"응, 맹세해."

하프릿은 입을 봉하고 목을 자르는 시늉을 했다. 그리고 이마를 찌푸려 가며 열심히 생각했다.

"저녁은 누가 만들어 줘?"

"내가. 예전에도 요리 자주 했거든."

그건 '요리'의 기준이 무엇인가에 달린 문제였다. 나도 깡통을 따고 토스트를 만드는 것쯤은 할 수 있다. 그것도 일종의 요리였다. 하지만 하프릿은 자기 집에서 먹는 복잡한 카레를 상상하고 있는 게 분명했다.

"너 진짜 대단하다, 롤라 로즈. 벌써 어른이 다 된 것 같아."

그 말을 들었더니 내가 대단하게 느껴졌다.

하지만 돌아가면 텅 텅 텅 빈 집과 마주해야 했다.

"엄마 있었으면 좋겠어."

켄들이 거실 한가운데 앉아서 조지의 헝클어진 털에 코를 묻으며 말했다.

"그러게. 하지만 엄마 입원한 거 너도 알지? 괜찮아. 내가 있잖아."

"누나는 필요 없어. 엄마가 필요해."

켄들이 울상을 지으며 말했다.

"입 다물어. 울지 좀 마! 너 같은 울보, 이제 지긋지긋하니까. 말 잘 들으면 저녁 만들어 줄게. 하지만 질질 짜면 아기구나 하고 기저귀 채워서 재워 버릴 거야."

켄들이 노려보았다.

"누나 싫어."

"나도 너 싫어. 나도 다른 형제가 있으면 좋겠어. 하프릿네 오빠면 딱 좋겠다. 하지만 너, 켄들 민트 케이크랑 딱 붙어 있게 되었으니, 계속 함께할 수밖에 없겠지. 좋아, 우리 냉장고나 열어 보자."

냉장고 안에는 상자가 두 개 들어 있었다. 하나는 토마토소스로 웃는 얼굴을 그려 넣은 큼지막한 피자였다. 다른 하나는 버터크림을 두 겹으로 바른 커다란 초콜릿 케이크였다. 엄마는 분홍색과 보라색 새알 초콜릿으로 케이크 위에 '냠냠'이라고 써 놓았다.

나는 피자를 쳐다보았다. 초콜릿 케이크도 쳐다보았다.

정작 울음을 터트린 건 켄들이 아니라 나였다.

켄들은 나를 물끄러미 바라보았다.

"피자랑 초콜릿 케이크 싫어?"

"둘 다 너무 좋아."

나는 키친타월에 코를 풀며 말했다.

"그런데 왜 울어?"

"엄마가 너무도 애쓴 티가 나서. 나도 엄마가 보고 싶어서. 그래서 질질 짰다, 됐냐? 앞으로는 나를 얼마든지 울보라고 불러도 좋아."

"울보!"

나는 켄들이 질릴 때까지 그렇게 부르도록 내버려 두었다. 몇 시간은 걸릴 것 같았다. 모든 것이 몇 시간씩 걸리는 느낌이었다.

피자를 데워서 절반을 둘이 나눠 먹고, 초콜릿 케이크도 큼지막하게 한 조각씩 잘라 먹었다. 나는 켄들에게 《꼬마 기관차 토머스》를 읽어 주고, 바퀴들이 일직선이 될 때까지 몇 번이고 지워 가며 기차를 그려 주었다. 그러자 켄들이 색칠을 한답시고 그림을 망쳐 놓았다. 우리는 식은 피자를 조금 먹고, 초콜릿 케이크도 한 조각씩 더 먹었다. 그리고 또 먹었다. 솔직히 말하면 또 먹은 건 나였다. 켄들은 새알 초콜릿만 먹었다.

하루는 지난 것 같은데 아직 한 시간도 지나지 않았다. 나는 시간을 확인하려고 텔레비전을 켰다. 아무래도 시계가 멈춘 것 같았다.

켄들하고 같이 텔레비전을 보는데, 병원 프로그램이 시작하기에 채널을 돌렸다. 우리는 코미디를 보면서도 웃지 않았다. 우리만의 병원 프로그램에 채널을 맞추고, 엄마가 수술실로 실려 가서 마스크 쓴 남자들한테 날카로운 도구로 공격당하는 광경을 지켜보는 것 같은 분위기였다.

켄들이 조금씩 내 쪽으로 다가오더니 결국 내 무릎에 앉았다. 나는 켄들의 머리에 턱을 얹었다. 짧게 깎은 머리가 점점 자라고 있었다. 조그만 새끼 오리 같았다.

"켄들, 지금 네 머리 진짜 귀엽다."

켄들의 몸에 힘이 들어갔다.

"잘랐으면 좋겠어!"

"아냐. 지금이 훨씬 예뻐."

"예뻐 보이는 거 싫어. 귀여워 보이는 거 싫어. 난 터프하게 보이고 싶단 말이야."

아빠는 늘 켄들을 이발소에 데려가서 스포츠형으로 머리를 깎아 주었다. 켄들은 머리를 그렇게 깎아 놓으면 터프하다기보다 머리숱 없는 아기처럼 보였다. 그런데도 아빠는 진정한 터프 가이라며 치켜세웠다.

"이제 아빠는 못 만나."

켄들이 조지한테 속삭였다. 그러더니 고개를 돌려 나를 쳐다보았다.

"엄마는 계속 만날 수 있는 거지?"

"당연하지! 내일 엄마가 퇴원하면 만날 수 있어."

"약속해?"

"약속해."

불길한 목소리가 나를 비웃었다. *네가 무슨 수로 약속을 하는데? 엄마를 영영 못 볼지도 몰라.*

거의 밤새도록 그 목소리가 들렸다. 켄들이 바로 옆에 누워 있는데도 너무나 외로웠다. 나는 슬픔에 잠긴 어린아이처럼 내 곰 인형 핑키를 끌어안았다. 아래층에서 파커 할머니네 라디오가 웅웅거리는 소리가 들렸다. 그러더니 위층 마룻바닥이 삐걱거렸다. 스티브나 앤디가 화장실에 다녀오는지 꿀럭꿀럭 물 내려가는 소리도 들렸다. 자동차들이 지나갔다. 고양이들이 구슬프게 울었다. 술 취한 사람들이 고함을 질렀다. 그러다 밖에서 발자국 소리가 들렸다.

나는 누군가 지나가는 소리가 들릴 때마다 잔뜩 긴장했다.

이 밤이 영원히 끝나지 않을 것만 같았다.

# Sixteen

# 단둘이 집에

켄들하고 둘이서 아침을 먹는데 휴대 전화가 울렸다. 내가 전화를 받았다.

"엄마! 엄마! 괜찮아요? 아파요? 지금 퇴원할 거예요?"

"나도 그랬으면 좋겠다. 그 잘난 수술 아직도 못 받았어. 어제는 피 검사니 엑스레이니 하면서 야단법석을 떨더라. 오늘 아침에 수술한대. 아침도 못 먹게 해서 배고파 죽겠다."

"그럼…… 그럼 언제 퇴원하는 거예요?"

잠시 들떴던 마음이 다시 착 가라앉았다.

"글쎄, 그게 문제야. 간호사들이 그러는데 마취에서 깨어나려면 몇 시간이 걸린대. 마취에서 깨어나도 기운이 너무 없어서 한 발자국도 떼기 힘들다는 거야. 게다가 붕대도 갈아 줘야 하고, 배출관도……."

"배출관이 뭔데요?"

"나도 몰라. 얘, 나도 속속들이 다 알지는 못해. 나, 전화얼른 끊어야 해. 내 휴대 전화를 너한테 주고 와서, 옆 침대에 계신 아주머니한테 빌렸거든. 켄들한테도 인사 좀 하게 해 줄래."

나는 전화를 바꿔 주었다. 켄들이 계속 고개를 끄덕이는 걸로 봐서, 엄마가 뭘 물어보는 모양이었다.

"켄들, 말을 해야지. 엄마는 너 못 보잖아."

내가 말했다.

"안녕, 엄마. 나 진짜 조지 보러 또 가도 돼? 엄마가 데려가 줄 거지? 장난감 상어 몇 마리랑 유리 조금 사면 우리 집에도 수족관 만들 수 있는데……. 아야! 하지 마, 누나! 전화기 이리 줘. 내 차례잖아."

"엄마도 그 멍청한 상어 이야기는 더 듣고 싶지 않을 거야."

내가 쏘아붙였다.

"엄마?"

"너희들 정말 못 말리겠다. 롤라 로즈, 내일 아침에 전화할

게. 이제 끊어야겠다. 안녕, 우리 딸. 잘 지내야 한다, 알겠지?"

전화가 끊어졌다.

"누나가 떠미는 바람에 아팠잖아! 누나 때문에 암이 생겼을 거야."

켄들이 가슴을 문지르며 말했다.

"입 다물어라, 켄들."

"누나 못됐어. 다들 못됐어."

켄들이 울먹였다.

"엄마도 못됐어. 오늘 온다고 했잖아. 보고 싶단 말이야."

"나도 엄마 보고 싶어. 이제 우는소리 그만해. 콘플레이크 다 먹고, 유치원 갈 준비해야지."

학교가 있어서 다행이었다. 학교에 가면 모든 일이 제대로 돌아가고 있는 것처럼 느껴졌다. 하지만 하프릿하고 우리 엄마 이야기를 하고 싶진 않았다. 운 좋게 성교육 시간이 있어서, 온종일 다른 이야기를 할 필요가 없었다. 우리는 온 가족이 알몸으로 나오는 영화를 봤다. 다들 킥킥거리느라 정신이 없었는데, 아빠가 나오면 특히 더했다. 선생님은 조금 난처해하면서, 그렇게 유치한 반응을 보이다니 실망이라고 했다. 그리고 사람 몸은 우스울 게 하나도 없다고 했다.

"내가 보기에는 웃겨 죽겠는데!"

하프릿이 조그맣게 속삭였다.

"저 아빠 거시기 좀 봐! 우엑! 저러고 돌아다닌다고 생각해 봐. 역겹지 않니. 엄마도 가슴을 저렇게 다 내놓고 말이지. 난 우리 엄마랑 아빠 알몸 한 번도 본 적 없어. 오빠가 욕실에 있을 때 한 번 들이긴 적 있는데, 진짜 진짜 미친 듯이 화를 내더라."

"너희 오빠 거시기는 어떻게 생겼던?"

하프릿이 깔깔깔 웃었다. 그런데 쉬는 시간에 하프릿 도시락을 보니까 바나나가 들어 있었다. 우리는 배를 잡고 웃었다. 하마터면 오줌까지 지릴 뻔했다.

그렇게 계속 웃고 싶었다. 나는 오후 내내 하프릿에게 속닥거렸다. 그러다 두 번 경고를 받았고, 결국엔 교장실로 가야 했다.

이번에는 정말 크게 혼이 날 것 같았다. 상관없었다. 그러면 맞받아치든지, 켄들처럼 짜증을 부려 볼까 싶었다.

그런데 볼섬 선생님은 덤덤하게 앉으라고 하더니 초콜릿을 먹겠느냐고 물었다. 커다란 선물 상자에 든 고급 초콜릿이었다. 나는 고개를 저었다.

"제발 나 좀 도와주렴. 다이어트 해야 하는데 저 녀석들의 유혹이 어찌나 심한지……. 나를 대신해서 몇 개만 먹어 주겠니? 옳지, 착하다."

나는 밀크 초콜릿 트뤼프를 골랐다.

"다들 저한테 착한 아이가 되라고 해요."

나는 한입 가득 초콜릿을 물고 웅얼거렸다.

"오늘은 태도가 불량했다던데?"

볼섬 선생님은 이렇게 말하면서 체리 다크 초콜릿을 집었다.

"너 혼자 먹으면 외롭잖니."

선생님은 초콜릿을 입안으로 쏙 던져 넣었다.

그러고는 초콜릿 상자를 달각달각 흔들며 나한테 내밀었다. 나는 라즈베리 크림 초콜릿을 골랐다. 꼭대기에 분홍 점이 살짝 찍힌 화이트 초콜릿이었다. 자그마한 인형 가슴 같았다. 순간, 엄마는 병원에 있는데 입안 가득 초콜릿을 우물거리면서 뭐 하는 짓인가 하는 생각이 들었다. 초콜릿이 이에 끈적끈적 들러붙었다. 속이 울렁거렸다. 나는 손으로 입을 틀어막았다.

"얼른 이쪽으로."

볼섬 선생님이 벌떡 일어나 나를 끌고 잽싸게 교장실을 가로질렀다. 선생님이 화장실 문을 열어 주었고, 나는 변기에 대고 먹은 것을 게워 냈다. 선생님은 내 머리카락을 귀 뒤로 넘겨 주고 이마를 받쳐 주면서 "옳지, 옳지." 하고 중얼거렸다. 내가 다 토하기를 기다려 손수건으로 얼굴도 닦아 주고 물도 한 잔 따라 주었다.

"공연히 내 초콜릿만 날렸네! 그래도 아주 깔끔하게 해치웠구나. 잘했다!"

나는 힘없이 쿡쿡 웃었다.

"어떻게 된 거니, 롤라 로즈?"

볼섬 선생님이 책상 모서리에 걸터앉아 나를 쳐다보며 물었다.

"식중독인가 봐요."

"흠, 분명히 널 괴롭히는 무언가가 있는데……. 요즘도 로스 패거리하고 어울려 다니니?"

"아뇨. 이제는 꼴도 보기 싫어요."

"피터는 어때? 마음씨는 착한 아인데. 친구를 사귀고 싶으면 그 애가 제격일 게다."

"남자 친구는 필요 없어요. 하프릿으로 충분해요."

"그래, 하프릿은 나도 마음에 든다. 좋은 아이지. 너희 둘 다 좋은 아이야. 하지만 오늘은 계속 키득거렸다던데. 성교육 때문에 키득거린 거니?"

"뭐, 그렇죠."

"그래. 가끔 웃길 때도 있지. 하지만 이제 그만 웃었으면 좋겠구나. 이제 속이 편해졌으면 교실로 돌아가서 정중히 사과드리렴. 아니면 엄마가 계신 집으로 가는 게 낫겠니?"

나는 입술을 깨물었다.

"아뇨, 괜찮아요."

나는 이렇게 말하면서 얼른 자리에서 일어났다.

볼섬 선생님이 내 어깨에 손을 얹었다.

"어머니한테 무슨 일 있는 건 아니지, 롤라 로즈?"

사방에서 벽이 다가왔다. 바닥이 흔들렸다. 나는 볼섬 선생님을 붙잡고 그 가슴에 기대어 흐느껴 울고 싶었다. 하지만 엄마가 한 말이 생각났다. *그 선생한테 어떤 정보도 흘리면 안 돼. 그랬다가는 눈 깜짝할 사이에 보호 시설로 끌려갈 거다.*

"아무 일 없어요."

나는 어깨를 으쓱했다.

교실로 돌아가 죄송하다고 말하고, 고개를 숙인 채 조용히 수업을 마쳤다. 하프릿과 나는 집에 가는 길에 또다시 키득거렸다. 나는 하프릿을 웃기려고 점점 더 심한 말을 소곤거렸다. 하프릿네 집 앞에 다 왔는데도 헤어지기가 싫었.

다시 켄들과 나만 남았다.

"켄들, 웃긴 얘기 좀 해 봐. 얼른. 뭐 재미있는 거 없어?"

"코끼리 나오는 거 알아. 음, 아마 기억날 거야."

하지만 켄들은 기억하지 못했다. 천년만년 끌더니 정작 결정적인 부분을 까먹었다.

"좋았어. 이번에는 내가 재미있는 이야기 해 줄게."

내가 말했다.

"나는 재미있는 이야기 별로 안 좋아해."

"좋아하잖아. 네가 좋아할 만한 걸로 들려줄게. 노랗고 위험한 게 뭐게?"

켄들은 걱정스러운 듯 얼굴을 찡그리고 나를 쳐다보았다.

"노랗고 위험한 게 뭐게?"

내가 다시 한 번 물었다.

켄들이 날카로운 웃음을 터드렸다.

"왜 웃어?"

"재미있는 이야기니까!"

"아직 이야기 다 안 끝났어. 생각해 봐, 켄들. 노랗고 위험한 게 뭐게?"

갑자기 눈 바로 안쪽에서 불길한 목소리가 들렸다. 나는 눈을 깜빡였다. *켄들이 정답을 맞히면 너희 엄마는 아무 일 없을 거다!*

나는 그 목소리를 떨쳐 버리려고 고개를 저었다. 켄들도 나를 따라 고개를 저었다. 켄들의 머리가 당장에라도 그 얇고 가는 목에서 떨어져 버릴 것 같았다.

"하지 마, 켄들."

나는 켄들의 머리를 잡고 가만히 있도록 했다.

"잘 들어 봐. 이거 아주 쉬운 문제야. 지금까지 골백 번도 더 들었을 거야. 노랗고 위험한 게 뭐게?"

켄들은 '노랗고 위험한 거'라고 소리 없이 입 모양으로만 중얼거렸다. 열심히 고민하고 있다는 증거였다.

"힌트 하나 줄까? 조지라면 이거 좋아할 거야."

"아니야. 조지도 재미있는 이야기 안 좋아해."

"이건 자기랑 상관있는 이야기니까 좋아할 거야. 맛있는 푸딩이랑 상관있는 이야기니까 너도 좋아할 거고. 이건 할머니들이 잘하는 구닥다리 말장난이야."

"우리도 할머니가 있으면 좋겠다. 그럼 맛있는 것도 만들어 줄 텐데. 우리는 왜 할머니가 없어?"

"돌아가셨어."

"교통사고로?"

"아니. 그게 아니라……."

나는 그 단어를 입에 올릴 수가 없었다.

"아까 내가 낸 문제나 잘 생각해 봐, 켄들!"

나는 켄들의 어깨를 꽉 움켜잡았다. 이게 얼마나 어처구니없는 집착인지 나도 잘 알고 있다. 켄들이 이 한심한 말장난의 정답을 알건 모르건 상관없는 일이었다. 하지만 나도 어쩔 수가 없었다. 내가 똑같은 말을 몇 번이고 되풀이하자 켄들이 울음을 터트렸다.

"상어가 들끓는 커스터드잖아!"

나는 결국 고함을 지르고 말았다.

엄마가 노랗고 끈적끈적한 커스터드 속에서 상어에게 둘러싸여 허우적대는, 말도 안 되는 광경이 눈앞에 떠올랐다. 나는 불길한 목소리에게 대들었다.

'엄마는 아무 일 없을 거야.'

속으로 중얼거렸다.

'오늘 아침에 수술을 받았고, 지금은 멀쩡해지셨고, 최대한 빨리 집으로 돌아오실 거야. 어쩌면 우리를 깜짝 놀라게 하려고, 벌써 집에 와서 침대에 누워 계신지도 몰라.'

가능성이 거의 없는 이야기였지만, 그래도 희망을 품어 보았다.

나는 켄들을 뒤에 매달고 집까지 달려갔다. 불길한 목소리는 태도를 바꿔서 100을 세기 전에 도착하면 엄마가 집에 와 있을 거라고 했다. 나는 90을 세는 순간, 현관 앞에 도착했다.

엄마는 집에 없었다. 나는 방마다 뒤지며 엄마를 불렀다.

켄들은 현관에 가만히 서서 엄지손가락만 물어뜯었다.

"엄마 안 오는 거지, 그렇지?"

"오실 거야! 최대한 빨리 돌아오실 거야. 지금이라도 당장 전화를 하실지 몰라. 지금쯤이면 우리가 학교에서 돌아올 시간이라는 걸 아시니까."

나는 휴대 전화를 식탁 위에 올려놓았다. 그러고는 켄들하고 둘이서 전화기만 바라보고, 바라보고, 또 바라보았다.

"저녁 드시는 모양이다. 우리도 저녁 먹자."

나는 마지막 남은 콩 통조림을 따고 토스트를 만들었다. 빵에 곰팡이가 좀 피긴 했지만, 파란 부분만 떼어 내고 먹었다. 그런 건 신경 쓸 필요도 없다. 켄들은 콩을 포크로 한 번에 한 알씩 찍어서 핥은 다음 접시 위에 일렬로 늘어놓았다.

토스트는 손도 대지 않았다.

난생처음 식욕이 없었다. 차도 겨우 삼키는 수준이었다. 나는 전화기만 하염없이 바라보았다. 이제 배터리가 거의 없었다. 충전하는 동안에도 전화를 받을 수 있을까?

나는 눈에 눈물이 고일 때까지 전화기를 쳐다보았다. 엄마는 왜 전화를 안 하는 걸까? 우리가 기다리는 걸 뻔히 알면서. 우리가 걱정하고 있다는 걸 뻔히 알면서. 옆 침대에 있는 아줌마가 전화기를 안 빌려 주는 걸까?

그때 문득 좋은 생각이 났다. 나는 통화 기록을 뒤져서 그 아줌마 전화번호를 알아냈다. 그런 다음 그 번호로 전화를 걸었다. 손이 부들부들 떨려서 몇 번 만에야 간신히 통화가 됐다.

"여보세요. 저기, 아줌마는 저 잘 모르실 텐데, 저는 롤라 로즈라고 해요. 아줌마 옆 침대에 계신 분 딸이거든요. 저희 엄마랑 통화 좀 할 수 있을까요?"

"뭐라고요?"

전화를 잘못 건 게 아닐까 싶었다.

"빅토리아 럭의 딸이라고요. 아주머니랑 같이 입원한."

"아, 그래! 미안해. 처음에는 잘 못 알아들었어. 그런데 무슨 일이니?"

"저희 엄마랑 통화를 하고 싶어서요!"

"저어, 안 되겠는데."

"제발 부탁이에요. 1분이면 돼요. 전화기 좀 건네주시면 안 될까요."

"내가 지금 병원이 아니거든. 오늘 아침에 퇴원했어."

"이! 하지만 하지만 저희 엄마는 아직 퇴원을 안 하셨어요. 어떻게 된 걸까요?"

"너희 엄마는 아무 일 없을 거야. 오늘 아침에 수술받으셨잖니."

"오늘 퇴원한다고 그러셨는데."

"오늘은 안 될 거야. 너무 힘들어서 못할 거야."

"그런데 우리 엄마 괜찮으세요? 수술 잘됐어요? 이제 나으셨나요?"

"나도 잘 모르겠구나. 내가 퇴원할 땐 아직 수술실로 올라가지도 않았거든. 저기, 너희 아빠나 할머니가 병원으로 전화하면 알려 줄 거야."

"그러네요. 알겠습니다. 고맙습니다."

나는 이렇게 말하고 종료 버튼을 눌렀다.

켄들은 엄지손가락을 잘근잘근 씹으며 나를 쳐다보았다.

"아무 일 없을 거야. 분명 아무 일 없을 거야."

나는 헛기침을 한 다음 고개를 어깨에 파묻고 배 속에서부터 그르렁거리는 소리를 냈다.

"내 목소리 어른스럽게 들리니?"

"지금 괴물 흉내 내는 거야?"

켄들이 걱정스러운 목소리로 물었다.

"어른 목소리 흉내 내는 거야."

나는 그르렁거리는 소리를 연습하면서 114에 전화를 했다. 거기서 알려 준 전화번호를 손등에 적은 다음, 이번에는 그 번호로 전화를 걸었다. 어떤 여직원이 병원 이름을 대면서 전화를 받았다.

"빅토리아 럭과 통화를 하고 싶은데요."

내가 너무 낮게 그르렁거렸는지, 같은 말을 두 번이나 되풀이한 다음에야 상대방이 알아들었다.

"어느 병동에 계시죠?"

"그, 그건 잘 모르겠어요."

그 단어를 입에 올리기 싫었지만, 이번에는 선택의 여지가 없었다.

"암 병동인데요."

"그럼, 플로렌스 병동일 거예요. 연결해 드리겠습니다."

나는 두근거리는 가슴에 손을 갖다 얹으며 한숨을 내쉬었다. 한참이 지난 뒤에야 플로렌스 병동에서 전화를 받았다.

"빅토리아 럭과 통화를 하고 싶은데요."

이제 목이 다 아파 왔다.

"누구신데요?"

뭐라고 해야 좋을까? 어머니라고 할까? 언니라고 할까?

"친군데요."

잘못된 선택이었다.

"죄송하지만, 안 되겠는데요."

"제가 어린애도 아닌데 왜요?"

"병동 진화로 친구 분을 바꿔 드릴 수는 없어요."

"그럼 상태가 괜찮은지 그것만이라도 알려 주세요. 부탁드릴게요!"

"남편 분한테 전화해서 여쭤 보세요."

"그래, 그러면 되겠지, 이 싸가지 없고 쩨쩨한 아줌마야! 우리 아빠는 아무것도 몰라. 혹시 안다 해도 아빠한테는 전화 못 한다고!"

나는 고함을 지르고 전화를 끊어 버렸다.

켄들이 눈을 끔뻑거리며 나를 쳐다보았다. 켄들한테 연습을 시키면 아빠하고 비슷한 목소리를 낼 수 있을까? 가망 없는 일이었다.

나는 가능한 방법을 모조리 생각해 보았다. 3층으로 올라가서 앤디한테 대신 전화해 달라고 부탁할 수도 있다. 하지만 앤디와 스티브는 우리하고 더 이상 말을 섞지 않는다. 그리고 켄들하고 나, 단둘이 집에 있는 걸 알면 어딘가에 알릴 수도 있다.

제이크를 찾아갈 수도 있다. 하지만 지금 어디 살고 있는지 알 수가 없다.

하프릿네 아빠한테 대신 전화해 달라고 할 수도 있다. 아저씨라면 도와줄 것이다. 하지만 그랬다가는 하프릿네 엄마가 경찰에 일러바칠 게 분명했다.

"어떻게 해야 좋을지 모르겠네."

나는 울부짖으며 바닥에 털썩 주저앉아 무릎 위로 고개를 떨어뜨렸다. 엄마, 엄마, 엄마, 엄마 하면서 맥박이 뛰고 눈꺼풀이 떨리는 게 느껴졌다.

"누나, 우는 거야?"

켄들이 조그맣게 속삭였다.

나는 아무 말도 하지 않았다. 그저 고개를 파묻고 앉아 있었다. 머리 위에서 켄들이 쌕쌕거리며 숨을 쉬는 소리가 들렸다.

"롤라 로즈 누나?"

나는 롤라 로즈가 아니었다. 제이니도 아니었다. 점점 작아져서 아무것도 아닌 존재가 되어 가고 있었다.

엄마가 너무 보고 싶었다. 엄마를 부르지 않으려면 입술을 꽉 깨물어야 했다. 엄마한테 무슨 일이 생겼으면 어떡하지? 수술이 잘못됐으면 어떡하지? 엄마가 돌아가셨으면 어떡하지?

"누나, 울고 있네."

켄들이 말했다.

"아니야. 엄마가 괜찮은지 궁금해서 그러는 거야."

"그럼 가서 알아보자."

나는 켄들이 한 말을 곰곰 생각해 보았다. 엄마는 병원으로 찾아오면 안 된다고 했다. 하지만 엄마가 어떻게 되었는지 알아야 한다. 하루 또 하루 마냥 기다릴 수만은 없는 노릇이다.

# Seventeen

"좋아. 병원에 가자. 엄마한테 찾아가서 어떤지 보고 오자."

나는 눈물을 닦고 켄들에게 재킷을 입히고 겨드랑이 밑에 조지를 쑤셔 넣어 준 다음, 병원으로 출발했다. 택시를 타기에는 돈이 모자라서 버스 정류장으로 갔다.

나는 버스 기사한테 병원에 가려면 어떻게 해야 하느냐고 물었다. 기사는 자기 노선이 아니라서 모르겠다고 했다. 그 소리를 듣고 앞에 서 있던 할머니가 그 병원 안과에 간 적이 있다고 했다. 고가 도로에서 내려서 88번 버스로 갈아타면 된다는 것이었다. 할머니는 나를 옆자리에 앉히고, 켄들을 자기 무릎에 앉혔다. 켄들은 긴장해서 안절부절못했다. 할머니는 켄들의 배를 쏙 끌어안았다. 켄들은 누가 자기 배를 건드리는 걸 견디지 못하는 아이였다. 제발 얌전히 있어 주기만 바랄 뿐이었다.

할머니는 우리한테 잘해 주려고 했지만, 자꾸 쓸데없는 걸 물었다. 나는 할머니 병문안을 가는데, 병원 앞에서 엄마랑 만나기로 했다고 둘러댔다. 켄들은 그 소리를 듣고 얼굴을 찡그렸다.

"가만히 좀 앉아 있어라. 엉덩이 들썩거리지 말고."

할머니가 말했다.

켄들은 옆으로 삐딱하게 앉아서 조지한테 뭐라고 속삭였다.

버스는 하염없이 달려서 마침내 고가도로에 도착했다. 할머니가 우리한테 손을 흔들어 주었다. 나도 고마운 얼굴로 손을 흔들었지만, 켄들은 고개를 외로 꼬았다.

"저 할머니 싫어. 치마 밑에 고무줄 들어간 속바지를 입었어. 우웩!"

켄들은 치를 떨면서 말했다.

"저 할머니, 우리 할머니 아니지?"

"그럼. 우리는 할머니 없다니까."

"하지만 아까 있다고 했잖아."

켄들은 한숨을 내쉬었다.

"누나는 자꾸 거짓말만 해. 이제 우리한테 누가 있고 누가 없는지도 모르겠어."

"너랑 나랑 엄마 말고는 아무도 없어. 그리고 우리는 지금 엄마를 만나러 가는 길이야. 엄마한테 깜짝 선물이 될 거야."

"그 말은 진짜야, 아니면 지어낸 얘기야?"

"진짜 진짜 진짜야."

나는 병원으로 가는 88번 버스 안에서 그 말을 몇 번이고 되풀이했다. 병원은 어마어마하게 넓었다. 주차장을 지나는 데만 한 세월이 걸렸다. 병원 입구에서 어떤 아저씨가 어른이 없으면 들어갈 수 없다고 했다. 나는 눈 깜짝할 사이에 말을 만들어 냈다. 아빠랑 같이 왔는데 지금 주차 중이라고 말이다. 선물 가게에 가서 엄마한테 드릴 꽃다발을 사라고 우리를 먼저 보낸 거라고 했다. 아저씨는 고개를 끄덕이며 안으로 들여보내 주었다. 하지만 우리가 운동화로 찍찍 소리를 내면서 반들반들한 복도를 따라 걷는 걸 지켜보았다.

"정말로 꽃다발을 사야겠다."

내가 말했다.

"누나는 어떻게 그런 이야기가 줄줄 나와?"

켄들이 소곤소곤 물었다.

"머리가 기발한 모양이지."

머리가 기발한 나머지, 시들시들한 꽃다발을 사는 데 거의 전 재산을 쏟아부었다. 나는 켄들한테 마음이 중요한 거라고 우겼다.

엘리베이터를 탔더니, 어떤 아줌마가 이동식 침대에 누워 있었다. 우리는 벽 쪽으로 바짝 붙어 섰다. 아줌마는 많이 아파 보였다. 엘리베이터가 덜컹거릴 때마다 신음 소리를 냈다. 켄들이 내 손을 꼭 잡았다. 침대를 미는 간호사가 우리를 보고 빙긋 웃었다.

"너희들 어디 가니?"

간호사가 물었다.

"엄마 병문안이요."

"아빠는 어디 계시고?"

"먼저 올라가셨어요."

내가 대답했다.

나는 아빠를 수도 없이 만들어 내고 있었다. 주차장에 있는 아빠, 먼저 올라간 아빠. 화장실에 있거나, 젖먹이 여동생에게 분유를 먹이고 있거나, 다른 병동에 입원한 옆집 사람한테 붙잡혀 있다는 대답도 미리 생각해 두었다.

혓바닥이 새까매지도록 거짓말을 할 준비가 되어 있었는데, 플로렌스 병동에 도착하자 아무 말도 할 필요가 없어졌다. 플로렌스 병동의 간호사 두 명은 조그만 곁방에서 포도 한 송이를 나누어 먹느라 우리를 보지 못했다.

우리는 서둘러 이 침대 저 침대를 둘러보며 엄마를 찾았다. 엘리베이터에서 본 아줌마처럼 창백한 얼굴로 누워 있는 여자들도 있었고, 침대에 앉아서 초콜릿을 먹고 카드를 열어 보며 문병 온 손님들과 수다를 떠는 여자들도 있었다. 으스스한 수액 주머니를 매달고 발을 질질 끌면서 병동 안을 왔다 갔다 하는 여자들도 있었다.

"저 주머니는 뭐에 쓰는 거야?"

켄들이 물었다.

"얼른 나으라고 맞는 거야."

"엄마는 저런 거 안 달고 있겠지?"

"그럴 거야."

"엄마 어디 있어?"

"여기 어디 계시겠지."

내가 쉰 목소리로 말했다.

불길한 목소리가 내 머릿속에서 고함을 지르고 있었다. 침대보를 벗겨 놓은 빈 침대가 보였다. 나는 꼼짝 않고 서서 침대만 물끄러미 쳐다보았다.

"아야, 누나 손톱이 내 살 속으로 파고들잖아."

켄들이 손을 잡아 뺐다.

"엄마!"

켄들이 소리를 지르며 병실 끝으로 달려갔다.

나는 미친 듯이 사방을 두리번거리며 허둥지둥 쫓아갔다.

그때 내 눈에도 보였다. 베개 위로 금발을 부채처럼 펼치고 누워 있는 엄마의 모습이. 하지만 고개를 벽 쪽으로 돌리고 있어서 얼굴이 보이지 않았다. 엄마는 이불을 어깨까지 끌어올리고 죽은 듯이 누워 있었다.

"엄마?"

켄들이 불렀다.

"주무시고 계셔."

나는 엄마 어깨에 손을 대고 살짝 흔들었다.

"엄마?"

엄마가 뭐라고 중얼거리며 이불을 머리끝까지 뒤집어쓰려고 했다.

"엄마! 우리 왔어요. 롤라 로즈하고 켄들이 왔다고요."

엄마가 눈을 뜨고 흐릿한 눈빛으로 우리를 올려다보았다. 우리 새 이름을 잊어버린 건가 싶었다. 나는 허리를 숙여서 엄마 귀에 대고 속삭였다.

"제이니하고 케니요, 엄마."

"왔니."

엄마는 우리가 별로 반갑지 않은 눈치였다.

"몸은 어때요, 엄마?"

내가 물었다.

"죽도록 끔찍해."

엄마는 세상에서 가장 끔찍한 숙취를 앓고 있는 듯한 목소리였다. 그래도 엄마다웠다. 창백한 얼굴로 누워 신음하지 않았다. 하지만 켄들이 껴안으려고 몸을 디밀자 신음 소리를 냈다.

"조심해! 아파!"

켄들은 그 자리에서 얼어붙었다.

"의사 선생님이 엄마 찌찌를 잘라 버렸어?"

켄들이 물었다.

"절대 그러면 안 되지!"

엄마가 이불 속에서 부스럭거리며 말했다.

"여기 붕대 밑에 있네. 가슴만이 아니라 겨드랑이 밑까지 아주 난도질을 해 놓았어. 키라는 양반, 아주 잔인한 사람일세."

"엄마를 낫게 하려고 그런 거잖아요. 이제 괜찮아진 거죠, 그렇죠?"

내가 물었다.

"모르겠다. 상관없어. 잠이나 잘래."

엄마는 다시 이불 속으로 파고들었다.

나는 엄마 어깨를 톡톡 두드리며 물었다.

"그럼 내일 퇴원하는 거예요, 엄마?"

"노력은 해 볼게. 하지만 지금 당장은 퇴원은커녕 화장실도 못 가는 형편이야."

"하지만…… 하지만 우리는 어쩌라고요? 이제 돈도 없어요. 남은 돈을 엄마 드릴 꽃다발 사는 데 다 썼다고요."

나는 베개 위에 꽃다발을 올려놓았다. 엄마는 꽃다발을 쳐다보았다.

"쓸데없는 짓 했네. 봐, 벌써 시들고 있잖아."

나는 침을 꿀꺽 삼켰다.

"죄송해요, 엄마. 하지만 우리 어쩌면 좋아요?"

엄마 눈이 스르르 감겼다.

"너희 아빠한테 물어봐."

"아빠요? 엄마, 눈 좀 떠 봐요! 우리 이제 아빠랑 따로 살잖아요. 기억 안 나요?"

엄마는 신음 소리를 냈다.

"어쩜 좋니."

엄마가 울음을 터트렸다. 소리는 나지 않았지만, 감은 두 눈에서 눈물이 흘러내렸다. 켄들도 입을 오므리고 울기 시작했다. 누군가 간호사를 부를까 봐 덜컥 겁이 났다.

"엄마, 울지 말아요."

나는 목이 메서 말을 잇기가 어려웠다.

"괜찮아요."

"괜찮지가 않아. 어쩌면 좋니. 나는 아무짝에도 쓸모없는 인간이야. 너희들, 나하고 사느니 보호 시설에 가는 게 차라리 나을지도 모르겠다."

"싫어요! 엄마가 얼마나 좋은 엄마라고요. 아프고 싶어서 아픈 게 아니잖아요. 이제 울지 말아요. 우리가 알아서 할게요. 내가 좋은 수를 생각해 볼게요."

엄마 얼굴이 일그러졌다.

"왜 그래요, 엄마? 아파요?"

"네가 그렇게 씩씩하게 구는 걸 보면 정말 참을 수가 없어."

엄마는 흐느껴 울었다.

"미안하다, 얘들아. 나 때문에 모든 게 엉망이 되어 버렸어."

"아니에요. 엄마는 이 세상에서 제일 좋은 엄마예요. 금세 괜찮아질 거예요. 그럼 우리는 다시 럭키, 럭키, 럭키하게 살 거고요."

나는 엄마의 부드러운 머리카락을 쓰다듬으며 딴한테 하듯 말했다. 엄마는 한숨을 쉬고 이불 속으로 파고들더니 잠이 들었다. 나는 숨을 쉴 때마다 오르내리는 엄마의 어깨를 보면서 가만히 서 있었다. 엄마가 살아 있기만 하면 그 어떤 것도 상관없다고 속으로 되뇌었다.

켄들이 옆에서 코를 훌쩍였다. 켄들은 한 손을 다리 사이에 넣고 절망적인 표정을 짓고 있었다. 내가 제때 화장실로 데려가 주지 않은 것이다.

"바지가 다 젖었어."

켄들이 울먹였다.

"괜찮아. 날이 어두워서 아무도 모를 거야."
"이제 집에 가는 거야?"
"응."

나는 켄들을 보고 활짝 웃었다. 나는 롤라 로즈였다. 돈 한 푼 없지만, 어떻게든 집으로 돌아갈 방법을 찾아낼 것이다.

우리는 첫 번째 버스를 기다렸다가 무작정 올라탔다. 나는 지갑을 열어서 텅 빈 걸 보고 깜짝 놀라는 척했다. 그러고는 엄마한테 차비로 2파운드를 받았는데 없어졌다고 했다.

"사탕 사 먹은 거 아니니?"

기사 아저씨가 씩 웃으며 말했다.

"어서 타거라."

두 번째 버스의 기사 아저씨는 친절이라는 말과 거리가 멀었다. 무슨 서류에 우리 이름과 주소를 적어야 된다고 했다. 잔뜩 걱정을 하고 있는데, 쇼핑백을 잔뜩 들고 우리 뒤에 서 있던 아줌마가 말했다.

"나 원 참, 내가 계산할게요."

그러더니 정말로 차비를 대신 내 주었다.

우리는 정말 고맙다고 인사를 했다. 아줌마는 이렇게 늦은 시간에 너희끼리 돌아다니면 안 된다는 둥, 어머니가 이러는 거 알고 계시냐는 둥 가볍게 잔소리를 했다.

"우리 엄마, 지금 병원에 있어요."

켄들이 말했다.

아주머니는 눈물 자국이 남아 있는 켄들의 얼굴을 쳐다보았다.

"아이고, 정말 딱하게 됐구나."

이렇게 해서 우리는 공짜로 집까지 올 수 있었다. 집에 도착했더니 늦은 저녁이었다. 켄들은 배가 고파서 죽으려고 했다. 나도 마찬가지였다. 빵 몇 조각이 남아 있는 봉지를 열었더니, 시퍼렇게 변해서 야릇한 냄새를 풍기고 있었다. 켄들은 새끼 새처럼 입을 벌렸다.

"안 돼, 상했어. 이거 먹었다가는 배탈 날 거야."

"아무 거라도 먹고 싶어."

나는 열심히 고민했다.

"잠깐 기다려."

나는 아래층으로 내려가서 파커 할머니네 문을 두드렸다. 텔레비전 소리가 쩌렁쩌렁 울리는데, 할머니는 아무 대답이 없었다. 나는 우편물 투입구를 열고 할머니를 불렀다.

"아무도 없어요."

할머니가 말했다. 어이없는 대답이었다. 원래 어이없는 사람이니 뭘 더 바라겠는가? 할머니는 무슨 수를 써도 나와 보지 않았다. 나는 그만 포기하고, 스티브와 앤디가 사는 3층으로 올라갔다.

긴장이 되어서 속이 다 울렁거렸다. 엄마는 스티브와 앤디에게 온갖 욕을 다 퍼부었다. 현관문을 두드린 사람이 나인 줄 알면 험한 말을 할 수도 있다. 나는 앤디가 문을 열어 주기를 빌고 또 빌었다. 스티브에 비하면 앤디가 훨씬 친절했다.

문을 열어 준 사람은 스티브였다. 스티브는 나를 보더니 눈썹을 추켜세웠다. 그러고는 말없이 팔짱을 꼈다.

"성가시게 해서 죄송한데요."

내가 말했다.

"성가시게 하긴, 뭘. 예전에 들은 욕을 생각하면 성가시게 한 쪽은 나인 것 같은데."

"제가 그런 거 아니잖아요."

"맞아. 하지만 너희 엄마가 욕을 아주 배부르게 먹여 주셨지."

"알아요. 죄송해요. 우리 엄마도 미안해하고 있어요. 엄마도 제이크 때문에 신경이 곤두서서 그런 거예요."

"그 사람 요즘 안 보이던데."

"떠났어요."

"어이구, 어쩌나."

동정하는 목소리가 전혀 아니었다.

"그럼, 너희 엄마 상태가 살짝 안 좋겠다?"

"예, 맞아요. 그래서 오늘 가게에 못 가셨어요. 그래서 말인데…… 조금 뻔뻔스러운 부탁인 거 알지만, 우유 한 통만 빌릴 수 있을까요?"

스티브의 눈썹이 머리끝까지 추켜 올라갔다.
"너희 엄마가 너더러 우유 얻어 오라고 하디?"
"엄마는 몸이 많이 안 좋으세요."
"흠."
"누구야, 스티브?"
안에서 앤디가 물었다.
"아래층 사는 롤라 롤리팝. 우유 얻으러 왔어."
"빌리는 거예요. 나중에 꼭 갚을게요."
"안녕, 롤라 로즈."
스티브를 옆으로 살짝 밀쳐 내며 앤디가 말했다.
"잘 지내지?"
"예."
앤디는 그래도 걱정하는 얼굴이었다.
"잠깐 안으로 들어와. 차 마실래? 콜라랑 감자 칩 줄까?"
생각만 해도 군침이 돌았다.
"켄들 혼자 있어서요."
"엄마, 집에 안 계시니?"
스티브가 실눈을 뜨고 물었다.
"계세요! 계신데, 몸이 안 좋아서 누워 계시거든요. 엄마한테 차 한잔 끓여 드리고 싶어서요. 우유 좀 빌릴 수 있을까요?"
"그럼."

앤디가 1리터짜리 우유 한 통과 콜라 몇 캔과 큼지막한 감자 칩 한 봉지를 들고 나왔다.

"이건 너랑 켄들이랑 먹어."

"고맙습니다. 잘 먹을게요!"

"아침은 어떻게 하니? 엄마가 뭐 좀 사다 놓으셨어?"

"그게…… 빵이 있는데 좀 오래돼서……"

앤디는 빵 반 덩어리와 큼지막한 시리얼까지 한 통 주었다.

"오빠는 참 좋은 사람이에요."

"맞아. 별명이 솜사탕이지."

스티브는 말은 그렇게 했지만, 화를 내는 것 같지는 않았다.

우리는 콜라와 감자 칩을 허겁지겁 먹어 치웠다. 감자 칩은 워낙 양이 많아서 절반쯤 남겨야 하는 게 아닌가 싶었다. 하지만 결국에는 마지막 한 조각까지 싹싹 긁어 먹고, 그것도 모자라서 봉지까지 싹싹 핥았다. 켄들은 콜라를 너무 급하게 마시다가 딸꾹질을 시작했다. 켄들도 처음에는 재미있어했지만, 나중에는 지쳐서 짜증을 부렸다.

"딸꾹질 좀 멈추게 해 줘!"

물을 마시게 했더니, 중간에 딸꾹질이 나서 사레가 들렸다. 그런데도 딸꾹질은 멈추지 않았다. 나는 깜짝 놀라면 딸꾹질이 멈춘다는 이야기가 생각나서, 살금살금 다가가 왁 하고 소리를 질렀다. 그것도 소용이 없었다.

 이미 이렇게 무시무시한 상황에서 겁을 준다는 것 자체가 웃기는 짓이었다. 불길한 목소리가 목청이 터져라 웃어 대고 있었다.

# Eighteen

# 바버러 이모

켄들은 잠자리에 눕는 순간까지 딸꾹질을 해 댔다. 나는 켄들더러 엎드리라고 하고 등을 톡톡 두드려 주었다.

"네가 아기였을 땐 이렇게 해 주면 트림을 했는데."

"나 디금 딘따 아가야."

켄들이 혀 짧은 소리를 냈다.

"꺼억 꺼억 꺼억."

켄들은 조지를 들고 위아래로 흔들었다.

"불쌍한 조지. 조지도 꺽꺽거리는 딸꾹질에 걸렸대."

"딸꾹질이 날 만도 하지. 불쌍한 곰 인형 밥 좀 그만 잡아 먹으라고 그래."

"배가 고프니까 먹는 거야. 그리고 밥은 잡아먹히는 거 좋아해."

"핑키는 안 건드리는 게 좋을 거라고 조지한테 전해 줘. 상어가 내 곰 인형을 보면서 군침 흘리는 건 싫으니까."

켄들은 키득거리다가 마지막으로 딸꾹질을 한 번 하더니 잠이 들었다. 나도 옷을 벗고 켄들 옆에 누웠다. 켄들을 재우는 사람은 나다. 엄마를 재우는 사람도 나다. 누가 와서 나도 좀 재워 주면 좋겠다는 생각이 들었다.

머릿속에서 온갖 걱정거리가 소용돌이쳤다. 엄마는 내일 퇴원할 수 없다. 어쩌면 모레도 못 할지 모른다. 퇴원을 하더라도 몸이 계속 안 좋을 수 있다. 당분간은 일을 할 수 없을 것이다. 그러면 무슨 수로 돈을 벌어야 하나?

스티브와 앤디한테 계속 손을 벌릴 수는 없었다. 내가 돈을 벌 방법도 딱히 없었다. 신문 배달도 열세 살이 되어야 할 수 있다. 시장에서 일을 거드는 아이들을 몇 명 본 적 있지만, 모두 남자아이들이었다. 시장이 문을 닫을 때쯤 상한 바나나와 썩은 사과 몇 개를 슬쩍할 수도 있겠지만, 그걸로는 우리 셋이 연명할 수가 없다. 맥도널드 밖에서 어슬렁거리다가 먹다 남은 감자튀김과 햄버거를 집어 오는 건 어떨까? 슈퍼마켓을 살금살금 돌아다니면서 여기서 슬쩍, 저기서 슬쩍

하는 건 어떨까······.

그럴 수는 없었다. 나한텐 그런 용기가 없었다. 그러다 붙잡히면? 도둑질은 나쁜 짓이다. 하지만 엄마가 뭘 좀 먹어야 기운을 차릴 텐데. 병원에 누워 있는 엄마는 너무도 작아 보였다. 엄마가 하루하루 살이 빠지는 걸 지켜보고만 있어야 하면 어떡하지? 엄마가 돌아가시면 어떡하지?

그럼 켄들하고 나는 어떻게 해야 할까? 기관에서 아빠한테 돌려보낼까? 아빠가 켄들한테는 잘해 주겠지만, 나는 더 이상 아빠의 귀염둥이 제이니가 아니다. 아빠가 패도 될 만큼 다 자란 아이일 뿐이다.

나는 조심스레 턱을 움직여 보았다. 그때 한 방 맞은 자리가 아직도 아팠다. 나는 엄마처럼 버틸 수가 없었다. 나는 어렸을 때 끔찍한 아기였다. 하도 울어 대서 아빠 성질을 돋웠다.

나는 몸을 동그랗게 말고 더듬더듬 곰 인형 핑키를 찾았다. 핑키를 가슴에 대고 꼭 끌어안았다. 아빠 주먹이 생각났다. 핑키의 털 위로 눈물이 떨어졌다. 핑키가 베개만큼, 아니 침대만큼 커지면 좋겠다는 생각이 들었다. 나를 안아서 분홍색 요람 같은 품속에 넣어 주면 좋겠다는 생각이 들었다.

핑키는 내가 태어났을 때 바버러 이모가 선물한 인형이었다. 어쩌면 바버러 이모는 옷을 벗으면 커다란 핑키 비슷할지 모른다.

나는 핑키를 꼭 끌어안았다.

바버러 이모!

이모 얼굴이 잘 생각나지 않았다. 켄들보다 더 어렸을 적에 할머니 장례식장에서 본 게 마지막이었다. 엄마한테 몸집 얘기만 귀에 못이 박히도록 들어서인지 이모라고 하면 만화 속 주인공처럼 느껴졌다. 실존 인물이라고 생각하니 기분이 이상했다.

이모라면 우리를 도와줄 수 있을까? 할아버지는 틀림없이 우리를 모른 척할 것이다. 하지만 바버러 이모는 좀 더 너그럽지 않을까? 특별한 곰 인형을 사 줄 정도면 틀림없이 우리를 좋아하는 것이다. 우리가 아파트로 이사 가기 전에는 책도 보내 주었다. 코끼리가 나오는 커다란 책과 꼬마 곰이 나오는 책과 한 장 한 장 구멍이 뚫려 있는, 젤리에 대한 재미있는 책이 생각난다. 내가 끔찍이 아끼던 그림책인데, 켄들이 아기 때 다 찢어 버렸다. 바버러 이모는 벌써 몇 년째 선물을 보내지 않았다. 어쩌면 우리 주소를 몰라서 그런 것일 수도 있다.

나도 이모 주소를 몰랐다. 엄마한테 물어볼 수도 없었다. 이모라면 질색을 하는지라, 이모한테 손을 벌리겠다고 하면 노발대발할 거다. 엄마는 왜 이모를 싫어하는 걸까? 이모가 엄마한테 진짜 못되게 굴었는지 모른다. 그래도 엄마한테는 언니이고 우리한테는 이모인데. 이모들은 원래 조카들을 도와주게 되어 있는 거 아닌가?

하프릿은 이모가 많았다. 이모들은 하프릿을 애지중지했다. 불러서 차를 먹이고 사탕과 머리핀과 팔찌도 사 주었다. 엄마가 다시 일을 할 수 있을 때까지 버틸 돈을 좀 보내 달라고 하면, 바버러 이모도 알았다고 할지 모른다. 지금도 할아버지의 술집에 살고 있다면, 모아 놓은 돈이 제법 많을 것이다.

하지만 술집 이름이 생각나지 않았다. 생선 이름이었는데. 대구의 집이었나? 아니다. 그건 너무 말도 안 되는 이름이다. 연어의 집이었나? 그것도 아니다. 송어의 집이었나? 맞다, 송어의 집이었다! 거리 이름까지는 몰라도, 할아버지가 사는 도시 이름까지는 알고 있었다.

나는 벌떡 일어나 엄마 휴대 전화로 114에 전화를 걸었다. 114에서 알려 주는 전화번호를 받아 적고, 생각이 바뀌기 전에 얼른 전화를 걸었다. 전화벨이 울리고 또 울렸다. 할아버지가 받으면 안 되는데. 막 끊으려는 찰나, 누가 전화를 받았다. 여자였다.

"송어의 집입니다. 무엇을 도와 드릴까요? 지금은 영업이 끝난 시간이기는 한데……."

"죄송해요. 시간이 이렇게 늦은 줄 몰랐어요. 바버러라는 분이 계시면 통화하고 싶은데요."

"전데요."

"아, 저기, 저를 잘 모르시겠지만…… 제가 조카인 것 같은데요."

"어머나! 제이니니?"

"예."

"제이니, 전화를 다 주고 정말 고맙다!"

"통화하기 괜찮으세요?"

"당연하지! 너희랑 연락이 닿기를 얼마나 바랐는데. 어쩐 일이니, 제이니? 잘 지내지?"

"예. 그럭저럭이요. 그런데……."

어떻게 말을 꺼내야 좋을지 알 수가 없었다.

"엄마 바꿔 줄래?"

바버러 이모가 말했다.

"저기, 그것 때문에 전화 드렸어요. 엄마는 지금 여기 안 계세요."

"어디 계신데?"

"병원이요."

"어머나! 그럼 너희 아빠한테 붙잡힌 거니?"

나는 깜짝 놀라서 벌떡 일어났다. 이모는 무슨 수로 우리가 도망친 걸 알았을까?

"아뇨. 혹을 떼러 입원하셨어요. 곧장 퇴원하겠다고 했는데 아직 못하셨어요. 그래서 저희가 병원으로 찾아가서 보고 왔어요. 잠에 취한 것 같기는 했지만 괜찮아 보였어요. 켄들하고 저는 지금 집에 와 있는데, 돈이 한 푼도 없어요. 먹을 게 없어서 걱정이에요. 시리얼이 조금 있긴 한데, 케니는 안 먹을 게 뻔하거든요. 빵은 곰팡이가 피었고요. 그래서 이모한테 돈을 며칠만 좀 빌릴 수 있을까 해서요. 엄마가 다시 일을 시작하면 바로 갚을게요. 엄마는 제가 이모한테 전화하는 줄 몰라요. 할아버지한테는 비밀로 해 주시면 그 은혜 잊지 않을게요. 할아버지가 저희 안 좋아하시는 거 알아요. 하지만 이모라면 도와주실까 해서……."

"제이니! 이제 이모도 말 좀 하자! 자, 진정하고. 이모가 도와줄 테니까 걱정 마. 펜하고 종이 가져올 테니까 잠시만 기다려라. 좀 있다 주소 알려 줘."

"바버러 이모!"

이렇게 부르는데 울음이 터졌다. 이모는 너무나 다정했다.

어찌나 심하게 울었는지, 주소도 더듬더듬 겨우 알려 주었다. 이모는 자기가 제대로 받아 적었는지 나한테 다시 확인했다.

"자자, 제이니, 그만 울어. 다 잘될 거야. 이모는 믿어도 돼. 너희들, 문은 잠갔지? 그럼 나, 이제 눈 좀 붙여야겠다. 이제는 아무 걱정 하지 마. 이모가 다 알아서 할 테니까."

나도 핑키를 꼭 끌어안고 새근새근 잠든 케니의 숨소리를 들으며 눈을 감았다.

그런데 케니가 어깨를 흔들고 머리를 잡아당기며 나를 깨웠다.

"그만해, 켄들."

"누나, 누가 문을 두드려! 아직 한밤중인데!"

"뭐? 스티브랑 앤디 찾아온 사람이겠지. 친구가 술 마시자고 찾아온 모양이지."

"제이니하고 케니를 부르는데?"

켄들은 잠시 멈췄다가 다시 물었다.

"그거 우리 맞아?"

"아, 어떡해!"

나는 아빠구나 생각하며 창가로 달려갔다. 그런데 엄청나게 뚱뚱한 여자가 커다란 여행 가방을 들고 달빛을 받으며 나를 올려다보고 있었다.

"이모!"

나는 계단을 달려 내려가다가 하마터면 발이 걸려 넘어질 뻔했다. 파커 할머니가 문틈으로 비죽 고개를 내밀었다. 머리그물을 눈썹까지 눌러쓴 모습이었다.

"주택 조합에 고발할 거야. 이 시간에 사람을 깨우다니! 괘씸한 녀석 같으니라고."

"죄송해요. 정말 죄송해요. 저희 이모가 오셔서요."

나는 허둥지둥 대문으로 달려갔다.

"화성에서 온 외계인이라도 한밤중에는 문을 두드리는 게 아니지!"

파커 할머니가 말했다.

나는 듣는 둥 마는 둥 하면서 걸쇠를 잡고 낑낑거렸다.

"이모, 가면 안 돼요. 금방 문 열어 드릴게요!"

드디어 걸쇠가 풀렸다. 바버러 이모는 쿵 소리 나게 가방을 내려놓고 두 팔을 벌렸다. 나는 이모에게 달려가 안겼다.

엄마는 내가 달려가 안을 때마다 하이힐을 신고 휘청거리며 말했다.

"조심해. 이러다 뒤로 넘어지겠다."

하지만 이모는 누가 달려들어도 괜찮을 것 같았다. 내가 달려가 안겨도 꿈쩍하지 않았다. 내가 그 커다랗고 푹신한 가슴에 기대어 흐느껴 우는 동안, 이모는 포근한 소파처럼 가만히 받아 주었다.

그때 조그만 주먹이 내 엉덩이를 톡톡 때렸다.

"아는 사람이야?"

켄들이 물었다.

나는 울음을 삼키고 뒤로 물러서서 켄들 쪽으로 손을 내밀었다.

"당연하지! 우리 이모야. 이모, 이쪽은 케니예요."

"케니가 아니라 켄들이야."

켄들이 말했다.

이모는 허리를 구부리고 팔을 벌렸다. 켄들은 잽싸게 뒷걸음질 쳤다.

"나는 이상한 아줌마하고는 끌어안지 않아."

"켄들!"

내가 날카롭게 나무랐다.

이모는 하하하 웃었다.

"네 말이 맞다, 켄들. 나만큼 이상한 사람도 없지."

이모는 진짜 특이했다. 머리는 엄마처럼 숱이 많고 부드러운 금발이면서 진짜 길었다. 그 긴 머리카락을 빙글빙글 꼬고 둘둘둘 말아서 머리 꼭대기에 얹었는데, 몇 가닥이 삐져나와 귀걸이처럼 늘어져 있었다. 얼굴은 아주 예뻤고, 눈도 엄마처럼 커다랗고 파랬다. 화장은 전혀 하지 않았고, 피부는 한참 문지른 것처럼 발그스름했다. 미용실에 있는 마네킹처럼 머리만 떼어 내면, 어느 미인 대회에 내놓아도 1등은 떼어 놓은 당상이었다. 그런데 어깨를 지나면서 분위기가 묘해졌다. 한마디로 살이 너무 많았다. 이모는 지금까지 내가 본 중에서 가장 몸집이 큰 여자였다. 뚱뚱한 정도가 아니라, 아주 크고 우람해서 아예 다른 종족 같았다.

호텔에서 만났던 청소부 아줌마처럼 살이 출렁거리지는 않았다. 그저 분홍색 대리석으로 만든 거대한 기념비 같았다. 이모는 짙은 보라색 실크로 만든 큼직한 윗옷과 거기 어울리는 랩 스커트를 입고 있었다. 랩 스커트는 켄들과 나를 열댓 번씩 싸고도 남을 만큼 폭이 넓었다. 은색 샌들 속에서 반짝거리는 발톱도 보라색이었다. 처음에는 그 엄청난 배를 어떻게 접어서 발톱을 칠할까 싶었는데, 이모는 그 큰 몸집에 비해 놀랄 만큼 몸놀림이 가벼웠다.

파커 할머니는 이모를 보고 입을 떡 벌렸다.

"저 여사는 누구냐? 시바의 여왕이냐?"

이모는 그 소리를 듣고 하하하 웃으며 우아하게 손을 흔들었다. 두 손에는 큼지막한 은반지가 하나씩 끼워져 있었다. 굵은 체인에 커다란 호박이 박힌 반지였다. 둘둘 말아 올린 이모의 머리에 호박이 박힌 왕관이 얹혀 있는 모습을 상상하기란 어려운 일이 아니었다.

켄들과 나는 이모를 앞세우고 집으로 올라갔다. 밑에서 올려다본 이모의 엉덩이는 정말이지 우람했다. 켄들과 내 눈이 서로 마주쳤다. 우리는 웃음을 참느라 애를 먹었다.

스티브와 앤디가 조금 짧은 일본식 가운을 걸치고 계단참에서 내려다보고 있었다. 이모는 두 사람한테도 손을 흔들었다. 집 안으로 들어서자 이모가 말했다.

"가운 속이 훤히 들여다보이는 걸 두 사람은 알고 있었을까?"

우리는 다 같이 웃음을 터트렸다.

"제이니, 주전자 어디 있니? 차 마시고 싶어서 죽겠다. 비스킷도 먹고 싶고."

"죄송하지만 집에 아무것도 없어요."

"내가 가지고 왔어."

이모가 가방을 열고 홍차 티백, 초콜릿 비스킷, 호두 케이크, 컵케이크, 도넛, 샌드위치, 바나나, 사과, 초대형 캐드베리 초콜릿 바를 꺼냈다.

"다들 뭘 좀 먹어야 뭐든 할 수 있을 것 같아서."

이모가 빙긋 웃으면서 말했다.

"오는 길에 24시간 여는 슈퍼마켓에 들렀어."

"이모, 제가 그 초콜릿 바 좋아하는 거 어떻게 아셨어요?

나는 입을 떡 벌리고 물었다.

"내가 좋아하거든."

이모가 말했다.

"나는 이 초콜릿 바 한 개를 혼자서 다 먹어 치우는 걸로 유명하지."

"초대형 사이즈를요?"

"당연하지."

이모는 차를 타느라 부산을 떨었는데, 그 모든 행동이 우리랑 계속 같이 산 것처럼 자연스러웠다.

"그런데 걱정되지 않으세요?"

"살찔까 봐?"

이모는 폭소를 터트렸다.

"이제 와서 걱정하기에는 좀 늦은 거 아니니!"

이모는 자기 안락의자라도 되는 것처럼, 엄마가 쓰던 소파 베드를 독차지하고 앉았다. 켄들과 나는 그 앞에 양반 다리를 하고 앉았다. 우리도 찻잔을 들고 바버러 이모의 피크닉에 한몫 거들었다. 맛이 기가 막혔다. 심지어 켄들까지 잔뜩, 그것도 제대로 먹었다. 켄들은 샌드위치 가장자리도 먹고, 실탕 옷뿐 아니라 컵케이크 속까지 말끔히 먹었다.

하지만 대부분은 바버러 이모가 먹었다. 먹는 양에서 이모를 앞지를 사람은 아무도 없었다. 이모는 음식을 한 입 한 입 삼킬 때마다 내가 뚫어져라 쳐다보는 걸 눈치챘다.

"나는 아주 안 좋은 본보기란다, 제이니. 나처럼 많이 먹고 엄청나게 살이 찌면 진짜 건강에 해롭거든."

"그런데도 왜 계속 먹어?"

켄들이 물었다.

"그렇게 버릇없이 굴면 못 써, 켄들!"

나는 팔꿈치로 켄들을 살짝 찔렀다.

"아니다, 정곡을 찌르는 질문인데 뭘. 그런데 부끄럽게도 할 말이 없구나. 내가 많이 먹는 건 식탐 때문이야. 나는 먹는 걸 좋아하거든."

"저도 먹는 걸 좋아해요."

나는 입술을 깨물며 말했다.

"그렇게 걱정스러운 얼굴 할 거 없다. 너는 나처럼 되지 않을 테니까."

이모가 행복한 얼굴로 에클레어(초콜릿을 얹은 길고 가느다란 슈크림 : 옮긴이)를 한 입 베어 물자 크림이 사방으로 삐져나왔다.

"저는 엄마를 안 닮았어요."

나도 에클레어 쪽으로 손을 뻗었다.

"누굴 닮을 필요가 뭐가 있어. 너는 너야. 유일무이한 존재. 세상에 단 하나뿐인 제이니."

"누나는 제이니 아니야."

켄들이 말했다.

이모는 입가에 묻은 크림을 쓱 닦았다.

"그럼 누구니, 케니? 아차! 미안해, 켄들."

"이름을 롤라 로즈로 바꿨어요."

내가 수줍은 목소리로 대답했다.

"케니는 아까 말한 것처럼 켄들로 바꿨고, 엄마는 빅토리아 럭으로 바꿨어요."

이모는 고개를 끄덕였다.

"아빠가 뒤를 밟지 못하게 이름을 바꾼 거로구나?"

"어떻게 아셨어요?"

"몇 주 전에 너희 아빠가 우리 가게로 쳐들어와서 욕을 하고 난동을 부렸거든. 너희 아빠 말로는 엄마가 축구 선수랑 도망쳤다던데. 사실이니?"

"아니에요! 그 사람하고는 진작 헤어졌어요. 그게 아니라 아빠가 엄마를 때리고 나한테까지 손찌검을 해서 도망친 거예요."

"나는 안 때렸어. 아빠는 나더러 꼬마 챔피언이랬어."

켄들이 턱을 앞으로 쑥 내밀며 말했다.

"아빠는 왕 챔피언이고, 나는 꼬마 챔피언이야."

"쇼냐 챔피언이 아니라 꼬마 '챔피왕'이겠지."

내가 말했다.

"그 말 취소해, 롤라 로즈 누나."

켄들이 주먹을 불끈 쥐며 말했다.

"롤라 로즈라는 이름 참 예쁜데. 엄마가 생각해 낸 이름이니?"

이모가 물었다.

"제가 골랐어요."

나는 으스대며 말했다.

"아빠한테는 얘기 안 하실 거죠, 이모?"

"내가 무슨 바보인 줄 아니? 나도 너희 아빠한테 몇 마디 퍼부어 줬지."

"아빠가 이모는 안 때렸죠?"

"어디 때릴 수나 있는지 한번 봤으면 좋겠구나."

이모가 굵은 팔뚝을 구부리며 말했다.

"누가 감히 나한테 덤비겠니. 내가 어느 정도 나이를 먹으니까, 너희 할아버지도 손을 못 대던걸. 할아버지도 너희 아빠처럼 성격이 보통이 아니었거든. 나이가 들어도 좀처럼 수그러들 줄 몰랐지. 돌아가시던 날까지 어찌나 성질을 부리던지. 맥주 통을 바꾼다고 나한테 소리소리 지르다가 돌아가셨 거든."

"할아버지가 돌아가셨군요."

"2, 3년쯤 전에. 너희 엄마한테 연락하려고 했는데, 이사를 했더구나. 너희 엄마로 말할 것 같으면 워낙 연락을 안 하는 애니까. 우리는 어릴 적부터 진짜 안 맞았어. 서로 하늘과 땅만큼이나 달랐지. 어떤 일로 한바탕 크게 싸운 적도 있고. 그때 내가 너희 엄마한테 진짜 화가 났지. 하지만 아주 오래전 일이야. 지금은 다 풀렸어. 너희 둘한테는 화가 난 적이 한 번도 없었고, 네가 전화해 줘서 얼마나 고마웠는지 모른단다, 제이니. 아, 미안! 롤라 로즈라고 불러야지?"

"어쩌면 이렇게 금방 오셨어요? 지금 시간에는 버스도 없을 텐데."

"차를 가지고 왔지. 눈 깜짝할 사이에 짐 챙겨 가지고 냉큼 차에 올라탔단다."

"짐이요?"

"너희 엄마가 다 나을 때까지 이 집에서 너희 둘을 돌볼 생각이야. 가게 일은 다 정리해 놓고 왔어. 오스트레일리아에서 온 고마운 커플이 내가 돌아갈 때까지 가게를 맡아서 봐 주기로 했거든. 너는 내가 돈 몇 푼이랑 비스킷 한 통 던져 주고 사라질 줄 알았니? 난 너희 이모야. 한 가족이라고."

# 근사한 한턱

"오늘 아침에 너희 엄마 문병 갈 생각이다."
이모가 말했다.
"저도 갈래요."
내가 말했다.
"나도."
켄들이 말했다.
"문병 가면 켄들이 난리 칠까?"
이모가 소리 없이 입 모양으로 물었다.

"아마 그럴걸요."

나도 소리 없이 입만 벙긋거렸다.

나는 오히려 엄마가 난리를 치지 않을까 걱정스러웠다. 바버러 이모한테 연락했다고 말이다.

우리는 다 같이 병원에 갔다. 바버러 이모는 당당하게 성큼성큼 병동으로 걸어갔고, 우리는 그 뒤를 종종걸음 치며 쫓아갔다.

엄마는 똑바로 누워서 우리 쪽으로 고개를 돌렸다. 엄마 얼굴이 확 구겨졌다.

"뭐야, 여긴 어쩐 일이야?"

엄마가 퉁명스럽게 물었다.

바버러 이모는 눈을 끔뻑거리다가…… 기분 좋게 하하 웃었다.

"만나서 반갑다, 니키."

이모가 입을 맞추려고 고개를 숙였다.

나는 엄마가 뿌리칠 줄 알았다. 그런데 아니었다. 엄마는 이모 목을 두 팔로 감고 꼭 끌어안았다.

"좀 어때?"

이모가 물었다.

"아주 좋아!"

엄마가 대답했다. 엄마는 아직도 가슴과 겨드랑이를 두툼한 붕대로 감고 있었다. 화장을 안 한 얼굴은 귀신처럼 하얬고, 머리카락은 실처럼 힘없이 축 늘어져 있었다.

엄마는 나를 끌어안고 귓가에 대고 속삭였다.

"제이크랑 연락됐니?"

"아뇨."

나는 불쌍한 목소리로 대답했다.

엄마는 내 탓이라도 되는 듯 한숨을 내쉬었다.

"니키, 롤라 로즈 참 잘 키웠더라. 얼마나 책임감이 강하고 어른스러운지 몰라."

"그럼, 그럼, 그럼. 언니를 닮은 모양이지, 뭐."

"켄들도 어찌나 착한지."

이모가 덧붙였다. 하지만 그건 과장이 좀 심했다. 켄들은 한마디로 골칫덩어리였다.

엄마는 살짝 콧방귀를 뀌었다.

"엄마."

켄들은 엄마 얼굴이 보고 싶은지 침대 위로 기어 올라갔다. 하지만 엄마를 보더니 얼굴을 찌푸렸다.

"엄마 얼굴이 엉망이야."

"고맙구나."

엄마는 켄들을 밀어내며 툴툴거렸다.

"저리 가, 켄들. 내 얼굴에 대고 입 냄새 풍기지 말고."

켄들은 두 눈에 눈물이 그렁그렁해서는 침대에서 내려왔다. 그러고는 내 쪽을 쳐다보았다. 켄들은 엄마 속을 긁으려고 그런 말을 한 게 아니었다. 엄마가 아직도 아파 보이니 걱정이 되어서 한 소리였다.

"엄마 싫어."

켄들이 입술을 파르르 떨며 말했다.

"나도 너 싫어."

엄마는 눈을 감으면서 말했다.

"난 이제 엄마가 우리 엄마 아니었으면 좋겠어. 바버러 이모가 우리 엄마면 좋겠어."

켄들은 급기야 눈물을 쏟았다.

나는 얼른 켄들의 입을 틀어막았다.

"엄마, 켄들이 그냥 하는 소리예요."

하지만 진심일 수도 있다. 켄들은 바버러 이모가 최고라고 생각했다. 무엇보다도 이모는 상어에 대해 모르는 게 없었다. 휴가 때 미국에 가서 《조스》라는 옛날 영화를 촬영한 섬을 구경한 적도 있다고 했다. 《조스》는 상어가 얕은 바다까지 와서, 수영하는 사람들의 다리를 물어뜯는 영화다.

이모는 그날 저녁, 비디오 가게에 가서 켄들을 위해 《조스》를 빌려 왔다. 켄들은 조지를 가슴에 꼭 끌어안고 이모의 널찍한 무릎에 앉아 영화를 보았다. 이모는 켄들이 무서워하지 않을까 걱정했지만, 켄들은 전혀 그런 눈치가 아니었다. 오히려 끝에 가서 상어가 죽자 화를 냈다.

나는 그 영화를 단 한 장면도 볼 수 없었다. 그래서 텔레비전을 등지고 양반 다리로 앉아 옆에 잡지를 잔뜩 쌓아 놓고 스크랩을 했다. 우리 가족, 그러니까 엄마와 바버러 이모와 켄들과 나를 위해 '좋아하는 음식'을 주제로 페이지를 꾸몄다. 그런데 페이지를 조화롭게 나누기가 쉽지 않았다. 바버러 이모는 좋아하는 음식이 산더미 같았고, 나도 많은 편이었다. 하지만 엄마는 포도주와 담배를 빼면 좋아하는 게 거의 없었고, 켄들은 빨간색 아이스바가 전부였다.

"이모, 놀러 갔을 때 상어 봤어?"

켄들이 물었다.

"바다에서 헤엄치는 상어는 없었어. 대신 혹등고래는 많이 봤지. 집에 사진 찍어 놓은 거 있는데, 나중에 보여 줄게. 고래 구경 하는 배를 타고 바다에 나가서 봤거든. 혹등고래들은 플랑크톤을 좋아해. 진득진득한 액체를 바다에 뿜어 놓고 조그만 녀석들이 잔뜩 걸려들면 가서 우적우적, 우적우적, 우적우적 먹어 치운단다."

이모는 고래 흉내를 냈다. 켄들은 이모를 따라 하려다가 실수로 진득진득한 콧물을 내뿜었다.

"이모, 디즈니랜드도 가 봤어요?"

내가 물었다.

"내 친구 하프릿 말로는 이 세상에서 가장 재미있는 곳이라던데."

"거기는 안 가 봤는데. 나중에 같이 가 볼까?"

"이모랑 켄들이랑 저랑요? 엄마도요? 하지만 돈이 없는걸요. 복권으로 받은 돈도 다 써 버렸고."

"내가 한턱내면 되지."

"이모 돈 많아?"

켄들이 들뜬 목소리로 물었다.

"아주 많지는 않아. 할아버지한테 술집을 물려받았으니 쓸 만큼은 있지. 나는 옷이나 자동차 같은 데는 돈을 쓰지 않지만, 근사한 데 놀러 가는 건 좋아해. 작년엔 타이에 다녀왔지. 정말 멋진 나라인 데다 사람들도 얼마나 좋은지 몰라. 우리 가게 주방을 맡고 있는 가족도 거기서 만났단다. 너희들 타이 음식 먹어 봤니?"

"중국 음식은 사 와서 먹어 본 적 있어요. 닭고기 볶음 국수가 맛있었어요."

내가 대답했다.

"타이 음식 한번 먹어 보면 그런 소리 안 나올걸? 맛이 진짜로 기가 막히거든."

"'진짜로'는 《치티 치티 뱅뱅》에 나오는 주인공 이름이에요(영국 작가 이언 플레밍이 1964년에 펴낸 어린이책 《치티 치티 뱅뱅》에 '트룰리(Truly)'라는 이름의 주인공이 등장한다 : 옮긴이)."

켄들은 그 이름을 기억하고 있는 게 몹시도 뿌듯한 모양이었다.

"예전 집에서 비디오로 그 영화 본 적 있거든요."

내가 말했다.

"지금 연극으로 하고 있어. 진짜로 차가 막 날아다니고 그런대. 보고 싶으면 나중에 같이 가서 보자."

이모가 말했다.

우리는 이모를 멍하니 쳐다보았다. 이모는 우리를 마법 자동차에 태워서 이 지루한 세상을 벗어나 안 되는 게 없는 마법 세계로 데려다 줄 것 같았다.

이모가 일요일 아침에 우리를 시내로 데리고 나가면서, 가고 싶은 데가 있으면 얼마든지 이야기하라고 했다. 켄들은 '놀랍게도' 수족관을 골랐다. 나는 못 들어간다고 하자, 이모는 충분히 이해했다. 이모가 강이 내려다보이는 벤치에 나를 앉혀 놓고 물었다.

"정말 괜찮겠니?"

"예, 그럼요."

사실은 괜찮지 않았다. 상어들은 수족관에 갇혀 있지만, 내 걱정거리들은 가둬지지도 않고 머릿속을 빙글빙글 맴돌았다. 엄마는 아파서 병원에 누워 있는데, 켄들하고 나만 이모랑 재미있는 시간을 보내는 게 미안했다. 지난번 헤어질 때 보니까, 엄마가 너무도 작아 보였다. 우리가 문병을 갈 때마다 점점 작아져서, 결국에는 머리카락 한 움큼과 뼈 몇 조각, 붕대만 남는 게 아닐까 싶어 겁이 났다.

그러자 눈물이 날 것 같아서 다른 생각을 하기로 했다. 나는 사탕 포장지를 주워 잘게 찢은 다음 침을 묻혀서 문신처럼 팔에 붙였다. 학교에서 색종이로 만든 달팽이 그림을 본 기억이 나서 따라 해 본 것이다. 나는 나비와 무당벌레와 장미꽃도 만들어 붙였다.

이모는 나를 보더니 헉 하고 숨을 삼켰다. 나는 이모가 사탕 포장지 얼른 떼라고, 더러운 종이를 혀로 핥으면 어떡하느냐고 잔소리를 할 줄 알았다. 엄마라면 그랬을 것이다. 그런데 이모는 빙그레 웃으면서 내 팔을 잡고 열심히 뜯어보았다.

"너, 마티스 좋아하니?"

이모가 물었다.

내가 마티스라는 이름은 듣도 보도 못했다고 하자, 이모는 우리를 테이트 미술관으로 데려갔다. 켄들은 지루하고, 지루하고, 또 지루해 죽을 거라고 투덜거렸다. 하지만 우리가 강둑을 따라 걸어가서 그 거대한 미술관에 이르자, 신이 나서 사방으로 뛰어다녔다. 그래도 뭐라고 하는 사람은 없었다.

미술관에선 마티스 특별전이 열리고 있었다. 처음엔 작품이 별로인 것 같았다. 그림들은 하나같이 삐뚤빼뚤했고 사실적이지도 않았다. 밝은 색깔만 마음에 들었다. 바버러 이모는 덩치 큰 여자가 너풀거리는 우스꽝스러운 바지를 입고 소파에 누워 있는 그림이 마음에 든다고 했다. 그러면서 비슷한 바지를 만들어 봐야겠다고 했다. 이모는 워낙 덩치가 커서 맞는 옷이 없기 때문에, 거의 모든 옷을 손수 만들어 입는다고 했다.

"롤라 로즈, 너도 줄무늬 바지 만들어 줄게."

이모가 말했다. 하지만 경악하는 내 얼굴을 보더니 "농담이야!" 하면서 웃음을 터트렸다.

모퉁이를 돌자 학교에서 보았던 달팽이 그림이 있었다. 바버러 이모보다 더 커다란 작품이었다.

"콜라주다!"

내가 외쳤다.

"너 그거 아니? 내가 보기에는 네 콜라주가 마티스 영감보다 백배 낫다. 어젯밤에 만든 그 음식 그림 끝내주던데. 그나저나 먹는 이야기 했더니 배고프네! 나가서 음식점 좀 찾아보자."

우리는 모두 소시지와 으깬 감자를 주문했다. 켄들은 소시지를 상어로 변신시켜 으깬 감자 바다를 헤엄치게 한 다음 모두 먹어 치웠다. 내 몫을 다 먹고 큼지막한 딸기 치즈 케이크까지 먹었더니, 병원으로 가는 버스 안에서 속이 울렁거리기 시작했다. 켄들도 아무 말이 없었다. 바버러 이모가 우리를 품에 안아 주었다.

"이제는 엄마가 좀 괜찮아졌을까?"

켄들이 물었다.

"그러길 바라야지."

이모가 대답했다. "그럼." 하고는 거리가 있는 대답이었다.

병실에 들어갔더니 엄마는 예전과 거의 비슷한 모습으로 베개에 기대어 앉아 있었다. 머리를 정성스레 빗고 분홍색으로 예쁘게 화장을 한 모습이었다.

"엄마, 괜찮아졌네!"

켄들이 말했다.

"응, 내일 퇴원해. 병원에서 퇴원시켜 준대."

엄마가 말했다.

"잘됐다, 니키."

바버러 이모가 말했다.

"니키가 아니라 빅토리아야."

엄마가 말했다.

"빅토리아 럭. 행운의 여신이죠."

내가 덧붙였다.

"맞아. 그게 바로 나지."

엄마가 나를 쳐다보지도 않고 말했다. 엄마는 우리 세 사람의 눈길을 계속 피했다.

병실에 잠시 머무르는 동안, 이모와 나는 엄마한테 말을 붙이려고 애를 썼다. 켄들은 바닥에 앉아 조지를 상대로 혼잣말을 했다. 엄마는 거의 아무런 대꾸도 하지 않고 침대 속으로 점점 미끄러져 들어갔다.

그러다 엄마가 갑자기 벌떡 일어나 앉았다. 엄마는 입술에 침을 바르고 이가 다 드러나도록 함박웃음을 지었다.

나는 뒤를 돌아보았다. 제이크가 벼룩시장에서 2파운드 99펜스를 주고 산 것 같은 카네이션 한 뭉치를 들고 머뭇머뭇 다가오고 있었다. 엄마는 온실에서 키운 백합 꽃다발이라도 받은 것 같은 태도를 보였다. 우리가 보는 앞에서 영화배우처럼 진하게 입을 맞춘 것이다. 제이크가 몸을 뒤로 빼자 입 주위가 온통 침 범벅이었다. 제이크는 입술을 닦으려는 듯 손을 들어 올렸다. 그런데 엄마가 제이크를 물끄러미 올려다보고 있었다. 제이크의 팔이 그대로 얼어붙었다. 제이크는 인사하는 동상처럼 서 있다가, 켄들과 나를 보고 어색하게 손을 흔들었다.

"얘들아, 안녕."

제이크는 바버러 이모한테도 신경질적으로 까딱 고개를 숙여 보였다.

"안녕하세요. 난 빅토리아 언니예요."

이모가 말했다.

제이크는 깜짝 놀란 얼굴이었다. 이모는 한심한 말이 나오기를 기다리며 제이크를 지켜보았다. 겉보기에는 침착하기 짝이 없었지만, 등 뒤에서는 손거스러미를 열심히 뜯고 있었다. 두 자매가 이렇게 180도로 다른 걸 보고 만나는 사람마다 깜짝 놀랄 테니 그것도 참 끔찍한 일이다.

　제이크는 입을 함부로 놀리지 않고 잘 참았다. 엄마가 침대를 가볍게 두드렸다. 거기 앉으라는 신호였다. 제이크가 털썩 주저앉자, 얼굴을 살짝 찡그렸지만 아무 말도 하지 않았다. 제이크가 침대를 트램펄린처럼 썼더라도 아무 말 하지 않았을 것이다.

　"문병 와 줘서 정말 고마워, 제이크."

　엄마는 깜짝 놀랐다는 듯이 말했다. 하지만 나중에 알고 보니 엄마가 다른 환자한테 휴대 전화 좀 빌려 달라고 통사정을 해서 제이크가 다니는 미술 대학에 긴급 메시지를 남긴 것이었다.

　나도 제이크가 문병 와 줘서 고마웠다. 어쩌면 제이크는 엄마를 조금 사랑했을지 모른다. 또 어쩌면 엄마가 임종을 앞두고 유산을 남기려는 게 아닐까 생각했을 수도 있다. 하지만 엄마는 남길 유산이 없었다. 옷 가방과 가구 몇 점과 아이 둘이 전부였다.

　엄마는 우리 셋의 존재를 까맣게 잊은 듯했다. 창백한 뺨을 발그레하게 물들이고 제이크에게 쉴 새 없이 종알거렸다. 제이크는 거의 아무 말도 하지 않았다. 켄들이 다가오는 걸 보고 오히려 안심하는 눈치였다.

　"우리 꼬맹이, 잘 지냈어?"

　제이크는 켄들을 안아 올려 무릎에 앉혔다. 켄들은 좋아서 다리를 흔들어 댔다.

"조심해!"

엄마가 켄들을 보면서 얼굴을 찡그렸다.

"아파요?"

제이크가 겁이 난 얼굴로 물었다.

"아냐, 아냐, 하나도 안 아파. 걱정 마. 아직은 사지 멀쩡하니까."

엄마가 붕대를 조심스레 토닥이며 말했다.

"다 자기 덕분이야, 제이크. 자기가 혹을 발견하고 병원에 가 보라고 했기에 망정이지, 노도 없이 뱃놀이 나선 꼴이 될 뻔했어."

"나도 뱃놀이 가고 싶어."

켄들이 아무것도 모르고 끼어들었다.

"엄마, 바버러 이모가 우리 데리고 바다에 가서 상어랑 고래 보여 준대. 그리고 디즈니랜드도 가기로 했다."

"아, 그래? 그런데 저기 휙 지나가는 게 뭐니? 어머나! 날아다니는 돼지잖아!"

이렇게 이야기가 끊겼지만 켄들은 상관하지 않았다.

"뱃놀이, 뱃놀이, 뱃놀이, 조지랑 나랑 뱃놀이 갈 거야."

켄들은 노래를 부르며 오리 배를 탄 척 발을 젓다가 엄마 옆구리를 걷어찼다. 수술한 가슴이나 겨드랑이는 아니지만 무척 아팠을 것이다. 그런데도 엄마는 눈만 깜빡거릴 뿐 씩

씩하게 웃었다.

제이크가 켄들을 내려놓고 자리에서 일어섰다.

"어디 가려고?"

엄마가 물었다.

"미안하지만 이제 가 봐야 해요."

"문병 온 지 얼마 되지도 않았잖아!"

"저기…… 할 일이 있어서요. 알잖아요."

물론 엄마도 알고 있다. 잘 알고 있지만 받아들이지 못할 따름이다. 엄마는 제이크가 안 보일 때까지 기다렸다가 울음을 터트렸다. 바버러 이모가 내민 손도 홱 뿌리쳤다.

"그러지 마, 니키. 그만큼 값어치 있는 사람이 아니야."

이모가 달래듯 말했다.

"언니가 어떻게 알아?"

엄마는 흐느껴 울었다.

"그래. 내가 어떻게 알겠니."

이모는 이렇게 말하고, 켄들과 나를 감싸 안았다.

"가자, 얘들아."

"그 애들한테 수작 부리지 마. 내가 낳은 애들이야."

엄마가 소리를 질렀다.

"엄마가 피곤하시대. 우리 이제 가자. 내일 몇 시쯤 퇴원시켜 줄 것 같니? 내가 차로 데리러 올게."

"점심시간은 지나야 할걸. 그리고 나 혼자 갈 수 있으니까 신경 끄셔."

엄마가 콧방귀를 뀌었다.

"그래, 알았다. 내일 점심때쯤 올게."

이모가 말했다.

월요일이 되자 이모는 싫다는 우리를 억지로 학교에 보냈다.

"안 돼. 나는 너희 엄마를 돌보는 데 전념해야 해. 우리 둘이 정리해야 할 문제도 있고. 그리고 너희 둘 다 더 이상은 학교 빠지면 안 돼."

"교실에 앉아 있어 봤자 시간 낭비예요. 선생님 말씀이 하나도 귀에 안 들어올 거라고요."

내가 말했다.

그리고 내 말이 맞았다. 온종일 엄마 생각만 났다. 나는 하프릿한테 엄마가 퇴원한다고 말했다. 하프릿은 나를 꼭 안아 주면서 정말 잘됐다고 했다.

"그럼 이제 다 나으신 거야?"

"당연하지. 안 그러면 병원에서 퇴원시켜 주겠니?"

"맞아."

하프릿이 내 어깨를 토닥거렸다.

"롤라 로즈, 우리 엄마가 도시락에 초콜릿 바 하나 넣어 주셨어. 먹고 싶으면 먹어."

이모가 싸 준 내 도시락에도 초콜릿 바가 하나 들어 있었다. 하프릿하고 나는 크림치즈, 대추야자, 바나나 롤, 치킨 샐러드 샌드위치, 채소 샐러드, 소금과 식초 맛 감자 칩, 블루베리 머핀, 빨간 사과, 크랜베리 주스, 그리고 초대형 캐드베리 초콜릿 바를 펼쳐 놓고 잔치를 벌였다.
 "나 진짜 뚱뚱해질 거야."
 하프릿이 납작한 배를 문지르며 말했다.
 "난 이미 뚱뚱해."
 "아니야. 아직 그 정도는 아니거든. 나중에 중고등학생이 되면 살이 빠질 거야. 엄마를 닮아 갈 거라고."
 "그랬으면 좋겠다. 그렇게 안 되더라도 뚱뚱한 게 나쁜 건 아니잖아. 안 그래?"
 "당연하지. 전혀 나쁜 게 아니지."
 하프릿이 위로하듯 말했다.
 하지만 수업이 끝나고 교실 밖으로 나왔을 때였다. 하프릿이 운동장 한가운데서 걸음을 멈추었다.
 "어머, 저 뚱뚱한 아줌마 좀 봐!"
 하프릿은 손으로 입을 가리고 키득거렸다. 하프릿만이 아니었다. 전교생의 절반쯤 되는 아이들이 그쪽을 멍하니 쳐다보면서 서로 옆구리를 찔러 댔다.
 "누구네 엄마지? 완전 코끼리잖아? 도대체 누굴까?"
 하프릿이 조잘거렸다.

"우리 바버러 이모야. 함부로 말하지 마."

나는 운동장을 가로질러 바버러 이모가 기다리는 교문으로 달려갔다. 이모는 돛으로 써도 될 만큼 커다란 파란색 데님 셔츠를 입고 있었다. 이모가 그 파랗고 굵은 팔을 벌렸고, 나는 아이들이 보거나 말거나 와락 안겼다.

"이모 오늘 예뻐요. 그 셔츠 좋은데요? 이모 눈 색깔이랑 잘 어울린다."

이모는 나를 더 세게 끌어안았다.

"엄마는요? 병원에 가서 엄마 데려왔어요? 그런데 왜 같이 안 왔어요?"

나는 심장이 뛰기 시작했다.

"걱정 마. 집에서 쉬고 계시니까."

"괜찮으신 거죠?"

"음, 괜찮아. 당분간은."

이모의 말이 머릿속에서 울려 퍼졌다. 불길한 목소리가 이모의 말을 되풀이했다. 당분간은. '당분간은'이 아니라 '영원히'여야 했다.

하프릿이 우리 곁을 맴돌며 그 커다랗고 예쁜 눈으로 애원하듯 나를 쳐다보았다.

"정말 미안해."

하프릿이 입 모양으로 말했다.

"이모, 이쪽은 내 친구 하프릿이에요."

하프릿은 살았다 하는 표정으로 공손하게 손을 내밀었다.

"안녕하세요, 이모님."

그러더니 내 쪽으로 고개를 돌렸다.

"이모 있다고 말한 적 없잖아! 친 이모야 아니면 그냥 친구야?"

"친 이모이자 친구지!"

이모가 대신 대답했다.

우리는 방과 후 교실로 켄들과 애먼딥을 데리러 갔다. 애먼딥은 낯을 가리느라 뒤에 숨어서 엄지손가락을 빨았다.

"애먼딥은 아기래요."

켄들이 이모 손을 잡으며 말했다.

"사랑해요, 이모."

"나도 사랑한다, 켄들."

"우리 데리고 수족관 가는 거예요?"

이모는 웃음을 터트렸지만, 나는 충격을 받았다.

"켄들! 곧장 집으로 가야지. 엄마가 퇴원하셨잖아!"

"엄마도 같이 가면 되잖아."

"말도 안 되는 소리 하지 마. 아직 아프시단 말이야."

"엄마는 왜 만날 아파."

켄들은 마치 그게 엄마 잘못인 것처럼 말했다.

"지금은 수족관 가고, 나중에 엄마 만나면 안 돼?"

"안 돼, 곧장 집으로 가야지. 그 대신 가는 길에 빨간색 아이스바 사 줄게, 어때? 우리 아가씨들은 어떠니? 너희들은 어떤 아이스크림 좋아하니?"

나는 하얀색 아이스바를 골랐고, 하프릿과 애먼딥은 부드러운 아이스콘을 골랐다. 이모는 더블 초콜릿 아이스바를 골랐다. 이모는 나처럼 초콜릿을 조금씩 갉아 먹었다. 그러면서 "음, 음." 소리를 냈다. 그것도 나랑 똑같았다.

"너희 엄마한테도 아이스크림 좀 사다 줘야겠다. 너희 엄마는 어떤 아이스크림 좋아하니?"

"엄마는 아이스크림 잘 안 먹어요. 몸매에 신경 쓰느라고요."

나는 아무 생각 없이 말을 내뱉고 아차 후회했다.

"나도 몸매에 신경 써. 신경 쓰지, 점점 불어나도록!"

이모는 시를 읊는 것처럼 말하면서 자기 몸 곳곳을 가리켰다.

"여기는 아이스콘, 아이스콘, 그리고 여기는 아이스바, 아이스바, 아이스바!"

집 앞에 이르렀을 때, 하프릿이 내 귀에 대고 속삭였다.

"롤라 로즈, 너희 이모 너무 좋다."

"나도 그래."

나도 하프릿의 귀에 대고 속삭였다.

나는 다시 어려져서 켄들처럼 이모 손을 잡고 흔들고 싶었다. 켄들은 아이스바를 다 먹자마자 수족관에 가자고 칭얼거리기 시작했다.

"이번에는 누가 아기 짓을 하지?"

나는 짜증난 목소리로 물었다.

켄들이 칭얼거리는 까닭은 익히 알고 있다. 나도 그 얼어 죽을 수족관으로 가고 싶은 심정이었다. 엄마가 너무 보고 싶었지만, 한편으로는 엄마와 마주치기가 두려웠다.

엄마가 아직도 아파 보일까 봐 무서웠다.

현관으로 들어서자 엄마 목소리가 들렸다. 엄마 옆에 누가 있었다. 나는 제이크이겠거니 생각했다.

그런데 제이크가 아니었다.

아빠였다.

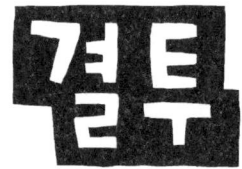

집 안이 빙글빙글 돌기 시작했다. 나는 쓰러지기 일보 직전이었다.

귀에 거슬리는 웃음소리가 들렸다.

아빠의 웃음소리였다.

아니, 아빠일 리가 없다. 아빠는 우리가 어디 사는지 모른다. 우리가 사는 곳을 알아냈을 리 없다. 저 사람은 진짜 아빠가 아니다. 이건 실제 상황이 아니다. 분명 꿈이다. 눈을 꼭 감았다가, 아주아주 크게 뜨면 꿈에서 깰지 모른다.

나는 눈을 감았다. 빙글빙글 돌던 것이 멈췄다. 아빠 목소리도 멈췄다. 이건 꿈이다.

나는 두 눈을 번쩍 떴다. 그런데 내 눈앞에 아빠가 서 있었다. 이가 다 드러나도록 크게 웃으면서.

나는 숨이 턱 막혔다. 켄들이 고함을 질렀다.

"아빠다! 아빠다! 우리 아빠다!"

켄들은 앙상한 팔꿈치로 나를 밀치며 앞으로 달려 나갔다. 아빠가 켄들을 안고 빙글빙글 돌았다. 켄들의 신발이 내 머리에 부딪치는 바람에 다시 현기증이 났다.

누군가 쓰러지지 않도록 내 어깨를 붙잡는 게 느껴졌다. 바버러 이모였다.

"이모가 아빠한테 연락했어요?"

내가 나지막이 물었다.

이모는 고개를 저었다. 그러고는 귀신처럼 화장을 하고 까만 잠옷 위에 하얀 재킷을 걸친 채 소파에 누워 있는 엄마 쪽으로 고개를 돌렸다.

엄마가?

나는 아빠와 켄들을 지나서 엄마한테 달려갔다. 엄마는 얼른 손을 들어 나를 막았다.

"조심해, 조심! 레녹스 루이스(올림픽 금메달리스트이자 각종 국제 복싱 대회에서 헤비급 챔피언을 지낸 영국의 권투 선수 : 옮긴이)랑 10라운드 권투 시합을 치르고 난 것처럼 아직도 욱신거리니까. 안녕, 우리 딸. 엄마가 집에 오니까 좋지? 아빠도 오니까 좋지? 기분 좋은 깜짝 선물 아니니?"

나는 엄마를 노려보았다. 엄마도 턱을 치켜들고 노려보았지만, 나하고 눈을 맞추지는 못했다.

"이제 우리 네 식구가 합칠 때도 됐잖아, 제이니. 우리 모두 아빠를 끔찍이 보고 싶어 했잖니. 그렇지, 케니?"

"응! 응! 아빠, 아빠가 최고야! 야호!"

아빠가 목말을 태우자 켄들이 고함을 질렀다.

"나는 왕이다! 이것 봐, 천장에 손이 닿아."

"전등 조심해라, 케니. 그러다 감전될라."

엄마가 말했다.

나는 엄마한테 감전당한 기분이었다. 공포가 탁탁 소리를 내며 온몸을 휘감는 바람에 머리카락이 다 곤두섰다.

엄마가 왜 이러는 걸까? 아빠가 우리 뒤를 밟지 못하도록 몇 주 동안 숨어 지내면서, 새 삶을 시작하려고 갖은 애를 썼건만.

나는 그 까닭을 알고 있다. 엄마는 병원에서 지내는 동안 너무 무서웠던 것이다. 위로해 줄 사람이 필요했던 것이다. 여전히 예쁘다고 위로해 줄 사람이 필요했던 것이다. 제이크는 아무짝에도 쓸모가 없었다. 그래서 여전히 엄마라면 사족을 못 쓰는 단 한 남자를 떠올렸던 것이다.

엄마는 늘 그랬듯 동화를 썼다. 이제 아빠도 180도 달라졌을 거라고 자신을 속였다. 이렇게 아픈 나를 보면 그이가 충격을 받겠지. 정말 미안해하면서 어떻게든 보상하려 들겠지. 우리를 너무나 보고 싶어 했겠지. 우리가 얼마나 소중한 존재인지 깨달았겠지. 그래서 다시 돌아가면 나를 여왕처럼 떠받들겠지. 두 번 다시 손찌검을 하지 않겠지. 나를 아끼고 사랑하며 특별한 여자라는 기분이 들게 해 주겠지. 우리 모두 행복한 가족이 되어서 영원히 행복하게 살겠지.

엄마는 동화 속 공주님으로 변신하려고 갖은 애를 썼다. 한쪽 팔을 못 쓰면서도, 세면대 위로 고개를 숙여 한 손으로 머리를 감았다. 화장도 공들여 했다. 손을 달달 떨면서도, 매끈하게 아이라이너를 그리고 얼룩 한 점 없이 입술을 칠했다. 다리털도 밀고 분홍색으로 발톱도 칠했다.

그런 다음 가슴을 두툼하게 감싼 붕대를 재깃으로 가리고 조심스럽게 소파에 누웠다. 엄마는 동화가 현실로 이루어지기를 바랐다. 엄마 눈이 계속 깜빡였다. 속으로 빌고 있다는 뜻이었다.

나도 엄마를 위해 그러기를 바랐다.

어쩌면 현실로 이루어질 수도 있었다. 아빠는 우리에게 뭐라고 퍼붓는 대신 닭살 행각을 벌였다.

"당신이 없으니까 정말 미치겠더라."

아빠가 엄마 옆에 앉으며 말했다. 케니는 아빠 어깨 위에서 계속 비명을 질러 댔다.

"당신이 나를 속이고 그런 식으로 사라져 버리다니 믿을 수가 있어야지. 좋아, 나를 따끔하게 가르치려고 그러는구나, 한 며칠 있으면 돌아오겠지 했는데 말이야. 그나저나 당신 정말로 도망칠 작정이었어?"

아빠가 낮은 목소리로 물었다.

엄마는 아빠 옆으로 바짝 다가앉아서, 정성스레 매니큐어를 바른 손으로 아빠 얼굴을 쓰다듬었다.

"설마 그럴 리가 있겠어? 내가 무슨 생각으로 그랬는지 모르겠어. 겁이 났거든. 정신이 나갔나 봐. 애들을 지켜야 한다는 생각뿐이었어."

"내가 애들한테는 손가락 하나 안 대는 거 당신도 잘 알잖아."

아빠는 켄들을 무릎에 내려놓고 살살 간질였다.

"내가 요 녀석을 얼마나 사랑하는지 몰라?"

나는 깊은 굴속으로 굴러떨어지는 기분이었다. 아빠는 아이가 하나뿐인 것처럼 굴었다. 나는 뭐지? 아빠가 막판에 나한테 어떻게 했더라? 그저 손가락을 갖다 댄 정도가 아니었다. 주먹을 불끈 쥐고 턱을 후려쳐서 나를 반쯤 죽여 놓았다.

나는 속으로 고함을 지르면서 아빠를 노려보았다. 아빠는 내 고함 소리를 듣기라도 한 것처럼 내 쪽으로 고개를 돌렸다. 그리고 웃음을 지었다. 상어 같은 웃음이었다.

"아, 제이니."

아빠는 그제야 나를 본 것처럼 행동했다.

"아빠한테 와서 뽀뽀하고 보고 싶었다고 말해 주지 않을래?"

엄마는 숨을 죽이고 애원하는 눈빛으로 나를 보았다.

나는 엄마를 위해 연극을 했다.

그건 나를 위한 연극이기도 했다. 나는 너무 무서워서 정신이 나갈 지경이었다. 문을 박차고 나가서 계단을 달려 내려가 길거리로 영영 달아나 버리고 싶었다. 하지만 나는 아빠에게 다가갔다. 아빠는 내 어깨에 팔을 두르고 내 귀와 목에 코를 대고 비볐다.

"옳지, 그래야 우리 착한 딸이지."

그러더니 나지막이 속삭였다.

"네가 엄마를 뒤에서 조종한 거냐?"

뭐라고 해야 좋을지 생각이 나지 않았다. 온몸이 떨려 오기 시작했다.

"뭐야, 지금 떨고 있는 거야? 그렇게 근사한 털 재킷을 입고 있는데, 추울 리가 있나. 재킷 아주 끝내주는데. 내 건 어디 있어?"

"하나 사 줄게."

엄마가 말했다.

돈을 다 썼다는 말은 아직 하지 않은 모양이었다.

"우리 착한 마누라. 우리 착한 아들, 착한 딸. 우리 식구가 모두 무사히 내 품으로 돌아왔네."

아빠는 그렇게 말하면서 우리를 감싸 안았다. 그렇게 우리를 품 안에 가두었다.

바버러 이모는 가만히 서서 우리를 지켜보고 있었다. 애써 뭔가를 참는 사람처럼 두 팔을 접어 가슴을 감싸고 양손으로 팔꿈치를 잡고 서 있었다. 이모는 믿을 수 없다는 표정으로 엄마를 쳐다보았다. 엄마는 감히 이모를 쳐다보지도 못했다.

하지만 아빠는 달랐다.

"처형, 그러니까 내가 가게로 찾아갔을 때 새빨간 거짓말을 했던 거네?"

아빠는 고개를 외로 꼬고 양 볼을 부풀린 채 높고 날카로운 목소리로 흉내 냈다.

"정말이야, 제부. 니키가 어디 있는지 나도 모른다니까. 못 본 지 벌써 몇 년째야. 애들도 케니가 갓난아기일 때 본 게 마지막이라고."

"그건 사실이었어."

이모가 차분한 목소리로 대답했다.

"나는 제부네가 어디 사는지도 몰랐으니까."

"이런 거짓말쟁이!"

"어디 부르고 싶은 대로 불러 보시지. 욕이라면 익숙하니까."

"하이고, 무슨 욕을 들었다고 그러실까?"

"제부도 다 알고 있는 욕일 텐데."

이모는 잠시 뒤에 다시 입을 열었다.

"가서 차나 끓여야겠다. 니키, 몸은 어떠니?"

"좋아."

엄마는 화장을 했는데도 낯빛이 칙칙했다.

"내가 수술을 받게 돼서 언니가 애들을 돌봐 주러 온 거야."

"누가 연락했는데?"

아빠가 물었다.

나는 쥐 죽은 듯 가만히 있었다.

"내가."

엄마가 대답했다.

"나한테 연락을 했어야지. 우리 아이들인데."

"나도 알아. 하지만 수술받는다고 하면 당신이 당황할까 봐 그랬지. 언니, 나 얼른 차 마시고 싶은데……."

"그래. 처형은 찻주전자나 올려놓고 얼른 가게로 돌아가시지. 더 이상은 필요 없으니까. 우리는 이제 집으로 갈 거거든."

아빠는 사방을 두리번대며 코를 킁킁거렸다.

"도대체 무슨 생각으로 이런 쓰레기장을 고른 거야? 혹시 혹이 머리에 생겼던 거 아니야?"

"이제 혹은 아무 데도 없어. 다 떼어 냈거든. 나 이제 말짱

해."

"그래야지. 자기 그 예쁜 가슴이 한쪽 없어진다고 생각하면 참을 수가 없거든."

"그것 참 도움이 되는 태도로군."

이모가 말했다.

우리는 일제히 숨을 삼켰다. 아빠가 켄들을 무릎에서 내려놓았다.

"여보, 언니는 그런 뜻에서 한 말이 아니야."

엄마가 말했다.

"내가 무슨 바본 줄 알아? 자기야, 그렇게 걱정스러운 얼굴 할 거 없어. 제이니, 바보처럼 떨지 좀 마. 괜찮아. 나, 성질 안 부릴 거야. 자기 비곗덩어리 언니한테도 성질 안 부릴 거야. 처형, 내 말 안 들려? 장인어른 있는 데로 냉큼 사라지라고."

"우리 아버지는 진작 돌아가셨어. 그리고 오늘 밤에는 다들 아무 데도 못 가. 니키는 지금 피곤해. 쉬어야 한다고. 다음 주에 검사 결과 알아보러 병원에도 다시 들러야 하고."

"무슨 검사 결과? 여보, 혹은 다 떼어 냈다면서?"

"응, 맞아. 다 없앴어. 이젠 괜찮아. 조금 피곤해서 그렇지."

엄마 목소리가 갈라지면서 눈물이 두 뺨을 타고 흘러내렸다.

"울지 마, 자기. 당신도 알잖아. 내가 당신 우는 얼굴 못 보는 거."

아빠는 엄마를 끌어당겨서 자기 가슴에 머리를 기대게 했다.

"자, 자, 우리 아기. 괜찮아. 내가 여기 있잖아. 내가 지켜 줄게."

아빠는 어린아이 다루듯 엄마 머리를 쓰다듬고 콧잔등에 입을 맞추었다. 엄마는 아빠를 꼭 붙들었다.

"정말? 정말 지켜 줄 거야?"

"맹세할게, 자기. 믿어도 좋아. 우리 예쁜 자기, 내가 지켜 줄게. 이제 편히 누워. 피곤한 것도 당연하지. 내가 자리 펴 줄까? 낮잠 한숨 자도록 해. 당신이 그러자면 오늘은 이 집에서 자지, 뭐. 집에는 내일 가자. 힘들면 내가 안고 갈게. 자기를 안고 세계 일주도 할 수 있어. 당신이 내 전부거든. 나, 당신이 떠났을 때 확 죽어 버리려고 했어. 하지만 당신을 탓하진 않을 거야. 이제 화도 다 풀렸어. 자기, 그렇게 정신이 나갔던 걸 보면 그때부터 아팠던 모양이야. 겁이 났던 게지. 이해해. 우리 다시 시작하자. 당신이랑 나랑 우리 꼬맹이랑."

"제이니도."

엄마가 말했다.

"제이니도."

아빠가 따라 했다.

나는 아빠가 나를 바라보는 눈빛이 싫었다. 이제 나는 아빠의 귀여운 공주님이 아니었다. 아빠는 모든 것이 다 나 때문이라고 생각했다.

어쩌면 나 때문일 수도 있었다.

머리가 깨질 듯이 아팠다. 아무 소리도 들리지 않고, 아무것도 보이지 않고, 아무것도 생각할 수 없었다.

그때 내 어깨에 와 닿는 듬직한 손이 느껴졌다.

"같이 가서 차 끓이는 것 좀 도와줄래?"

이모가 이렇게 물으며 나를 부엌으로 데리고 갔다. 나는 이모한테 기댔다. 이모는 허리를 숙여 나를 폭 안아 주었다.

"너만 좋다면 나랑 같이 살자."

이모가 나지막이 속삭였다.

"아빠가 허락하지 않을 거예요."

"어떻게든 방법을 마련해 보자. 너희 아빠가 너한테 손 못 대게 할 거야. 약속해."

"하지만 엄마한텐 손을 댈 거 아니에요."

"그건 두 사람이 해결할 문제지. 아빠가 엄마를 정말로 잘 돌볼지도 모르잖아. 이번이 마지막 기회인 걸 알고 잘할지도 모르지."

다시 거실로 돌아갔더니, 아빠가 엄마 머리를 베개로 받쳐 주고 침대보를 팽팽하게 펴 주면서 갖은 애를 쓰고 있었다.

"옳지, 그렇지! 어때? 더 편해?"

"응, 훨씬 편해."

"그럼 이제 이불 덮어 줄까?"

아빠가 다정하게 물었다.

"내가 재킷 벗겨 줄게. 자, 자, 걱정 마. 가엾은 가슴은 건드리지 않을 테니까. 우리 용감한 아가씨는 이렇게 얌전하다니까. 이제 두 번 다시 아플 일 없을 거야. 이불 덮어 줄 테니까 한숨 푹 자."

"자기, 나한테 너무 잘해 준다."

"당연하지. 나처럼 당신을 잘 돌보는 사람이 어디 있어?"

아빠는 이렇게 말하면서 침대보를 매트리스 밑으로 끼워 넣었다.

그런데 매트리스에 뭔가 끼여 있었다. 아빠가 그 물건을 꺼내 들었다. 쭈글쭈글하고 파란 물건이었다. 아빠는 믿을 수 없다는 듯 그 물건을 쳐다보며 물었다.

"이 망할 놈의 물건은 정체가 뭐야?"

아빠가 파란색 사각팬티를 들고 허공에서 흔들어 대자 양쪽 가랑이가 펄럭거렸다. 우스꽝스러운 광경이었지만 아무도 웃지 않았다. 심지어 켄들마저도 팔꿈치를 옆구리에 붙이고 고개를 움츠렸다.

엄마는 당혹스러운 얼굴로 팬티를 물끄러미 바라보았다.

"이게 뭐냐고?"

아빠가 물었다.

"속옷이잖아."

엄마가 나지막이 속삭였다.

"그렇지. 속옷이지. 나도 알아."

아빠는 속옷을 펴서 엄마 얼굴에 들이댔다.

"내가 지금 그걸 묻는 게 아니잖아. 안 그래, 니키?"

엄마는 침을 꿀꺽 삼켰다.

"안 그래?"

아빠가 고함을 질렀다.

"소리 지르지 마. 제발 부탁이야."

엄마가 애원하듯 말했다.

"이게 누구 속옷인지 말할 때까지 귀청이 떨어져라 소리를 지를 테니까 그렇게 알아."

그건 분명히 제이크 거였다. 조심성 없고 무신경한 제이크가 원망스러웠다.

"켄들 거예요."

내가 불쑥 대답했다.

"아아. 켄들 거라고?"

아빠가 물었다.

"케니, 뭐 하러 그렇게 근사한 이름을 지은 거니?"

케니는 어깨를 으쓱하려 했지만, 어깨가 바들바들 떨려서 뜻대로 되지 않았다.

"켄들, 이거 네 거야? 네가 입기에는 좀 큰 것 같은데, 안 그래?"

아빠가 팬티를 켄들한테 갖다 댔다. 팬티는 켄들의 발목까지 내려왔다.

"제이니, 네가 새빨간 거짓말을 하고 있는 것 같은데."

"애들한테 그러지 마."

바버러 이모가 말했다.

"그게 누구 팬티건 무슨 상관이야? 그만하고 다 같이 차나 마시지."

아빠는 이모가 건넨 머그잔을 내동댕이쳤다. 뜨거운 차가 사방으로 튀었고, 이모가 입은 타이 식 실크 투피스까지 젖었다.

"아이쿠! 이렇게 미안할 데가!"

아빠가 외쳤다.

"아하! 이거 처형 속옷인 모양이네? 아니지, 그건 아니지. 이번에는 좀 작단 말이야."

이모가 젖은 랩 스커트를 툭툭 털며 말했다.

"아주 지겹게 물고 늘어지는구먼."

"지당하신 말씀. 난 대답을 들어야겠거든."

아빠는 속옷을 움켜쥐고 엄마 얼굴에 대고 문질렀다.

"이거 누구 거야, 니키?"

"몰라."

엄마가 나지막이 말했다.

"몰라? 이 집으로 불러들여 옷을 벗긴 남자가 너무 많아서 기억을 다 못 하시겠다는 건가?"

엄마는 아픈 가슴을 부여잡고 고개를 저었다.

"여보, 미안해. 제발 화내지 마. 남자는 하나뿐이었어."

엄마는 흐느껴 울었다.

"이런 걸레 같은."

아빠는 고함을 지르며 주먹을 치켜들었다.

나는 엄마한테로 달려갔다.

하지만 이모가 나보다 더 빨랐다. 이모도 주먹을 불끈 쥐고 있었다. 하지만 이모는 그 주먹으로 아빠를 때리는 대신 발로 찼다. 큼지막한 보라색 스웨이드 샌들을 신은 발을 들어서 아빠 가랑이를 힘껏 찼다. 아빠는 헉 하는 소리와 함께 몸을 반으로 접었다. 이모는 발뒤꿈치를 들고 서서 언제라도 다시 공격할 태세를 갖추었다.

아빠는 가랑이를 움켜쥐고 무릎을 꿇었다.

"두 번 다시 니키나 아이들 앞에서 손을 치켜들면 죽여 버릴 거야."

이모가 말했다.

아빠는 일그러진 얼굴로 비틀비틀 일어났다. 아빠가 머그잔을 집어 들더니 벽에다 대고 내동댕이쳤다. 아빠는 깨진 머그잔 조각을 움켜쥐고 다시 이모한테 달려들었다. 아빠가 노린 곳은 얼굴이었다. 이모는 팔을 빙빙 돌리더니 손을 모로 세워 아빠 어깨를 내리찍었다. 아빠는 입을 떡 벌리고 비틀거리더니 머그잔 조각을 떨어뜨렸다.

이모가 말했다.

"아까 한 말 진심이야. 당장 나가. 이 집에서 당장 나가. 이 아이들 인생에서 당장 나가."

아빠는 엄마를 쳐다보았다.

"미안해, 여보."

엄마가 흐느껴 울었다.

"나가 줘. 부탁이야."

아빠는 그 자리에 서서 분을 삭이지 못하고 씩씩거렸다. 그러다 우리를 한 사람씩 둘러보더니 문을 쾅 닫고 뛰쳐 나가 버렸다. 아래층에서 파커 할머니가 시끄럽다고 고함을 질렀다. 대문은 더 요란한 소리를 내며 닫혔다.

얼마 뒤 발자국 소리가 나더니, 누가 우리 집 현관문을 두드렸다. 아빠가 다시 온 줄 알았는데, 위층에 사는 앤디와 스티브였다.

"아줌마, 괜찮아요? 시끄러운 소리가 나서요."

스티브는 우산을, 앤디는 스튜 냄비를 들고 있었다. 둘 다 대단한 무기는 못 되었다. 상대가 우리 아빠라면 더더욱 그랬다. 그나저나 이모가 아빠를 물리치다니! 이모는 거실 한가운데 서서 가쁜 숨을 몰아쉬며 옷매무새를 가다듬었다.

"이제 괜찮아요. 아무튼 이렇게 달려와 줘서 고마워요."

스티브와 앤디는 무슨 일인지 알아내고 싶은 눈치였다. 하지만 이모가 이제 엄마를 좀 쉬게 해야 한다며 부드럽지만 단호하게 내보냈다. 두 사람은 순순히 위층으로 올라갔다.
"차를 다시 끓여야겠구나."
이모는 이렇게 말하며 켄들을 바라보았다. 켄들은 너무 겁을 먹은 나머지 바지에 실수를 하고 말았다.
"켄들, 너는 바지를 갈아입어야겠고. 롤라 로즈, 내가 차를 맡을 테니, 너는 바지를 맡아라."
나는 엄마 쪽을 흘끔 훔쳐보았다. 엄마는 두 손에 얼굴을 파묻고 있었다. 어쩌면 좋을지 망설여졌다.
"엄마는 좀 울게 내버려 둬."
이모가 말했다.
나는 켄들을 데리고 화장실로 갔다. 켄들도 울기 시작했다.
"나, 아기 됐어. 바지에 쉬했어!"
"아냐, 괜찮아. 나도 거의 쌀 뻔했는데, 뭐. 진짜 무서웠거든."
"아까 그 사람, 우리 아빠 맞지?"
"당연하지."
"내가 잘못 알고 있었어."
"그래."
"아빠가 나한테 소리 질렀어."

"아빠는 누구한테나 다 소리 질러."

"아빠가 우리를 때릴 줄 알았어. 그런데 이모가 아빠를 때렸어!"

켄들은 젖은 바지를 꾸물꾸물 벗더니 발차기를 흉내 냈다. 뒤이어 팔을 휘두르다 씻겨 주던 내 머리를 때릴 뻔했다.

"조심해, 켄들!"

"누나나 조심해. 안 그러면 내가 이모처럼 발로 차고 내리찍고 때려 줄 테니까."

"이모는 도대체 무슨 수를 쓴 거지?"

켄들도 그 광경을 같이 지켜본 게 다행이었다. 안 그랬다면 나 혼자 상상한 게 아닌가 싶었을 거다. 이모는 무술 영화 주인공처럼 팔다리를 휘두르며 하늘을 나는 사람으로 내 기억 속에 각인되었다.

"타이 무술이야."

우리가 묻자 이모는 이렇게 대답했다.

"타이에 있었을 때 킥복싱을 보러 간 적이 있거든. 정말 대단하더라. 음악에 맞춰서 온몸 여기저기를 무기로 쓰는 거야. 주먹, 팔꿈치, 무릎, 정강이, 발……. 영국에 돌아와 보니까 저녁에 킥복싱을 배울 수 있는 곳이 있더라. 처음엔 그냥 구경하러 갔다가 결국 등록을 했지. 그 전에 유도를 좀 했던 터라 아예 백지로 시작한 건 아니었어."

"그냥 그런 식으로 시작한 거예요? 이모 참 용감하다."

"아니야. 나도 너만 할 땐 소심했어."

엄마가 옆에서 콧방귀를 뀌었다.

"언니는 아빠의 작은 보물이었거든."

"커다란 보물이었지."

"진짜 커다래서 우리 아빠도 물리쳤잖아요."

켄들이 말했다.

"아빠가 다시 찾아오면 정말 죽여 버릴 거예요?"

내가 물었다.

"설마! 얘, 나는 불교 신자가 될까 생각 중인 사람이야. 불교 신자들은 작은 벌레 한 마리도 죽이지 않거든."

"하지만 마음만 먹으면 죽일 수도 있죠? 아빠가 우리한테 진짜 진짜 못되게 굴면 말이에요."

"모르겠다. 그럴 수도 있겠지."

"이모, 우리랑 조금만 더 있어 주면 안 돼요, 네? 아빠가 다시 찾아올지도 모르잖아요."

이모는 엄마를 쳐다보았다.

"너희 엄마가 있으라고 할지 모르겠구나. 하지만 너희 엄마도 어쩔 수 없을 것 같긴 해. 너희들이 날 이렇게 좋아해 주니 말이다."

# Twenty One

## 치료

 엄마는 울고 또 울었다. 나로서는 그 까닭을 알 수가 없었다. 이모가 우리를 구해 준 마당에, 아빠가 돌아와 주길 바라는 건 아니겠지, 설마? 엄마도 우리만큼이나 무서워했으면서.
 나는 이모한테 물어보았다.
 "이런저런 일들 때문에 지쳐서 그런 걸 거야."
 "괜찮아진 거 아니에요? 혹은 다 떼어 냈다면서요."
 "응, 그랬을 거다. 하지만 치료를 받아야 할지 모르거든."
 "무슨 치료요?"

"두고 보면 알겠지."

"하지만 괜찮아지겠죠?"

"그럴 거야."

"장담하시는 거죠?"

이모는 머뭇거렸다.

"나도 장담할 수 있으면 좋겠다."

다음 날, 엄마는 괜찮아 보였다. 켄들하고 내가 학교에서 돌아와 보니, 머리색이랑 모양을 바꿔서 아주 보기 좋았다. 엄마는 하얀 청바지를 입고 있었는데, 솔기를 따라 핑크색 장미가 수놓아져 있었다.

"제이크 아저씨 왔다 갔어요?"

내가 물었다.

"제이크는 얼어 죽을! 내가 했다. 이 집에서 손재주 좋은 사람이 너 하나뿐인 줄 아니?"

"너무 예뻐요, 엄마. 엄마도 예쁘고요."

"그래?"

엄마는 우쭐거렸다.

"몸단장 좀 해야 돼. 내일부터 일자리 알아보러 나가야 하니까."

"니키, 좀 쉬지 그래? 괜찮아질 때까지 기다려도 되잖아."

이모가 말했다.

"난 괜찮아졌어. 그리고 빨리 일자리를 찾아야 한단 말이야. 우리 애들 먹여 살려야 할 거 아냐."

"돈 문제는 내가 좀 도와줄게."

"필요 없어. 나를 앉혀 놓고 내 발로 당당하게 서야 된다는 둥, 다른 사람한테 기대면 안 된다는 둥 온종일 잔소리한 사람이 누구였더라?"

"내가 언제 잔소리를 했다고 그러니?"

이모는 엄마를 살짝 밀었다.

"그리고 그 터무니없는 하이힐을 신고 무슨 수로 당당하게 선다는 거야?"

엄마는 이모에게 야유를 보냈다.

"잔소리, 잔소리, 잔소리."

"우는소리, 우는소리, 우는소리."

엄마가 험상궂은 표정을 지었다.

이모는 그보다 더 험상궂은 표정을 지었다.

둘 다 한심한 어린애 같았다.

"켄들, 두 사람 유치하지 않니?"

내가 한쪽 눈을 찡긋거리면서 말했다.

나는 엄마의 애창곡인 〈난 정말 럭키〉를 부르면서 저녁 준비를 돕기 시작했다. 메뉴는 엄마에게 기운을 북돋워 줄 스테이크와 감자튀김과 물냉이 샐러드, 그리고 크림을 곁들인 딸기였다. 나는 물냉이를 씻고, 딸기 꼭지를 떼어 내고, 크림을 짰다. 켄들도 〈난 정말 럭키〉를 부르면서 접시를 핥았다.

엄마하고 바버러 이모까지 합류했다.

이모는 목소리가 우렁찰 줄 알았더니, 엄마처럼 곱고 가늘었다. 두 사람은 황당한 듀엣 곡을 잇달아 불러 댔다. 엄마는 기운이 없어서 춤을 추진 못했지만, 대신 하이힐을 벗어서 높이 던져 올렸다.

이모는 그 덩치에도 불구하고 발끝으로 사뿐사뿐 춤을 추었다. 얼마 뒤에는 켄들을 안고 춤을 추었다. 그다음은 내 차례였다. 이모가 내 손을 잡고 빙글빙글 돌리자, 엄마와 켄들이 흐릿하게 보였다. 거실도 나와 함께 빙글빙글 돌았다.

나는 너무도 행복했다. 진수성찬을 먹으면서 우리가 정말 럭키, 럭키, 럭키하다는 생각이 들었다.

엄마는 병원에 가서 검사 결과를 듣는 절차가 남아 있었다. 이모가 같이 가기로 했다. 나는 두 사람이 학교로 우리를 데리러 왔으면 하고 바랐다. 함박웃음을 지으며 교문에서 기다리고 있었으면 하고 바랐다. 하지만 엄마와 이모의 모습은 보이지 않았다.

켄들하고 나는 하프릿이랑 애먼딥과 함께 집으로 발걸음을 옮겼다. 나는 남자가 어쩌고 축구가 어쩌고 록 스타가 어쩌고 하면서 쉴 새 없이 재잘거렸다. 하지만 머릿속으로는 계속 주문을 외고 있었다. 엄마가 다 낫게 해 주세요. 제발, 제발, 제발 부탁이에요.

혹시 마가 끼면 큰일이다 싶어서 보도블록의 갈라진 틈도

밟지 않았다.

"발 아파? 신발이 잘 안 맞는 거야?"

하프릿이 물었다.

"아니."

"그럼 왜 그렇게 조랑말처럼 경중경중 이상하게 걸어?"

"내가 조랑말 같아?"

나는 고개를 뒤로 젖히고 히힝 울었다.

"당근 줘. 각설탕도 줘."

"너 진짜 엉뚱하다."

하프릿이 키득거렸다.

"난 조랑말이 아니라 상어야. 조심해, 애먼딥."

켄들은 상어 머리처럼 보이게 두 팔을 모아 앞으로 쭉 뻗고, 입을 최대한 크게 벌린 다음, 우리 주위를 빙빙 돌았다.

"켄들, 입 다물어. 목젖 다 보인다."

내가 말했다.

"바버러 이모가 고래 흉내 내는 걸 하프릿, 너도 봐야 하는데."

"나, 너희 이모 참 좋더라. 오늘은 어디 가셨어?"

"엄마랑 같이 계셔."

이렇게 말하는 내 목소리가 조금 떨렸다.

켄들은 그런 나를 보더니 상어 놀이를 그만뒀다. 우리는 집에 도착할 때까지 손을 꼭 잡고 걸었다. 집에 들어서는 순간, 안 좋은 소식이 기다리고 있다는 걸 알 수 있었다. 엄마는 화장이 다 지워진 채 무릎에 턱을 파묻고 소파에 웅크리고 있었다. 바버러 이모는 우리를 보고 웃으려 했지만 눈이 빨갰다.

"엄마!"

내가 큰 소리로 불렀다.

엄마가 팔을 벌렸고, 우리는 달려갔다. 엄마는 우리를 꼭 끌어안았다. 이모는 그 옆에서 서성거렸다.

"끔찍한 이야기를 들었어. 그 혹이 암이었고, 지금도 진행 중이래. 겨드랑이 밑에 있는 임파선까지 번졌대. 화학 요법을 받아야 하는데, 그러면 계속 헛구역질이 나고 머리도 몽땅 빠질 거야."

엄마는 다시 흐느껴 울기 시작했다.

"머리 없으면 웃길 텐데."

켄들이 말했다.

"그런 소리 하지 마. 엄마는 어떻게 변해도 예쁠 거야. 낫기만 하면 돼."

내가 발끈하면서 말했다.

"그런데 낫긴 나을까?"

엄마가 물었다.

"당연히 낫지."

이모가 대답했다.

"그 반대로 말할 수도 있는 상황이잖아. 롤라 로즈, 확률이 어떻게 되는지 아니?"

"니키, 그만해. 롤라 로즈한테 그런 것까지 알릴 필요 없잖아."

"롤라 로즈는 내 딸이야. 뭐든 내 마음대로 말할 거야. 나는 우리 아이들한테 비밀 없어. 롤라 로즈, 화학 요법이랑 방사선 치료를 다 받아도 완치될 확률이 50대 50이란다. 이러고도 내가 무슨 행운의 여신이니?"

불길한 목소리가 내 머릿속에서 뛰쳐나와 이 소식을 확성기로 사방에 알리고 있는 것 같았다. 그 소리가 너무 시끄러워 아무 생각도 할 수 없었다.

켄들은 제대로 이해를 못 했는지, 텔레비전을 보겠다고 칭얼거렸다. 저녁도 먹지 않았고, 잠잘 시간이 되자 몹시 사나워졌다. 사방을 펄쩍펄쩍 뛰어다니며 잠옷도 입지 않으려고 했다. 엄마가 참다못해 고함을 질렀다. 켄들은 울음을 터트리더니 멈출 줄 몰랐다. 우리 모두 지쳐 나가떨어질 때까지 몇 시간이고 고래고래 소리를 질러 댔다.

마침내 켄들이 마음을 가라앉히고 코를 훌쩍이며 잠이 들자, 엄마는 이모를 주류 판매점으로 보내 포도주 몇 병을 사 오게 했다. 그러고는 고개가 픽픽 꺾이고 눈이 감길 때까지 무슨 보약이라도 되는 것처럼 포도주를 홀짝홀짝 마셨다.

"롤라 로즈, 너도 잘 시간이다."

이모가 말했다.

"잠이 안 올 것 같아요."

"이리 오렴."

이모는 나를 꼭 끌어안아 주었다. 이모 품에 안겨 있는데도 마음이 불안했다.

"이건 너무해요."

내가 이모의 어깨에 대고 중얼거렸다.

"그러게 말이다."

"계속 이렇게 겁에 질려 있는 거 너무 싫어요."

"참 끔찍하지?"

"엄마는 다 낫고, 아빠하고는 멀찌감치 떨어져 지내고, 우리도 남들처럼 행복해졌으면 좋겠어요. 그리고…… 이러면 안 되는 거지만, 엄마한테 너무 화가 나요."

나는 울음을 터트렸다.

"엄마 잘못 아닌 거 알아요. 암에 걸린 거, 어쩔 수 없는 일이잖아요. 하지만 엄마 때문에 모든 게 엉망이 되어 버린 기분이에요. 죄송해요. 이런 말 하면 안 되는 건데. 난 나쁜 아이예요. 난 나쁜 아이예요."

"아니야, 너도 이런저런 일들로 지쳐서 그런 거지. 네가 무슨 나쁜 아이니. 너처럼 착한 아이가 어디 있다고. 나는 세상에 둘도 없는 내 조카가 너무 자랑스럽다. 너랑 켄들을 다시 만나서 얼마나 좋은지 몰라."

"정말로 우리랑 같이 사실 거예요?"

"얼른 집에 가서 가게 일 정리하고 옷도 좀 더 챙기고 은행에도 다녀와야겠지만, 일이 끝나는 대로 곧장 다시 오마. 무슨 일이 있어도 이모가 네 옆에 있어 줄게."

나는 커다랗고 상냥한 이모의 얼굴을 두 손으로 감쌌다. 이모가 파란 눈으로 나를 똑바로 쳐다보는데, 참말이라는 걸 알 수 있었다. 나는 이모한테 기댔다. 나는 이모를 사랑하고 있었다.

엄마의 치료가 시작되자 나는 겁에 질리고 말았다. 엄마는 항암제를 맞으러 병원에 가야 했다. 이모가 그 곁을 지키고 있다가 차에 태워서 집에 데리고 왔다. 그러고 나서부터 구역질이 시작되었다. 제때 화장실로 달려가지 못할 때도 있어서, 침대 옆에 물통을 하나 놓아두어야 했다. 병원에서는 구역질을 없애려고 약을 더 썼지만, 엄마는 계속 구역질을 했다. 그리고 새하얗고 땀에 젖은 슬픈 얼굴로 온종일 하품을 해 댔다.

"나는 지금 약물 중독이야."

엄마가 투덜거렸다.

"온 사방에 토하는 거 지긋지긋해. 그 병원 다시는 안 갈 거야. 이 치료 못 견디겠어."

"무슨 소리야. 견뎌야지."

이모가 말했다.

"치료 다 받고 얼른 나아야 해. 알겠니?"

"차라리 운에 맡길래. 확률이 낮긴 하지만."

"너만 생각하면 되니? 애들이 있잖아."

"애들한테는 내가 없는 게 나아."

"아니에요! 우리는 엄마가 필요해요."

내가 큰 소리로 외쳤다.

"나도 네가 필요해. 사랑한다, 우리 딸. 우리 아들 켄들도. 내가 너희한테 좋은 엄마가 아니었던 거 알아. 그래서 벌 받느라 이렇게 병에 걸린 걸까?"

"아니에요! 엄마는 이 세상에서 가장 좋은 엄마였어요."

내가 말했다.

"나는 좋은 동생도 못 됐지."

바버러 이모가 차가운 물수건을 이마에 대 주자 엄마가 말했다.

"그건 그렇지."

이모는 무뚝뚝하게 말했다.

"하지만 예전에 나쁜 짓 좀 했다고 암세포가 번식하는 거 아니야. 이제 우는소리 그만하고 눈 좀 붙이도록 해."

"또 잔소리."

엄마는 이렇게 말하더니 이모의 손을 잡았다.

"미안해, 언니. 여러 가지로."

"알아. 괜찮아. 오래전 일이잖아. 사실은 네가 좋은 일을 한 거야."

"좋은 일? 엄마가 뭘 어쨌는데요?"

내가 물었다.

"아무것도 아니야. 신경 쓰지 마."

이모가 대답했다.

"난 신경이 쓰여. 만약 내가 죽으면 어떡해? 지옥 가기 싫단 말이야!"

엄마가 흐느껴 울었다.

"죽긴 누가 죽는다고 그래? 아직은 때가 아니야. 앞으로 몇십 년 뒤의 일이지."

바버러 이모가 단호하게 못을 박았다.

"그리고 난데없이 지옥 이야기는 왜 꺼내는 건데?"

"아빠가 나더러 지옥에 떨어질 거라고 했단 말이야."

"아버지는 워낙 까칠한 노인네였잖아."

"언니하고 아빠는 찰떡궁합이었잖아. 아빠는 늘 언니만 예뻐했고."

"할아버지가 왜 엄마더러 지옥에 떨어질 거라 그랬어요? 아빠랑 달아난 것 때문에요?"

나는 끈질기게 물고 늘어졌다.

"그 전에 언니 남자 친구랑 달아났거든."

엄마가 말했다.

나는 바버러 이모를 말똥말똥 쳐다보았다.

"마이클이라고 언니랑 약혼한 사이였어. 결혼식 준비도 다 끝났고, 신혼여행도 예약해 놓았고, 모든 게 끝난 상황이었지. 나는 들러리를 맡기로 했고."

엄마가 악을 쓰자 이모도 거들었다.

"너는 라일락색 드레스를 입고 머리에 프리지어를 꽂기로 했지. 나는 돼지 같은 몸에 아이보리 색 레이스 드레스를 입고, 자주색 프리지어랑 하얀색 장미가 섞인 부케를 들기로 했고. 나는 그때도 하얀색 레이스 드레스를 입기에는 너무 뚱뚱했어. 그래서 3개월 동안 20킬로그램을 빼기로 하고 철저한 다이어트를 시작했지. 그래, 아주 사소한 부분까지 모두 준비가 끝난 상황이었어."

"내가 다 망쳐 놓을 줄은 몰랐잖아. 난 그 사람 좋아하지도 않았어. 내가 보기엔 좀 따분했거든."

"따분한 사람이었어. 나는 늘 그 사람이 어떤 말을 할지 정확히 예측할 수 있었어."

"하지만 그 사람이 어떤 행동을 할지, 그건 예측하지 못했잖아."

"그러게. 내 동생 꽁무니를 쫓아다닐 타입은 아니었는데."

"이모, 그 사람 사랑했어요?"

내가 물었다.

"그 당시에는 사랑한다고 생각했던 것 같구나."

이모는 한숨을 쉬었다.

"그렇게 걷잡을 수 없는 상황이 될 줄은 몰랐어. 그냥 좀 시시덕거리다 그만둘 생각이었는데, 확 불이 붙은 거야."

"그때 너는 겨우 열여섯 살이었잖아. 장난기가 발동한 거지. 너보다는 마이클 잘못이 더 크다고 생각해."

"그 사람을 왜 다시 받아 주지 않았어? 언니한테 매달렸잖아. 그 사람은 한순간도 언니를 잊은 적 없다는 거 몰랐어?"

"잘 모르겠다. 아무튼 이미 엎질러진 물이었어. 내가 그 사람을 사랑하지 않았으니까. 더 이상 보고 싶지 않았어."

"언젠가 다른 사람을 만날 수 있을 거예요, 이모."

내가 말했다.

"지금은 남자가 필요한 줄도 모르겠다."

이모가 말했다.

"나 혼자 자유롭게 사는 게 좋아. 하지만 아이는 있으면 좋겠어."

"우리 애들이 있잖아."

엄마가 말했다.

"만약 치료가 잘 안 되면……."

"그만해라."

"그럴 일 없을 거예요, 엄마."

"언니가 우리 애들 보살펴 줄 거지?"

"그걸 꼭 말로 해야 하니?"

"애들 아빠가 난리를 칠지도 몰라."

"그 인간은 내가 알아서 처리할게. 너도 실없는 소리 계속 하면 나한테 혼날 줄 알아. 그만 눈 좀 붙여."

엄마는 며칠 동안 침대에 누워서 지냈다. 우리는 까치발을 하고 집 안을 돌아다녔다. 켄들은 텔레비전 소리를 줄여야 했다. 하지만 저한테서 나는 소리마저 줄이지는 못했다. 아무것도 아닌 일을 가지고 툭하면 울음을 터트렸다.

"착한 동생이 되어 주면 안 되겠니, 켄들?"

나는 통사정을 했다.

"싫어. 나쁜 동생 될 거야."

엄마한테 줄 카드를 만들 때도 켄들이 옆에서 계속 나를 들볶았다. 나는 파랑새와 사과 꽃과 갓 태어난 새끼 양과 하얀 백조가 떠다니는 시냇물 사진을 모아 아름다운 전원 풍경을 만들었다. 손을 잡고 저녁놀 속으로 걸어가는 네 사람도 오려 붙였다. 엄마, 켄들, 바버러 이모 그리고 나였다. 나는 캐드베리 초콜릿 포장지 한 개를 다 써서 이모한테 보라색 원피스를 만들어 입혔다. 엄마 어깨에는 조그만 분홍색 깃털을 달아서 모피 재킷을 만들었고, 두 발에는 반짝이는 구두 대신 시퀸(반짝이는 금속 조각 : 옮긴이)을 달았다.

엄마를 조금 높게 붙였더니, 어머어마하게 높은 하이힐을 신겨도 땅 위에 살짝 떠 있었다. 깃털도 분위기가 조금 묘했다. 천사 날개하고 너무 비슷했다.

켄들이 말했다.

"보여 줘. 나 말고 조지한테도 보여 줘."

"그 지저분한 장난감 내 얼굴에 들이대지 말고 저리 치워."

내가 짜증스럽게 말했다. 조지는 잼이며 풀이며 먼지투성이였다.

"그것 좀 빨아야겠다."

"조지는 씻는 거 싫어해. 헤엄치는 건 좋아하지만. 우리 조만간 진짜 조지 보러 갈 수 있을까, 누나?"

"아니. 당연히 못 가지. 엄마가 저렇게 편찮으신데 가긴 어딜 가니?"

"이모한테 데려다 달라고 하면 되잖아."

"이모는 엄마 돌봐 줘야 하잖아. 알면서 왜 그래?"

"그럼 누나가 데리고 가 주면 되잖아."

"그래, 그럼 되겠네."

"누나는 왜 안 돼? 무서워서?"

"조용해, 켄들. 나 그만 좀 괴롭혀. 가서 엄마 깨셨나 보고, 뭐 마시고 싶으신지 여쭤 봐."

엄마 뒤치다꺼리를 하느라 거의 밤을 새운 탓에 이모도 낮잠을 자고 있었다.

"엄마 보기 싫어. 무서워."

"바보 같은 소리 하지 마."

"내 얼굴에 대고 토할 수도 있잖아."

"안 그러실 거야. 요즘은 구역질도 안 하시잖아."

엄마는 삶은 달걀과 토스트를 먹고 점심으로 수프까지 먹었는데도 토하지 않았다.

나는 카드에 손을 대면 조지를 쓰레기통에 던져 버리겠다고 경고하고, 엄마를 살펴보러 갔다. 엄마는 베개에 기대앉아서 담배를 피우고 있었다.

"담배 피우면 안 돼요, 엄마!"

"왜? 암 걸릴까 봐?"

엄마는 이렇게 되묻더니, 나를 보고 깔깔 웃었다.

이모가 꿈틀거렸다. 이모는 안락의자에 꽉 차게 앉아서 두 팔에 얼굴을 묻고 자고 있었다. 엄마가 나지막이 속삭였다.

"아무래도 너희 이모, 저기 껴서 못 나올 것 같아! 앞으로는 저 커다란 의자를 엉덩이에 매달고 다녀야 할 거야!"

"엄마! 너무 못됐다!"

"알았다, 알았어. 얘, 배고파 죽겠다. 뭐 먹을 거 없니?"

"삶은 달걀이랑 토스트 만들어 드릴게요."

"애들이나 먹는 그런 쓰레기 같은 음식은 이제 지겨워. 가서 피시 앤 칩스(생선 튀김에 감자튀김을 곁들인 영국의 대중 음식 : 옮긴이) 좀 사 올래?"

돈이 없어서 이모 가방에서 지갑을 꺼내는 수밖에 없었다. 그래도 이모는 뭐라고 하지 않을 것이다.

나는 어린아이처럼 깡충깡충 뛰어서 가게로 갔다. 그리고 큼지막하고 따끈따끈하고 기름진 튀김 봉지를 들고 나오다가 로스와 정면으로 부딪쳤다.

"뭐야, 롤라 로즈 아냐? 뽀뽀하고 싶어서 왔냐?"

"됐어."

나는 재빨리 옆으로 비켰다.

나는 카드 속의 엄마처럼 거의 붕 뜬 채로 집까지 달려갔다. 엄마가 많이 나은 것 같았다. 최악의 상황은 지난 것 같았다. 그렇지 않을까?

# Twenty Two

한밤중에 잠에서 깼다. 발자국 소리와 나지막한 말소리, 끙끙대는 신음 소리를 들은 것이다. 나는 침대를 빠져나와 거실로 달려갔다.

"엄마 또 아파요?"

이모가 엄마를 내려다보고 있었다.

"온몸이 불덩이야. 불 좀 켜라, 롤라 로즈. 어떤지 한번 봐야겠다."

나는 불을 켰다. 엄마는 언뜻 보기에 괜찮은 것 같았다. 볼도 발그스름하고 눈도 반짝였다. 그런데 너무 발그스름하고 너무 반짝이는 게 문제였다. 이모가 말했다.

"열이 있어. 병원으로 데리고 가는 게 좋겠다."

"싫어, 싫어. 그 병원 싫어."

엄마가 중얼거렸다.

"상태가 안 좋잖니. 열을 내려야 해. 롤라 로즈, 엄마한테 뭘 좀 덮어 줄래? 내가 차로 데리고 갈게."

나는 누비이불로 엄마를 돌돌 감았다. 엄마는 온몸이 불덩이인데도 바들바들 떨었다.

"이번에는 또 뭐가 잘못된 걸까?"

엄마가 울먹이며 말했다.

"백혈구 때문일 거야. 암 치료에 대해서 공부를 좀 했는데, 화학 요법을 받으면 백혈구가 파괴돼서 면역력이 떨어진다고 하더라고."

이모가 차가운 수건을 짜서 엄마 이마에 얹으며 말했다.

"언니는 정말 똘똘이라니까. 그래서 그다음엔 어떻게 되나요, 바버러 박사님? 꼴까닥하는 건가요?"

"그럴 리가 있겠니! 너는 정말 신파를 너무 좋아한다니까. 금방 괜찮아질 거야."

이모는 그다지 자신 없는 목소리로 말했다.

"엄마한테 작별 키스 해 드려라, 롤라 로즈."

나는 뜨끈뜨끈한 엄마의 두 뺨에 입을 맞추었다.

"괜찮아질 거예요. 엄마. 꼭 그래야 해요."

"그래. 그랬으면 좋겠다."

엄마가 말했다.

이모는 엄마를 아기처럼 안은 채 현관을 지나고 계단을 지나 자동차까지 갔다. 나는 이모가 차문을 열고 뒷좌석에 엄마를 조심스럽게 내려놓는 모습을 창가에서 지켜보았다. 잠시 후 차가 출발했다. 나는 빨간 미등을 쳐다보았다. 그다음에는 두 사람이 떠난 빈자리의 어둠을 쳐다보았다. 불길한 목소리가 들리기 시작했다.

*이제 두 번 다시 엄마 얼굴을 보지 못할 거야.*

"조용해. 짜증 나는 소리 하지 마. 너 진짜 짜증이다. 이모가 금방 괜찮아질 거라고 하셨단 말이야."

*이모야 당연히 그렇게 말하겠지. 하지만 그 말이 틀렸다는 거 너도 알고 있잖아? 너희 엄마는 죽을 거야.*

"아니야, 아니야, 아니야."

손으로 귀를 틀어막았더니 머릿속에서 소리가 들렸다.

*너희 엄마는 죽을 거야. 네가 아무리 애를 써도 소용없어.*

"나는 빌고, 기도하고, 뭐든지 하겠다고 약속할 거야."

나는 학교에서 읽은 동화책에 나오는 위험한 모험과 불가능한 과제들을 떠올렸다.

"뭐든 할 거야."

*뭐든?*

"그래!"

좋았어. 네가 제일 무서워하는 게 뭐지?

"우리 아빠?"

이제 별로 안 무서워하잖아.

"그럼…… 뭔데?"

무서운 꿈 꾸게 만드는 거 있잖아.

"상어."

그렇지. 수족관에 가서 상어 수조 앞에 서 있어. 상어들이 네 코앞으로 헤엄쳐 지나가도록 유리창에 얼굴을 대고 있어야 해.

"안 돼!"

거기 서서 60까지 세. 그리고 다시 또다시 60까지 60번을 세는 거야. 한 시간이 될 때까지.

"하지만 난 비명을 지를 거야. 토할 거라고. 그건 못 하겠어!"

그러면 너희 엄마를 살릴 수 있다 해도?

나는 불길한 목소리가 상상 속의 존재인 걸 알고 있다. 내가 만들어 낸 존재인 걸 알고 있다. 그런데도 내 마음대로 통제할 수가 없었다.

나는 스윽 하고 지나가는 거대한 머리와 나를 빤히 쳐다보는 소름 끼치는 두 눈과 톱니 모양 이빨을 생각해 보았다. 그랬더니 창문 저쪽에서 상어들이 헤엄치고 있는 것처럼 몸이 떨려 오기 시작했다. 아무래도 그건 불가능했다.

아니다. 불가능하지는 않다. 그 정도는 아무것도 아니다. 다른 아이 같으면 식은 죽 먹기로 해치울 일이다. 나도 엄마를 위해 시도해 보아야 한다.

나는 소파 베드로 가서 베개에 얼굴을 묻고, 달콤하면서도 사향 냄새 비슷한 엄마의 체취를 들이마셨다. 동틀 무렵 이모가 돌아왔다. 얼굴이 온통 울상이었다. 이모는 나를 보더니 애써 얼굴을 펴고 웃음을 지었다.

"걱정할 거 없다. 지금 병원에서 항생제를 맞고 있어."

"저 오늘 학교 안 갈 거예요. 켄들이랑 같이 문병 갈래요."

"그럼 안 되지."

"갈래요!"

"안 된다니까. 너희 엄마는 지금 1인실에서 치료를 받고 있어. 다른 병균을 옮길 수도 있으니까 면회 금지야."

"그럼 제가 엄마한테 병균을 옮긴 건가요?"

그렇다면 충격이었다.

"그건 아니지! 뭐, 우리 셋 중 누구라도 그랬을 수 있어. 너희 엄마는 지금 너무 약한 상태거든."

이모는 어깨를 으쓱하고 눈을 감았다.

"롤라 로즈, 나는 너희 엄마가 나을 수만 있다면 뭐든 할 거다."

"우리 엄마를 사랑하세요?"

"당연하지!"

이모는 눈물을 훔쳤다.

"하지만 엄마는 못된 동생이었잖아요. 이모 남자 친구도 가로채고."

"그랬지. 어렸을 때부터 아주 말썽꾸러기였다. 나한테 기다란 실크 크리놀린을 입고 양산을 든 도자기 인형이 있었는데……."

"저한테도 그런 인형 사진 한 장 있어요. 그런 인형 너무 예뻐요!"

"그런데 너희 엄마가 그 금색 고수머리를 다 잘라 버리고 파란색 볼펜으로 팔에 문신을 잔뜩 그려 놓았지 뭐니. 펑크족으로 변신시킨다면서. 그때 나는 인형을 가지고 놀기에는 조금 나이가 많았는데도 그 꼴을 보고 난리를 쳤단다. 그 소리를 듣고 달려온 아버지가 인형을 보더니 너희 엄마를 때렸지. 너희 엄마한테는 정말 엄하셨거든. 그날 내가 얼마나 울었는지 몰라. 나 때문에 너희 엄마 다리가 온통 불그죽죽한 매 자국이었거든. 그래, 난 예나 지금이나 너희 엄마를 사랑한단다. 네가 켄들을 사랑하는 것처럼."

"제 인형을 더럽히면 사랑하지 않을 것 같은데요."

"그래도 사랑할 거야. 미워하면서도 사랑할 거야. 너희 엄마하고 연락이 끊겼을 때 얼마나 힘들었는지 아니? 그런데 이제 다시 만나고 보니……."

이모는 말끝을 흐리면서 숨을 크게 들이쉬었다.

"너희 엄마를 다시 만나서 얼마나 기쁜지 몰라. 너하고 켄들도 그렇고. 이제 얼른 가서 한두 시간이라도 눈을 붙여야 일어나서 학교에 갈 수 있지 않겠니?"

바버러 이모는 시계를 맞춰 놓았지만, 알람이 울려도 꿈쩍도 하지 않았다. 나는 얼른 시계를 껐다. 그러고는 켄들을 씻겨서 옷을 입히고 나도 나갈 채비를 했다.

"엄마 어딨어?"

켄들이 물었다.

"벌써 죽은 거 아니지?"

"켄들! 쉿! 아냐. 열이 나서 다시 입원했어."

"그럼 병원에서 죽는 거야?"

"아니야! 죽지 않는다고 몇 번을 말해야 알아듣겠니? 자, 이제 조용히 아침 먹자. 알겠지? 이모 깨우면 안 돼."

"하지만 지금 안 일어나면 우리 학교 데려다 주는 거 늦잖아."

"예전처럼 내가 데려다 주면 되잖아. 이모는 주무셔야 해. 밤을 새우셨단 말이야."

켄들은 고개를 끄덕이더니 조지를 무릎에 올려놓은 채 아침을 먹기 시작했다. 조지는 버터 범벅이 되었고, 빵가루 세례를 받았다. 켄들은 밥을 먹는 태도가 안 좋기로 악명이 자자한데, 오늘따라 유난히 심했다.

"토스트 빨아 먹지 마. 그게 무슨 아이스바인 줄 아니!"

"조용히 먹으라고 해 놓고. 토스트는 씹으면 와삭 와삭 와삭 소리 나잖아."

나는 그저 웃을 수밖에 없었다. 오늘 아침만큼은 켄들이 하고 싶어 하는 대로 내버려 둘 작정이었다.

나는 이모한테 학교에 간다고 쪽지를 남겼다. 엄마한테 안부 전해 달라고 했다. 그런 다음 쾅 소리가 나지 않게 천천히 문을 닫고 집을 나섰다.

켄들은 앞뜰을 가로질러서 오른쪽으로 방향을 틀었다.

"아냐, 이쪽이야."

내가 켄들의 손을 잡으며 말했다.

"하지만 학교는 저쪽이잖아."

"알아. 오늘 학교 가는 거 아니야."

"그럼 어디 갈 건데? 엄마 문병?"

"아니, 열이 내릴 때까지 면회 금지래."

"그럼 어디 갈 건데?"

"두고 보면 알아."

나는 전철역에서 어린이용 표를 두 장 샀다. 이번에도 이모 돈을 썼다. 어쩔 수가 없었다.

"시내 가는 거야? 우리 둘이서?"

켄들이 물었다.

"응. 모험 떠나는 거야, 알겠지?"

"무서운 거 아니지?"

"너한테는 무서운 거 아니야."

켄들은 내 꿍꿍이속을 알아차리지 못하다가, 강변길로 접어든 뒤에야 눈치를 챘다.

"여기 수족관 가는 길이다!"

"맞아."

"우와, 조지 보러 가는 거야?"

"응."

"하지만 누나는 상어 싫어하잖아."

"맞아."

"안 들어갈 거구나?"

"이번에는 들어갈 거야."

하지만 자신이 없었다. 나는 잠시 걸음을 멈췄다.

"왜 그래?"

"기분이 이상해서."

켄들이 나를 올려다보았다.

"얼굴도 이상해. 완전 하얘. 속이 안 좋은 사람처럼."

"사실 속이 좀 안 좋아."

"그럼 밖에서 기다려. 나 혼자 들어갈게. 나는 안 무서우니까."

켄들이 으스대며 말했다.

*너 못 들어갈 줄 알았다!*

"나도 같이 갈 거야."

나는 머뭇머뭇 매표소로 가서 앞서 가는 어떤 가족과 일행인 척 표를 끊었다. 수족관 안은 어두컴컴했다. 바닷속으로 들어간 것처럼 사방에서 물소리가 들렸다. 그러자 갑자기 빠져나갈 길이 없는 것처럼 느껴졌다. 문이 보였지만 '직원 전용. 출입 금지. 이를 어길 시 상어 밥이 될 수도 있음.'이라고 적혀 있었다.

"가자. 아래층이야."

켄들이 앞장서서 달려 나갔다.

"기다려!"

나는 큰 소리로 외치며 켄들의 손을 잡았다.

"누나 손 너무 축축하잖아. 이 손 놔."

"안 돼. 기다려, 켄들!"

"조지 보러 가고 싶단 말이야!"

켄들은 내 손을 홱 뿌리치고 아래층으로 향하는 계단을 달려 내려갔다. 나는 켄들을 따라 달렸다. 양쪽 수조에서 물고기들이 꿈틀거리고 버둥거렸다. 잠시 후, 사람들이 모여 있는 거대한 수조가 보였다.

"조지!"

켄들이 수조 쪽으로 달려가며 외쳤다.

나는 물속을 미끄러지듯 움직이는 시커먼 형상을 보지 않으려고, 통로 한쪽에 웅크리고 서서 눈을 가늘게 떴다. 나도 같이 물속으로 가라앉는 기분이었다.

나도 상어 수조 쪽으로 걸어가서 아무렇지도 않게 유리창에 철썩 들러붙고 싶었지만 그럴 수가 없었다.

켄들이 애완견을 부르듯 "조지! 이쪽이야, 조지! 야!" 하고 부르는 소리가 들렸다. 눈을 감았다 떴더니 조지가 입을 쩍 벌리고 켄들 쪽으로 헤엄쳐 오는 게 보였다.

"켄들!"

나는 비명을 질렀다.

조지가 켄들을 통째로 삼키려는 것처럼 보였다. 나는 한달음에 달려가서 켄들을 그 끔찍한 이빨에서 멀찌감치 떨어진 곳으로 떼어 내려고 했다.

"이러지 마! 이 손 놔! 나, 아무렇지도 않아. 하나도 안 무섭다고."

켄들은 길길이 뛰면서 나를 밀쳐 냈다.

무서웠다. 유리창에 기대어 서 있는데, 조지가 휙 지나가면서 그 차갑고 낯선 눈으로 아는 척을 했다.

"나야. 롤라 로즈가 왔어. 난 할 수 있어. 너보다 더 무섭게 노려볼 수 있어. 몇 번이고 내 앞을 지나가도 좋아. 그 끔찍한 입을 벌리고 나한테 이빨을 드러내도 좋아. 그래도 난 꼼짝하지 않을 거야. 한 시간 동안 너희랑 코를 맞대고 서 있을 거야. 내가 우리 엄마를 낫게 할 거야. 두고 봐."

나는 숫자를 세고, 세고, 또 셌다. 켄들은 잠시 내 옆에 있더니, 한쪽 구석에 웅크리고 앉아 무릎에 턱을 대고 조지가 지나갈 때마다 나른하게 손을 흔들었다. 가끔 지나가는 사람한테 밟히기도 했다. 상어 수조는 수족관에서 가장 인기가 많은 곳이었다. 사람들이 계속 팔꿈치로 밀었지만, 그래도 나는 꿋꿋하게 버텼다. 꼬맹이들조차 내 앞으로 끼어들지 못하게 했다.

사람들이 어쩜 그렇게 태연한지 이해할 수가 없었다. 어떤 사람들은 금붕어라도 되는 양 상어를 보면서 씩 웃었다. 하지만 비명을 지르면서 도망가는 어른도 가끔 있었다.

물고기들은 둥글게, 둥글게, 둥글게 헤엄치면서 절대 서로 부딪치는 법이 없었다. 유령처럼 생긴 노랑가오리들은 느릿느릿 춤을 추듯 서로 쫓아다녔다. 금색 전갱이들은 떼를 지어 헤엄쳤다. 상어들은 수조 안에 저 혼자밖에 없는 것처럼 따로따로 헤엄쳐 다녔다. 수염상어, 표범상어, 모래범상어, 흉상어…….

나는 녀석들을 뚫어져라 쳐다봤다. 녀석들이 내 앞을 헤엄쳐 지날 때마다 심장이 쿵쾅거리고 이마에서 땀이 났다. 속이 울렁거려 화장실에 가고 싶었고, 온몸이 부들부들 떨려왔다. 그래도 그 자리에서 버텼다.

나는 3,600까지 센 다음 그 자리를 떴다. 내가 서 있던 곳 유리창에 김이 서렸다. 롤라 로즈 유령이 유리창을 뚫고 들어가 수조 속에서 상어들과 헤엄치고 있는 것 같았다.

"너 진짜 상어라면 사족을 못 쓰는구나."

밝은 노란색 티셔츠를 입은 직원이 말했다.

나는 이마를 문지르며 힘없이 웃었다.

"먹이 줄 때 한번 구경 와."

나는 녀석들이 입을 벌리고 먹이를 씹고 삼키는 광경을 상상해 보았다. 치가 떨렸다.

"어떤 식으로 먹이를 줘요? 수조 속에 들어가서 주는 건 아니죠?"

"그렇지. 먹붕장어는 수조 속에 들어가서 먹이를 주지만 상어는 안 그래."

"그랬다가는 잡아먹히겠죠?"

"이 녀석들은 그런 종류가 아니야. 가끔 관람객이 없으면 같이 들어가서 헤엄도 치고 그러는데."

"설마!"

나는 그 말이 농담인지 진담인지 알 수가 없었다.

"진짜야."

직원은 주머니 속에 손을 넣어 뭔가 하얗고 뾰족한 걸 꺼냈다.

"상어 이빨이다!"

그러더니 나에게 내밀었다.

"너 줄게. 상어한테 그렇게 관심이 많으니."

"정말요?"

나는 직원의 마음이 바뀌기 전에 얼른 손을 오므렸다.

"그걸 가지고 있으면 행운이 따라온대."

"정말 감사합니다."

나는 상어 이빨을 단단히 움켜쥐고 중얼거렸다.

직원은 고개를 끄덕이고 한쪽 눈을 찡긋한 다음 저쪽으로 걸어갔다.

"저 아저씨가 뭐 줬어?"

켄들이 물었다.

"응, 박하사탕."

나는 얼른 대답한 다음, 손을 입에 대고 먹는 척했다.

"넌 박하사탕 안 좋아하지?"

"난 켄들 민트 케이크가 좋아."

"나도. 가자, 말 잘 들었으니까 아이스크림 사 줄게."

나는 집으로 가는 내내 상어 이빨을 손에 꼭 쥐고 숨겼다. 켄들이 알면 신 나 하면서 제가 갖겠다고 할 게 뻔했다. 잘 숨겨 두었다가 엄마한테 드려야 했다.

상어 이빨은 마법을 부려서 엄마를 낫게 할 행운의 부적이었다. 나는 상어 수조 앞에서 한 시간이나 모진 고문을 견뎠다. 상어 이빨은 내가 임무를 완수했다는 증거였다. 불길한 목소리한테 본때를 보여 준 셈이다.

엄마는 나을 것이다.

# Twenty Three

행운의 여신

　집에 와 보니 이모는 나가고 없었다. 병원에 간 모양이었다. 우리가 런던에 살면 얼마나 좋을까 싶었다. 길고 긴 오후가 지나고 드디어 이모가 돌아왔다. 헐레벌떡 계단을 올라오는 소리가 들렸다. 현관문을 박차고 들어오는 순간, 이모는 숨이 턱까지 차서 말도 제대로 하지 못했다. 하나로 묶은 머리는 산발이 되었고, 파란 셔츠에는 군데군데 땀이 번져 있었다.
　이모가 헐떡거리며 물었다.

"너희들 어디 갔었니? 학교에 데리러 갔더니 안 보이잖아. 교장 선생님 말로는 오늘 아예 학교에 안 갔다던데. 롤라 로즈, 요즘 같은 때 어쩌면 이럴 수 있니?"

"죄송해요. 그…… 그게 수족관에 가야 할 일이 있었거든요. 걱정하실까 봐 쪽지를 남긴 건데."

"다시는 그러지 마라! 그런데 수족관에 갔었다고? 그 정도로 갔으면 켄들도 이제 질릴 때가 되지 않았니?"

"켄들이 아니라 제가 가자고 한 거예요. 엄마를 낫게 하려고요. 엄마 괜찮으시죠? 그렇죠, 이모?"

상어 이빨을 어찌나 꽉 쥐고 있었던지 손바닥을 파고들 정도였다. 이모는 나를 물끄러미 바라보았다. 무언가를 억지로 참는 표정이었다. 그러다 벌게진 두 뺨 위로 눈물을 쏟았다.

"아니, 더 나빠셨어."

이모는 흐느껴 울기 시작했다.

"열이 떨어지질 않아. 항생제가 안 듣는 모양이야. 그래서 너희를 데리러 갔던 거야. 엄마를 만날 수는 없겠지만, 복도에서 말을 건넬 수는 있을 것 같아서."

"엄마 죽는 거야?"

켄들이 물었다.

"아니야!"

내가 말했다.

"어쩌면 죽을지도 몰라, 롤라 로즈."

이모는 내 어깨를 감싸 안았다.

"그럴 리 없어요! 내가 엄마를 낫게 했어요! 상어들 바로 앞에 서 있었다고요. 상어들이 코앞으로 헤엄쳐 와도 도망치지 않았어요. 마법의 이빨도 얻었고요. 엄마가 돌아가실 리 없어요!"

나는 흐느껴 울었다.

"내가 뭘 잘못한 거죠? 더 오래 있었어야 했나요? 뭘 잘못했냐고요."

"그만해라, 롤라 로즈. 네가 잘못한 건 아무것도 없어. 너 때문에 엄마가 편찮으신 것도 아니잖니. 그리고 네가 무슨 짓을 하건 엄마를 낫게 할 수는 없어."

"할 수 있어요. 정말 열심히 노력했단 말이에요. 행운의 상어 이빨도 얻었다고요. 보세요!"

"보여 줘! 어디서 났어? 내가 가질래."

켄들이 소리를 지르면서 상어 이빨을 낚아채려고 했다.

"이건 엄마 거야."

나는 켄들 머리 위로 손을 치켜들었다.

"그럼 병원에 가서 엄마한테 드리자. 하지만 이건 마법의 어쩌고가 아니라 선물이야, 롤라 로즈. 그걸로 엄마 병을 고칠 수는 없어."

이모가 말했다.

"고칠 수 있어요!"

"그래…… 한번 믿어 보자. 얼른 씻고 옷 갈아입고 나올게. 알았지? 5분이면 돼."

나도 옷을 갈아입었다. 가장 예쁜 검은색 셔츠와 보라색 벨벳 치마로 갈아입었다. 날씨가 더웠지만 털 재킷도 걸쳤다. 그런 다음 싫다는 켄들한테 검은색 가죽 재킷을 입혔다. 켄들은 계속 상어 이빨 이야기만 했다.

"엄마 거라고 몇 번을 이야기해야 알아듣겠니? 나중에 다시 수족관 가서 네 것도 하나 얻어 줄게."

"학교 빼먹고 가면 안 된다."

샤워를 하고 나와서 얼굴이 발그레해진 이모가 말했다. 이모는 은색 끈으로 가장자리를 두른 보라색 타이식 실크 투피스를 입고, 발가락 끈이 달린 은색 샌들을 신었다.

"이모, 정말 예뻐요."

"고맙다, 롤라 로즈. 너도 예뻐. 켄들, 너도 예쁘고. 자, 상어 이빨 챙겼니? 그럼 출발하자."

우리는 계단을 올라오던 앤디와 스티브하고 마주쳤다.

"파티 가는 분위기네?"

스티브가 말했다.

불길한 목소리가 계단 난간을 타고 올라왔다. *작별 파티를 하러 가는 거지.* 병원으로 가는 내내 상어 이빨을 어찌나 꽉 쥐고 있었던지 손바닥에 벌겋게 자국이 남았다.

"이빨이 누나를 물었네?"

켄들이 말했다.

우리는 끝도 없이 이어지는 반들반들한 복도를 걸어갔다. 걸음을 옮겨 놓을 때마다 켄들의 샌들은 찍찍 소리를 내고, 내 하이힐은 또각거리고, 이모의 샌들은 철썩거렸다. 엄마가 입원한 병동으로 접어들자, 이모는 우리를 밖에 세워 두고 엄마가 치료를 받고 있는 1인실로 들어갔다.

우리는 한참을 기다려야 했다. 나는 켄들의 손을 잡았다.

"상어 이빨 잡은 손 아니지? 난 상어 이빨에 물리기 싫어."

"다른 손이야. 괜찮아."

"누나, 안 괜찮은 거 아니야?"

켄들은 내 손가락에 깍지를 꼈다.

"병원에서 엄마한테 무슨 짓을 한 거야? 왜 우리를 못 들어오게 하는 거지?"

"우리 몸에 병균이 득실댈지 몰라서 그러는 거야. 하지만 이모 말로는 엄마한테 말을 할 수는 있댔어. 지금 말을 걸어 볼까?"

"무슨 말?"

"아무거나. '사랑해요, 엄마. 얼른 나으세요.' 뭐, 이런 거."

"그래도 소리 지르는 거 창피해. 아픈 사람들이 다 쳐다볼 거 아냐."

"문 앞에 가서 하면 되지. 가자."

우리는 엄마가 있는 1인실 쪽으로 걸어갔다. 문이 반쯤 열려 있었다. 나는 잔뜩 겁을 먹은 얼굴로 슬쩍 들여다보았다. 엄마는 얼굴에 마스크를 쓰고 온몸에 관을 주렁주렁 매단 채 침대에 누워 있었다. 베개 위로 쏟아진 금발이 아니었으면 알아보지도 못했을 것이다. 간호사가 체온을 재면서 이모와 실랑이를 벌이고 있었다.

"아이들을 들어오게 했다가 제 목이 날아갈 수도 있어요. 아시잖아요."

간호사가 말했다.

"지금 그게 문젠가요? 아이들을 생각해 봐요. 아이들도 저희 엄마를 봐야 해요. 그리고 그게 환자한테 도움이 될 수 있어요. 아이들을 워낙 사랑하는 엄마니까요."

이모가 받아쳤다.

"이미 그럴 만한 상태는 지난 것 같은데요."

내가 그 말을 듣고 울음을 터트리는 바람에 간호사가 고개를 들었다. 간호사는 나를 보다가…… 결국 고개를 끄덕였다.

"알았어. 얼른 들어와. 엄마 얼굴 딱 2분만 보고 가는 거다. 단, 내가 병실을 빠져나간 다음에 들어와. 알았지?"

켄들과 나는 발뒤꿈치를 들고 살금살금 침대로 다가갔다. 이모가 수많은 관 사이로 조심스레 손을 뻗어 꼭 움켜쥔 엄마의 주먹을 쓰다듬었다.

"니키, 애들이 왔어. 제이니하고 케니. 롤라 로즈하고 켄들. 너한테 인사하러 왔어."

엄마는 눈을 뜨지 않았다. 주먹도 펴지 않았다.

"엄마."

내가 불렀다.

"내 목소리 들려요? 엄마한테 이거 드리려고요."

나는 주먹을 쥐고 있는 엄마의 손가락을 조심스레 하나씩 펼쳤다. 그런 다음 상어 이빨을 안으로 밀어 넣었다.

"짜잔! 이게 뭔지 엄마는 상상도 못할 걸요? 진짜 상어 이빨이에요. 진짜 진짜 행운을 가져다주는 물건이래요. 한 시간 동안 고생한 대가로 받았어요. 이게 있으니까 곧 나을 거예요."

엄마는 꿈쩍도 하지 않았다.

"나는 상어 이빨 못 가져왔지만, 엄마가 갖고 싶다면 상어를 통째로 줄게."

켄들은 이렇게 말하면서 지저분한 조지를 엄마 팔 밑에 쑤셔 넣었다.

"들었어요, 엄마? 켄들이 엄마한테 조지를 선물했어요."

내가 말했다.

"완전히 준 건 아니야. 빌려 준 거야."

켄들이 말했다.

"상어 이빨은 엄마 가져요. 몸이 다 나으면 구멍을 뚫고 줄에 꿰서 목에 걸고 다니면 되겠다."

"싸구려 줄 같은 건 안 하고 다닐 거야."

엄마가 이렇게 중얼거리는 바람에 우리 모두 그 자리에서 펄쩍 뛰어올랐다.

"엄마, 아직 살아 있었네요!"

나는 흐느껴 울었다.

"당연하지. 그리고 얼른 나을 거야. 너희 둘을 키워야 하니까. 이제 그만 가라. 머리가 지끈거리는데 너희들 때문에 더한 것 같아."

바버러 이모, 켄들 그리고 나는 뜨끈뜨끈한 엄마 이마에 차례로 입을 맞추었다. 나는 조지를 다시 꺼냈다. 조지가 없으면 켄들이 잠을 못 잘 뿐만 아니라 조지는 온통 세균투성이였다.

"내 덕분에 나은 거죠, 그렇죠?"

내가 조그맣게 물었다.

"내 덕분에 나은 거야."

엄마가 딱 잘라 말했다.

"나는 뭐든지 할 수 있는 사람이거든. 행운의 여신이잖아. 안 그래?"

# Twenty Four

## 행운이 함께하기를!

엄마는 열이 내렸지만, 당분간 병원 신세를 져야 했다. 얼마 뒤에는 퇴원해도 될 만큼 건강해졌지만, 치료는 계속 받아야 했다. 가장 먼저 몇 주에 걸친 화학 요법이 기다리고 있었다.

두 번째 치료가 끝났을 때 엄마의 길고 아름다운 금발이 빠지기 시작했다. 처음에는 정말 끔찍했다. 아침에 엄마가 켄들과 나를 데리고 침대에 누워 있다가 일어나 앉았는데, 머리카락 한 움큼이 베개에 떨어져 있었다.

"맙소사."

엄마는 숨을 헉 내뱉더니, 빈 부분을 찾으려고 머리카락 속을 더듬었다.

"이건 무슨 공포 영화도 아니고!"

"신경 쓰지 말아요, 엄마. 겨우 몇 가닥 빠진 건데요, 뭘."

나는 거짓말을 했다.

엄마의 손가락이 두피를 따라 내달렸다. 그 자리에서 길고 옅은 금발이 더 많이 뽑혀 나와 나이트가운 위로 부스스 내려앉았다. 엄마는 남은 머리카락이라도 지키려는 듯 두 손으로 머리를 감싸고 흐느끼기 시작했다.

켄들도 울음을 터트렸다. 엄마를 보지 않으려고 두 눈을 질끈 감은 채.

"이게 무슨 일이냐?"

이모가 잠옷으로 쓰는 커다랗고 까만 카프탄드레스(터키나 아랍 지역 사람들이 입는 전통 의상을 본떠 만든 소매가 길고 낙낙한 드레스 : 옮긴이)를 걸친 채 방 안으로 들이닥쳤다.

"이것 좀 봐!"

엄마가 울먹이며 말했다.

"이를 어째. 머리가 빠지는구나. 알았어. 이러면 되겠다. 롤라 로즈, 잘 드는 가위 있지?"

"그걸로 내 목을 자르려고?"

엄마가 콧방귀를 뀌었다.

"머리 자르려고."

"안 돼! 난 늘 긴 머리였어. 긴 머리는 내 일부란 말이야."

"이제는 포기해야지."

이모가 슬픈 목소리로 말했다.

"자, 와서 의자에 앉아라. 싹둑 자르게. 아주 짧게 자르면 뿌리에 부담이 덜 갈 거야. 그러면 일부라도 살릴 수 있을지 모르잖아."

이모는 엄마 머리를 정말 짧게 잘랐다. 나는 머리카락을 전부 주워서 느슨하게 땋은 다음 보라색 리본으로 묶었다.

"이거 머리핀으로 뒤통수에 달아도 되겠어요, 엄마."

내가 말했다.

"그래봐야 소용없어. 나 진짜 끔찍해 보인다. 스킨헤드족 같아."

엄마는 울면서 말했다

"아니에요. 엄마가 지금 누굴 닮았는지 알아요?"

나는 짧고 삐죽삐죽한 머리와 창백한 얼굴, 길고 가는 목을 쳐다보며 물었다.

"정답은 켄들!"

"어머, 좋아 죽겠네!"

엄마는 말은 그렇게 했지만 눈물을 훔친 다음 아랫입술을 내밀고 혀 짧은 소리를 냈다.

"조지 내놔!"

켄들 흉내를 어찌나 똑같이 내는지 우리 모두 웃음을 터트렸다.

머리를 그렇게 짧게 깎아도 아무 소용이 없었다. 엄마가 완전히 대머리가 될 때까지 머리는 계속 빠졌다. 엄마 머리는 끔찍하리만치 휑했다. 병원에서 가발을 주었지만 어울리지 않았고, 엄마 말로는 가발을 쓰면 가려워 미칠 것 같다고 했다. 엄마는 이모의 타이 실크로 스카프를 만들어 머리에 돌돌 감고 내가 땋아 놓은 머리를 뒤통수에 달았다.

"그렇게 하니까 진짜 예쁘다, 엄마!"

내가 말했다.

"정말 끔찍하다."

엄마는 거울을 쳐다보면서 한숨을 내쉬었다. 그러다 뺨을 불룩하게 만들었다.

"머리만 빠지는 게 아니라 살까지 찌고 있잖아."

나는 암에 걸리면 살이 빠지는 줄 알았다. 그런데 엄마는 정말로 날이 갈수록 살이 쪘다. 약 때문에 얼굴도 둥그스름해졌고 몸도 둥그스름해졌다.

"아악! 나 좀 봐."

엄마는 낑낑대며 지퍼를 올렸다.

"청바지 몇 벌 새로 사야겠다. 뭐든 다 새로 사야겠어."

예쁜 하얀색 재킷도 너무 꽉 꼈다.

"롤라 로즈, 이 재킷은 네가 입는 게 좋겠다."

"그 옷은 엄마 거잖아요. 다 나으면 다시 날씬해질 거예요."

"다 낫기나 할는지 모르겠다. 그리고 괴물로 변하면 나은들 무슨 소용이니? 이렇게 뚱뚱한 몸으로 살 순 없어!"

이모는 그 소리를 듣고 콧방귀를 뀌었다.

"조용히 하셔, 빼빼 씨. 나처럼 돼 보시지!"

이모는 예전에 비해 살이 빠졌다. 다이어트를 해서 그런 게 아니다. 우리를 돌보느라 동동거리는 데다 주말이면 가게로 달려가야 했기 때문에 예전처럼 많이 먹을 시간이 없어서였다.

"조만간 기성복도 맞겠다. 그럼 내 보라색 실크 랩 스커트로 침대보 만들어 줄게, 롤라 로즈."

"안 돼, 내가 입어야 해. 내 몸이 비닐 튜브처럼 부풀어 오르고 있으니까."

엄마가 말했다.

"말도 안 되는 소리. 넌 지금도 나에 비하면 뼈밖에 없거든."

"언니에 비하면 누구라도 뼈밖에 없거든."

"엄마! 못된 소리 좀 그만해요!"

내가 말했다.

엄마가 인상을 썼다.

"나는 못된 소리 좀 해도 돼. 환자잖아. 그리고 너희 이모는 지금도 머리숱이 많단 말이야."

"네 머리도 다시 자랄 거야. 예전처럼 곱슬곱슬한 금발로."

이모가 엄마를 안아 주며 말했다.

"화학 요법이 끝날 때까지만 기다려."

"화학 요법이 끝나면 방사선 요법이 시작되잖아. 요법! 그거 고문을 그럴듯하게 표현한 말 아닐까? 처음에는 독약을 먹이고 그다음엔 태우고."

"그게 다 너 좋아지라고 하는 거잖아. 이제 우는소리 좀 그만해라!"

"언니는 잔소리 좀 그만해!"

엄마와 이모는 진짜로 싸우는 게 아니었다. 둘이서 하는 놀이 같은 거였다. 엄마와 이모는 근사하게 화음을 넣어 가며 '무슨 시스터즈'라도 된 듯이 노래를 부르기 시작했다.

"우리 가게에서 둘이 같이 공연해야겠다."

이모가 말했다.

"좋지. 야한 춤도 곁들일까?"

"나 농담하는 거 아니야."

이모가 새파란 눈으로 엄마를 똑바로 쳐다보면서 말했다.

"애들 데리고 나랑 같이 살면 어떻겠니? 너라면 우리 가게 단골들이랑 죽이 잘 맞을 거야. 가게 지분을 너한테 절반 넘길게. 처음부터 그랬어야 하는 거잖아. 신식으로 꾸미게 좀 도와줘. 네 생각은 어때?"

나는 숨을 참았다. 엄마 얼굴이 일그러졌다. 엄마가 눈을 깜빡이자 눈물이 뺨을 타고 흘러내렸다.

"그래, 좋아."

엄마는 차 한잔하겠냐는 소리에 대답하는 투였다. 하지만 손을 내밀어 바버러 이모의 손을 꼭 잡았다.

"롤라 로즈, 켄들, 너희 생각은 어때? 너희 둘 다 나랑 같이 우리 가게에서 사는 거 좋아?"

이모가 물었다.

"그럼 맥주 마실 수 있어?"

켄들이 물었다.

"아니, 대신 콜라하고 감자 칩은 마음대로 먹을 수 있어. 그리고 가게 앞에 넓은 뜰이 있거든. 거기다 조그만 연못을 만들어서 금붕어를 길러도 되겠다. 가게 이름이랑 어울리긴 하지만 송어는 안 돼. 상어도 안 되고!"

"조지는 괜찮잖아! 조지는 거기서 헤엄쳐도 되지?"

"조지가 그러고 싶다면. 롤라 로즈, 너도 우리 가게에서 살고 싶니? 거긴 작은 다락방이 아주 많아. 네 방도 만들어 줄게. 물론 벽은 보라색으로 칠하고. 그리고 어딘가에 예전에 쓰던 커다란 가리개가 있는데, 사진 오린 걸로 그걸 장식하면 어떨까?"

나는 숨을 크게 들이쉬었다. 이모는 나를 구슬릴 필요가 없었다. 이건 무슨 동화 같은 이야기였다.

"그럼 정말 좋겠어요."

내 친구 하프릿이 보고 싶긴 할 거다. 친구다운 친구를 사귄 게 처음이었으니, 작별 인사를 하려면 가슴이 아플 거다. 하지만 가브리 아줌마가 방학 때 하프릿을 우리 집으로 보내 줄지 모른다. 아줌마는 지금도 우리 엄마를 못마땅하게 생각하지만, 바버러 이모는 좋게 생각했다. 며칠 전에는 차나 한 잔하자면서 이모를 집으로 부르기도 했다.

교장 선생님도 보고 싶을 거다. 나는 라크라이즈 생활, 그 중에서도 미술 시간이 특히 좋다. 하지만 이제는 다른 학교로 옮겨야 한다. 다른 학교에서도 롤라 로즈라는 이름으로 친구를 많이 사귈 것이다.

이 집은 별로 그리울 게 없지만, 위층에 사는 앤디는 보고 싶을 것이다. 앤디와 스티브는 조만간 새집으로 옮긴다고 했다. 파커 할머니도 단독 주택으로 이사 갈지 모른다. 우리 모두 움직이고 있다. 이제 분명히 말할 수 있다. 엄마와 켄들과 나는 송어의 집에서 살 것이다. 송어의 집이라는 이름은 조만간 바뀌겠지만.

엄마가 말했다.

"나는 처음부터 그 이름이 마음에 안 들었어. 앞으로 우리 둘이서 가게를 꾸려 갈 텐데, 사람들이 우리더러 늙은 송어 두 마리라고 부르면 좋겠어?"

이모가 말했다.

"그럼 이름 바꾸자. 뭐가 좋을까? 노래하는 자매?"

"큰언니와 작은 동생은 어때? 지금은 내가 큰 동생으로 변신하는 중이긴 하지만."

"그만 좀 해라! 조만간 예전 모습으로 돌아갈 거야. 하지만 주점에 있으면서 다이어트 하기는 어려울걸? 우리 가게 타이 그린 치킨 카레를 먹어 보면 절대 다이어트 못할 거야!"

엄마는 앞으로도 마음에 드는 남자가 나타나면 꼬리를 칠 것이다. 남자를 많이 만날 수 있을 테니 주점 일도 좋아할 것이다. 엄마가 남자한테 그렇게 기대지 않았으면 좋겠는데, 어쩔 수가 없는 모양이다. 그래도 두 번 다시 아빠를 부르는 일은 없을 것이다.

이제는 아빠를 생각해도 별로 걱정이 되지 않는다. 아빠가 다시 찾아오더라도 이모가 우리를 지켜 줄 것이다.

그런데 엄마는 걱정이 된다. 상태가 점점 좋아지고 있는데도 말이다. 엄마는 정말로 좋아졌다. 병원에서도 엄마의 회복세를 보고 좋아했다. 키 선생님 말로는 이제 생존 확률이 상당히 높아졌다고 했다.

왜 그런지는 모르겠다. 아무래도 화학 요법 덕분인 것 같다. 그 치료를 시작한 첫 주에 저세상으로 갈 뻔했지만.

엄마는 운이 좋았다.

재수 좋은 일을 일부러 만들 수는 없다. 날마다 복권에 당첨될 수는 없다.

내가 상어 고문을 견딘 다음 엄마 상태가 좋아진 건 어쩌다 맞아떨어진 일일 뿐이다. 다행스러운 우연의 일치였다. 하지만 엄마의 얇은 은 목걸이에 달린 상어 이빨을 볼 때마다 기분이 좋아진다.

엄마와 바버러 이모와 켄들과 나는 이제부터 쭉 행복하게 살 것이다. 행운이 함께하기를.

| 옮긴이의 말 |

이 책의 저자 재클린 윌슨의 작품 중에는 소위 말하는 '한부모 가정'이 자주 등장한다. '한부모 가정'이라고는 하지만, 사실은 엄마와 딸인 경우가 대부분이다. 그리고 그 엄마와 딸은 결코 평범하지 않다. 엄마는 철부지고, 딸은 애어른이다. 철딱서니 없는 엄마가 사고를 치면 어른스러운 딸이 수습하는 식이다.

이 책에도 그런 엄마와 딸이 등장한다. 사실 롤라 로즈의 엄마는 사고뭉치를 넘어서 거의 대책이 안 서는 수준이다. 새파랗게 젊은 애인한테 빠져서 복권 당첨금을 흥청망청 써버리질 않나, 폭력을 휘두르는 아빠한테서 도망칠 때는 언제고 좀 외로워지니까 그런 아빠를 다시 부르질 않나……. 심지어 예전에는 언니의 약혼자를 뺏은 적도 있다고 한다.

나는 이 책을 번역하는 내내 롤라 로즈가 참 안쓰러웠다. 롤라 로즈도 아직 어린아이인데 동생을 건사하는 것으로도 모자라서 엄마 뒤치다꺼리까지 해야 했으니 언뜻 들어도 참 칙칙하고 우울한 상황이다. 그런데도 불구하고 이 책이 칙칙하거나 우울하지 않은 이유는 우리의 주인공 롤라 로즈 덕분이다.

롤라 로즈는 사실 평범한 친구다. 미술 말고는 잘하는 과목도 없고, 너무 많이 먹어서 뭘 입어도 터질 것 같고, 숫기가 없어서 친구를 잘 사귀지도 못한다. 그런 롤라 로즈한테 한 가지 남다른 면이 있다면 절망하지 않는다는 거다.

친구 하프릿과 비교하면 알 수 있는 것처럼 롤라 로즈는 그 나이에 감당하기 힘든 일들을 많이 겪었다. 집으로 돌아갈 차비가 없어서 무임승차를 한 적도 있고, 먹을 게 없어서 위층에 사는 이웃한테 구걸한 적도 있고, 엄마를 지키려다 아빠한테 얻어맞기도 했다. 하지만 그럴 때 다른 사람을 원망하며 주저앉지 않았다. 어떻게든 문제를 해결할 방법을 찾았다.

엄마가 생사를 넘나드는 상황에서조차 그랬다. 사경을 헤매다 눈을 떴을 때 엄마는 자기가 행운의 여신이라 나은 거라고 으스댔지만, 내가 보기에는 롤라 로즈의 역할도 컸다. 그렇게 무서워하던 상어 앞에서 한 시간을 버티며 엄마가 낫길 빌었으니 그 굳은 의지가 병상에 누워 있던 엄마한테 전해질 수밖에 없지 않았을까.

누구나 힘든 일을 겪는다. 인생이 늘 장밋빛이기만 한 사람은 없다. 관건은 그 힘든 일을 대하는 자세다. 투덜거린다고 처한 상황이 달라지지는 않는다. 그 상황을 여유롭게 받아들일 때 좋은 사람이 생기고 행복한 일이 찾아온다.

이모와 함께 살게 된 롤라 로즈가 어떻게 지내고 있을지 문득 궁금해진다. 여러 어려움을 꿋꿋하게 넘은 롤라 로즈한테 앞으로는 기쁜 일들이 더 많이 벌어졌으면 좋겠다.

이은선